谨以此书致敬改革开放

走远路的人

张巧慧 潘玉毅 著

宁波出版社

推荐词

  一次有难度的写作。建立在改革开放史的脉络之上，一个港口城市的发展，民企的际遇映照着广阔的社会现实，几代企业家汇合为时代的声音，尽显改革开放以来鸢飞鱼跃的阔大。个人命运与时代交织、个人命运与改革开放相融，在文学反映主旋律的写作中，以尽可能克制的语言，书写企业与企业家群像的背后，更深地书写着宁波人的勤劳、坚韧、探索和敢为人先。无数人民在改变自身命运的同时，也改变着这个时代文明的进程。

—— 阎晶明　中国作协副主席、茅盾文学奖评委

  文学如何与时代做深入的交集？作者尝试了把企业家放入寻常人群中的写作方式。每一个人都是普通的一员，每一个人都有自身的局限、困境和奋斗，每一个人都可能获得成功。在人间沧桑与时代风云交织之间，奋斗显得特别地有力量而令人感奋。作者在这项与经济社会密切相关的写作中，在激越的大背景的描述中，保持着清醒

与洞悉,和难能可贵的疼痛感。不是对个人的记录和赞美,而是对每一位奋斗者及其背后广阔的时代背景,以及脚下热土的深切描述。

——徐可　鲁迅文学院常务副院长、第八届鲁奖评委

写企业家个人传记的书有很多,但是写企业家人物群像的书市面上并不多见,《走远路的人》用文学的笔墨为宁波企业家群体画像,通过展示个人命运与时代洪流的澎湃交响,解码宁波共富路上的民企力量。故事叙写生动,人物塑造立体,不仅反映了宁波社会的历史背景、文化风貌和经济发展,也展示了文学作品应有的高度和深度。

——荣荣　浙江省作协副主席、宁波市作协主席、鲁奖获得者

《走远路的人》一书以翔实的资料、深入的采访,写出了改革开放以来宁波儒商的辉煌成就,极大程度还原了这一群体与时代同行的艰辛历程。尤为值得珍视的是,作者以文学的语言,秉持写实的精神,生动写出了宁波企业家的勤劳、智慧、勇敢、重情义等优秀品质,深度阐释了"儒"与"商"的价值理念,为经济学、社会学乃至文学等领域提供了有效的样本。

——黄咏梅　浙江财经大学教授、一级作家、鲁奖获得者

通江达海的地理区位,决定了宁波人兼具江河文明与海洋文明的双重禀赋。这样的人文底蕴,同样决定了宁波人更有可能成为市场经济的弄潮者。《走远路的人》一书以精准传神的笔触,展现了宁波企业与企业家群体从百年宁波商帮发轫,进而在改革开放的大潮

中追风逐浪的华彩画卷。

——胡宏伟　浙江省浙商研究会执行会长、浙江省作协报告文学创委会委员、财经作家

一边是越窑青瓷、天一藏书、阳明心学、十里红妆的古老记忆，一边是智能制造、虚拟数字、互动科技、精密光学的当代潮涌。人和时代的关系，像一朵浪花之于大海，像一株庄稼之于大地，在创造新生活的实践中，在精神成长的征途上，将企业家的光荣与梦想、宁波人的憧憬与企望，融注于现实、童话和寓言的交织里，在感叹与诉说的交响中铺展改革开放的宏图，在新时代的城乡巨变中，唱响四十五载的辉煌。走远路的人，引燃起负重前行的希望。

——王福和　浙江工业大学教授、中国比较文学教学研究会理事

把这些企业案例整理出来，是很有意义的，文笔也不错。梳理、归纳这些案例，本身就有价值，使不同领域的个案汇合成改革开放的主旋律。作者和读者在写作和阅读的同时去总结规律，总结成功的原因，以及未来如何迎接挑战，更有价值！

——赵连阁　浙江工商大学经济学院院长

把信息转换成知识再转换成文学作品，本书的作者做出了自己的努力。在宁波有代表性的民企之间，建立起系统性的逻辑关系，让每一个即使毫无经济学基础的普通人都能读到改革开放四十五年和新中国成立七十多年以来的经济社会发展，这是本书的一大特点。不是枯燥的学术研究，不是高调的新闻报道，是更富有细节的文学写

作探索。13篇文章每一篇都有相对完整的结构、较为清晰的逻辑和丰富的文学性，组合在一起又是一幅完整的画卷，帮助读者对信息进行分析、梳理、思考和总结。整本书在一个相对完整的血肉丰满的逻辑框架下讲述改革大潮下的鸢飞鱼跃。

——陈凌　浙江大学管理学院企业家学院院长、教授

张巧慧、潘玉毅所著《走远路的人》一书，深入企业基层调查访谈，付出了很大辛劳，完整讲述了13个宁波企业家故事，让我们看到宁波企业家的真实境遇，发人深思。

一、企业家是怎样炼成的？

李如成童年失怙失恃，少年只身下乡；储吉旺参过军，进过牛棚；即使像走在春天里的阮立平等上过大学的人，也全是苦出身，白手创业，几经磨难，永不放弃。这揭示出一个普遍现象，就是企业家不可能"富养"出来，而是"穷养"出来的；这也引出一个问题，宁波企业的下一代接班人如何培养？

二、读万卷书还是行万里路？

纵观13个企业家的创业史，不难发现他们身上都凝聚了企业家的"谋"和"断"这两种素养和能力。可以观察到的是他们都继承了宁波人崇尚教育的传统，都喜欢读书、思考，可能这是企业家"谋"的素养和能力的主要来源。更有启迪意义的是他们都是几经曲折、走南闯北行万里路的人，即如书名一样"走远路的人"，也许这正是企业家"断"的素养和能力的主要来源。企业家的"断"就是善于在不确定性中捕捉机会，敢于冒险、进行创新，这种素养和能力是只能意会不能言传的，靠读书难以获取，要靠行万里路去接触和体验不同的、复杂

的人和事才能获取。

三、故事背后的宁波文化。

13个故事正是宁波40多年改革开放发展史的缩影和样本,《走远路的人》揭示了13家企业成功背后的宁波文化基因和文化机制。宁波文化是农耕文化和海洋文化的融合。13个企业家身上都体现了勤劳、诚实、严谨、敬业、开放、敢干和敢冒险的精神风貌和性格,这种文化基因正是工匠精神和企业家精神的集中体现。

四、企业家应有家国情怀。

励行根直白地说:"当自己的利益与国家的利益放在一起的时候,以国家的利益为重。"13家民营企业毫无疑问都追求利润最大化,这是市场经济下的生存之道。但企业家可能都有超越金钱的追求,已经把办好企业作为一种使命,都热爱慈善事业,把社会进步、民族振兴纳入自己和企业发展的参照系之中。厚德才能载物,只有胸怀宽广的企业家,才能博采众长、海纳百川、做大做强。

——金祥荣 享受国务院特殊津贴专家、宁波大学商学院特聘院长、浙江大学经济学院博士生导师、浙江省企业管理研究会副会长

序:与时代同行

◆杨 劲

在宁波城市展览馆,看宁波城市的发展与变迁。公元821年,宁波建城,围绕着三江口缓慢发展。1200多年,从沧海中抽取出岸的轮廓,波涛的碰撞、泥沙俱下的种种潮流是历史的一部分;从四明山抽取出木的秀丽,山石的坚定、春风化雨草木欣欣也是时代的见证。

在此欣欣向荣中,民企是木秀于林的一枝;在此滚滚浪潮中,民营企业家是弄潮儿中的一员。民企是宁波的城市名片之一。据资料显示,宁波有130万户市场主体,其中民企占到97%,它们为宁波贡献了约66%的GDP(国内生产总值)、78.7%的出口、85%的就业岗位、95%以上的上市公司和高新技术企业。民企表现出来的不凡的勇气、韧性和创造力,为经济发展提供了原动力。自"五口通商"以来,宁波一直都是中国外贸业和制造业的一道缩影,也是标杆。

宁波地域上的这些民营企业跌宕起伏的奋斗历程,放入改革开放四十五周年来中国重大社会变革发展进程中,个人复杂的经历和时代澎湃的浪潮互相交响。他们中有的白手起家努力谋生开创天地，有的通过读书改变命运成为社会精英，有的子承父业奋力打拼，有的已经把目光放到更远处，一群走远路的人，和千千万万沉默而拼搏的人，是宁波经济的基石。

"对于一个社会实体，经济是其肉身，文化是其风骨。"用文学的方式书写经济社会的时代变迁，是具有挑战性的。大时代提供的丰富性，不是线性结构，而是如三江流域般展开，向东是大海，壮阔而立体。改革开放的浪潮滚滚而来，既蕴含生机、变化、求新，也生成问题和困惑。

对于文学应承担的社会责任，本书的两位作者做了刻苦的尝试。纪实文学写作较小说和诗歌而言困难的是，它不是建立在想象或夸张的基础上，而需要深入生活、深入企业，还需要掌握改革开放以及经济领域的相关知识，称得上跨界写作。在数据化的经济指标中，如何把握人在面对资本和财富时的复杂心态，如何体现审美与艺术性，都成为写作的难点。两位作者通过以个人成长史、家族史、地方志透视大时代的变革的叙事方式，提炼出精神和美学的力量，以及群体性的温度、厚度和宽度。

这个项目结项阶段，正是第十一届茅盾文学奖颁奖之际。想起最早的两届茅奖。先是古华的《芙蓉镇》为一个时代的尾音画下句号，开始描述十一届三中全会路线的胜利。3年后，又有2部获奖作品深入书写改革开放。时隔40年，依然可以清晰地看到中国当代文学与改革开放的血肉关系。真正的文学从来不是阳春白雪，真正的写作者穿越泥泞和风雨，从历史深处步入现实百态。

张洁《沉重的翅膀》获茅奖还有一段插曲。这部中国新时期第一部正面反映工业改革的长篇小说，创作于1981年4月，刊登于《十月》，11月发行了单行本，引起轩然大波，未能在第一届茅奖评选时获奖。张洁经过4次修改出版了修订本，于1985年获得第二届茅盾文学奖。这本书的修改和获奖，反映了改革开放之后新旧思想的碰撞。正如老作家张光年在序言中所说："改革难。写改革也难。不但工业现代化是带着沉重的翅膀起飞的，或者说，是在努力摆脱沉重负担的斗争中起飞的；就连描写这种斗争中起飞的过程，也需要坚强的毅力，为摆脱主客观的沉重负担进行不懈的奋斗。"

后来读到《繁花》，读到《人世间》，读到最新获奖的《雪山大地》。长长的阅读清单涵盖了改革开放持续推进下中国南方、中国北方、西部高峰、中原乡村的故事，以及各个城市的文化蜕变。改革开放是一场持续的思想革命。作为一个重大事件，改革开放给予我们前所未有的发展机遇和挑战，覆盖物质、思想观念等多个方面，引发的思想观念革命尤其值得思考。其间，文学一直保持着先锋状态。新文学百年，改革开放四十五周年，我们不仅要书写中国社会发展的光荣与梦想，也要直面改革开放进程的艰难和复杂，写奋斗中的温情，困境中的坚韧，属于时代的、生活的、心灵的精神立方。

2023年中央经济工作会议强调，明年要围绕推动高质量发展，突出重点，把握关键，扎实做好经济工作。随后召开的浙江省委经济工作会议上，有20位民营企业家受邀参会。浙江省委表示，将进一步释放民营经济活力，把浙江民营经济金名片擦得更亮。民营经济是推进中国式现代化的生力军，也是一道独特的风景线。在浙江，在宁波，民营企业展现出的韧性、活力和潜能，成为当地经济稳进向好态势的关键支撑。

本书写作很好地把握了时代性。一个个普通人，通过自身的奋斗，改变命运，与时代交织在一起。发扬"四千精神"，直面困难，企业和企业中的员工，都是改革开放的实践者和受益者。我们都是社会的主角，也都是社会的配角。全书涵盖面广泛，除制造业，还涉及文化、艺术、教育、现代服务业等诸多领域，农业和高新科技产业亦各有占比。改革驱动创新，创新驱动发展。雅戈尔从乡镇企业转型为时尚龙头，农民工摇身变成新时代的工人；国家科技体制改革，推动了天生和永新等企业主体的创新力。1978年以来，我国大学生总数达1.43亿人，1978年开始恢复的职称评定是对技术的肯定和对人才的尊重，一代代学子和人才，提升了企业的核心竞争力。企业家、企业中的每一位员工，他们的创业史、拼搏史，有着燃烧的热度。进入互联网时代，有一句歌词成为圈内名言：I used to rule the world（我曾经主宰世界），seas would rise when I gave the word（当我一声令下，海洋应声而起）。当新一轮科技革命和产业变革来临，众多的市场主体在改革开放中积累下的资金、技术和人才，使宁波有能力参与国际竞争。本书基本以时间，即改革开放的不同阶段为写作顺序，是一部礼敬改革开放四十五周年的作品，也是一部礼敬理想、荣光与尊严的作品。

文学应该留下一些什么？一个时代的作家应该给未来留下一些什么？是这几年宁波作家在探索的命题。本书作为主题性的大容量的纪实写作、少有的书写宁波企业家群体的文学作品，两位作者做出的努力和尝试是值得肯定的。在他们焦灼而感奋、认真而审慎的写作中，恰拥有观察的细节和真诚的求索，而不是泛泛而谈的溢美之词。

本书题为"走远路的人"，是因企业发展紧跟改革开放的步伐，各式各样的遭遇中，总有奋斗和思考的人。是他们，用实践解码了中国式现代化不一样的价值与意义。

这个激越的、慷慨澎湃的历程,我们都是参与其中的亲历者、目击者、行动者。

我们都是走远路的人。我们都是同行者。

2023 年 12 月

(作者系浙江省文联副主席,宁波市文联主席、党组书记)

目 录

引 子　　　　　　　　　　　　1

第一章　潮起

走向世界的雅戈尔　　　　　　11
如意是一种境界　　　　　　　41
舌尖上的魔术师　　　　　　　59
永远属于中国　　　　　　　　77
杭州湾畔的明珠　　　　　　　97
走远路的人　　　　　　　　　117

第二章　潮涌

大丰，风华正茂	141
美育是一种信仰	163
一生中的两次痛哭	177
百年合盛，千里跬步	188
为国造器	207
中国心，中国琴	225
地球上的乐歌	244
后　记	264

引　子

"地穷山尽处,江泛水寒时。"唐诗中的宁波,三江口、江厦街还是荒凉之地。斗转星移,沧海桑田,到宋代逐渐发展为对外贸易的重要港口。宋代范成大初赴明州时,有诗句:"海接三韩诸岛近,江分七堰两潮平。"毗邻大海,海的辽阔、丰富的资源和天然海港之利使宁波获得商贸发展,也使宁波帮骨子里拥有创业者的精神维度和注重实业的基因。先是渔火,后来是灯火,映亮海港的夜空。至清末民初,三江口、江厦街一带日趋繁华,老字号商铺林立,宁波帮跨越江湾与海域,把事业做到上海和海外。而后,几经战乱与摧残,又复归荒凉。

5年前观看甬剧《江厦街》时,有一种深切的触动。这部纪念改革开放四十周年的作品,舞台设计以江厦街为背景,第一个镜头呈现的正是1975年的三江口,萧索,冷清。一个普通的工人家庭正为贵客上门,家里需购买白糖和鸡蛋而发愁。烟雨飘零,改革开放改变了几代人的命运,多少平凡的人在时代风云中挣扎、奋斗、拼搏,有血有肉,有情有义,有勇有谋,搏出一个繁华的江厦街,搏出一个繁华的宁波。

2023年夏末秋初，我在宁波老外滩和海伦钢琴总经理陈朝峰一起会餐。三江口酒绿灯红，江厦街人语熙熙。三江两岸，高楼林立。江这边被改造成酒吧、餐厅的欧式老建筑记录了这方土地曾被入侵与殖民的历史，而另一边新起的高楼见证了时代的丰饶与光芒。夏末秋初的风，带着余温未消的热情，又略略捎带着一丝冷静。"80后"陈朝峰，是新中国百年来第一代没有经历过饥饿和灾难的独生子女。父辈的荣光唤醒年轻一代的理想。作为宁波创二代企业家，他有自己的发展思路，出国留学的背景让他的视角更加全球化。这在1978年改革开放之前是难以想象的。

改革开放，改变了什么？

大江对岸，是宁波书城，灯光流转，人影绰绰，与古老的天一阁形成时空上的呼应。江厦桥上的景观灯影，落在江心，被江水推动着，流光溢彩。

往东，是东钱湖，浮光跃金，人文荟萃。颇具特色的华茂艺术教育博物馆就在东钱湖边上，凝聚了华茂集团徐万茂、徐立勋父子两代人的梦想和心血。再往东，是大海。电视剧《向东是大海》讲述的是三江口沙船和贸易发展初期，清末民初的宁波商人如何斗智斗勇，打破洋人和军阀的合围，踏入中国制造的领域。

港通天下。浊浪席卷的海岸线上，1981年，宁波港一期货运码头建成，最远处是10万吨级矿石中转码头。2008年，宁波—舟山港创造了吞吐量超过1000万标箱的新纪录，进入世界排名前十位。2022年，国内国际航线总数稳定在300条以上，货物吞吐量达到12.6亿吨，连续14年居全球第一。而在北仑的另一端，靠近甬江的位置，陈海伦于2001年成立了海伦钢琴的前身——海伦乐器配件有限公司，并于10年之后的2012年,成功登陆深圳证券交易所创业板,成为首家上市的民营钢琴生产企业。

往西,是月湖,是天一阁——中国现存最古老的藏书楼。书藏古今,滋养了明州的书卷气,一方水土,一盏微光,一个地方的文明之光。宁波帮常被人称为"儒商",江湖义气与儒雅书卷气,成为宁波商人身上的印记。再往西,1979年的鄞县,青春服装厂成立,它是雅戈尔的前身,雅戈尔从这里走向世界。

往南,"一带文明回浦水,千秋灵气出名儒"。1933年左联五烈士牺牲两周年时,鲁迅在《为了忘却的记忆》一文中,沉重地说:"我失掉了很好的朋友,中国失掉了很好的青年。"这五位烈士中,柔石与鲁迅的交往最为密切,他们同办了"朝花社"。《为奴隶的母亲》是宁海籍革命家、文学家柔石的代表作,也是中国现代文学史上的名篇,脱胎于柔石回乡探亲时的真实见闻,记录了新中国成立前典妻陋习对妇女的伤害,发出了对女性尊严的追问。

2002年,由小说《为奴隶的母亲》改编成的新甬剧《典妻》首演,几乎囊括了国内戏剧艺术重要奖项,金相玉质,独具芳华,被认为"一次性完成了地方剧种由乡镇文化向都市文化的质的飞跃"。2017年,《为奴隶的母亲》又被拍摄成电影。2019年,甬剧电影《典妻》列入庆祝中华人民共和国成立70周年电影展映节目。主演甬剧名家王锦文,现为宁波市戏剧家协会主席。她的唱腔清丽婉约,哀感顽艳。

宁海中学设有柔石文学社,当年就读于此的储吉旺是柔石文学社第一任社长。1996年,如意公司董事长储吉旺首次捐款3万元,在宁海中学设立文学基金,支持柔石文学社活动。2000年,出生于宁海越溪乡的吴友旺,怀揣着借来的2万元钱,开始了人力资源信息整合服务的相关创业,后企业更名为中聘。

往北,靠海,镇海思源路,宁波帮博物馆。作为中国十大商帮之一,起步于17世纪初,宁波帮曾涌现出以秦润卿、虞洽卿为代表的大批金融界人士,为宁波的未来发展奠定了良好基础。据说宁波帮是中国唯一一个以"帮"命名而带褒义的名词。在中国,1987年才第一次出现"企业家"这个名词,1988年4月2月,首届全国优秀企业家评选揭晓,20位企业家荣获由国家经济委员会授予的这个荣誉称号。次年,这个名词正式进入《辞海》。"企业家"和"冒险精神"在中国人的语言谱系中曾一度带有负面意思,他们的发展也备受争议。

再往北,慈溪滨海经济开发区,虞洽卿故居不远处,是公牛集团的墙壁开关插座生产基地。公牛集团于2020年在上海证券交易所上市,成为行业龙头。合盛、海通、天生、方太等亦在各自领域脱颖而出。

一边是越窑青瓷、天一藏书、阳明心学、十里红妆,传统文化在当下生活中留下深深的痕迹;一边是智能制造、虚拟数字、互动科技、精密光学,演绎出别开生面的现代体验。

与甬剧《江厦街》一样,小人物的命运,构成了时代的主旋律。没有人是生而强悍的,每一位企业家都从困境中脱胎而出。悲欢离合喜怒哀乐,是人生永恒的主题。

华为董事长任正非与雅戈尔董事长李如成,两人的家庭背景和早期经历有某种类似。且任正非曾一度患上严重的抑郁症和糖尿病,心脏也不太好,其间还得了癌症而两度动刀。用任正非的话说:"公司差点崩溃了。IT泡沫的破灭,公司内外矛盾的交集,我却无能为力控制这个公司,有半年时间都是噩梦,梦醒时常常哭。"容声冰箱的创始人潘宁凭借手锤、手锉和万用表打造出第一台双门电冰箱,冲进雷电交加的大雨中号啕大哭。1983年，希望系刘氏四兄弟相约创业时，大学毕业的老三刘永美辞职办企业，当时城里不允许私人办企业，他跑到郊区办社队企业，却被审批机构一口拒绝，办厂的路就这样被堵死，刘永美号啕大哭，大病一场。而那个时候，公牛集团董事长阮立平还在捎卖猪肝、桃苗，替他人卖插座。

其他宁波企业家同样在时代潮流和各自的命运中沉浮：李如成冒着血压不稳的危险登上飞机，茅理翔服下超量止痛药后坐上出差的火车，储吉旺回忆往事时忽然哽咽，励行根在核辐射环境下超出正常时间抢修，吴友旺在创业初期两次痛哭……他们承受着自身的疼痛找准市场的痛点，捕捉隙缝处的阳光，乘借改革春风，在命运的倒逼中改变命运。

人生向来悲欣交集。雅戈尔人在科莫湖畔举杯欢庆，大丰人在雅典奥运会拿下第一个出海项目，乐歌在洛杉矶建立世界级海外仓储，永新光学的显微镜在嫦娥号回望地球。当我们仰望星空，肃然而深沉的远望中，是浩瀚、神秘与未知。从星空回望地球，人类的轨迹显得渺小。每一个小人物的悲欢离合，却真真切切地发生着。

四十五年改革开放，四十五年波澜壮阔，宁波企业在制造业、外贸、物流、电商、教育、文旅体、新材料新能源、光学仪器、农业、科技、信息化、数字化等多个领域夺得国家单项冠军，或获国家科技进步奖。随着改革开放的深入，涌现更多新的业态，打开一扇扇窗户，打开一个个新的空间。老一代开垦者，新一代创业者，一个个他和他们，他们的创业史和拼搏史，汇聚成改革开放的激流，饱含历练、争议、滑坡和登攀的切身之痛。企业家是备受瞩目和争议的群体。当我们回首，与他们感同身受的时候，我们就会在他们的创业史中找到属于自身的影子,在愤懑里找到宽恕,在陨落中找到警惕,在逃避里找到责任,在绝望中找到生机,在毁誉参半中找到反省。

我们一边撰写关于企业家的稿子,一边收看茅盾文学奖颁奖典礼。第十一届茅盾文学奖颁奖典礼在浙江桐乡举行。获奖者杨志军说:"一个人的历史是国家历史的一部分,一个人的精神是时代精神的一部分,一个人的情怀是民族情怀的一部分。"同样在浙江,乌镇有着一年一度的世界互联网大会,那些曾经鲜衣怒马的企业家相聚又分散,风光无限又隐没江湖。宁波外贸和民营制造是中国外贸和民营制造的缩影,也是标杆。这曲折而辉煌的45年,融现实、童话、寓言为一体,在感叹与讲述的交响中展现改革开放的恢宏境界。

长江、黄河不会倒流。三江口的水,一路向东,向东是大海。云天中的寒热交汇,可以化为春风春雨;发轫于四明山顶的一脉清泉,终将汇流成海;宁波大地在沉默百年之后,有了改革的浪潮和开放的港口。造福桑梓,民族复兴,走向世界,不只是宁波帮的使命,不只是宁波企业家的荣光和理想,也是每一个宁波人的热望。江厦街,经过了一个又一个历史发展的路口,在创造新生活的实践和人的精神成长中,映照出新时代的城乡巨变。舞台上的"江厦街"复归兴盛,现实中的江厦街更是繁华。

每个人和时代的关系,是一朵浪花之于大海、一株庄稼之于土地。没有成功的企业,只有时代的企业。生活现场与人性的力量是巨大的,顺应着时代,又改变着时代。在每一个迂回的曲折中,向人性的坚韧致敬。

曾想写一部大运河入海口的纪实文学。作为京杭大运河的延伸段和大运河与海上丝绸之路连通的通道,杭甬运河被列入中国大运河申遗项目，干流经姚江与奉化江在宁波三江口汇合成甬江，最后在镇海招宝山东侧汇入东海。京杭大运河，世界上最长的运河，世界上开凿最早、规模最大的运河，跨越地球十多个纬度，从北京出发，纵贯整个华北平原，南抵长三角流域，通达海河、黄河、淮河、长江，以及浙江母亲河钱塘江，打通了钱塘江与中国经济南北往来的阻碍。这条大动脉已经搏动了2500多年。我曾经参与长三角三省作协组织的大运河采风创作，看到一段疏通大运河的真实录像。1979年夏天，数十万民众在没有现代化工具助力的情况下，靠着肩挑脚踏，扛起沉重的沙子和石头，汗水和血与大运河的流水融为一体。

想起我曾经为此写下的诗句："积累你的澎湃，它来得那么汹涌/多少潮与潮的相逢，多少波涛与岸的抵抗/浊流并非浊流，泥沙俱下的经历/见证清澈与浑浊的前身……"

虚实相间，时空交错。流淌千年的水上文明，荣光与风霜交错的时代华章。当我和陈朝峰在三江口畅叙时，我忽然意识到，所写的这些企业，不也正是另一条运河之水？

潮起

第一章

走向世界的雅戈尔

年少时,分外喜欢曹操的四言诗,比如"东临碣石,以观沧海……秋风萧瑟,洪波涌起……",比如"山不厌高,海不厌深。周公吐哺,天下归心",诗中的抒情,契合年少时无畏而勇武的情怀,天地、日月、沧海、洪波,一览天下,慷慨激昂。慷慨中有着人生无悔的沉雄,却也有着不为人道的苍凉。那是一种"天下英雄谁敌手"的发问。

在《中国有个雅戈尔》的书籍扉页,有一张折叠的书法作品,展开来,是雅戈尔董事长李如成写的辞赋:"东海之滨,长江之翼,江东子弟,慷慨四千,倚四明之巍巍兮,踏三江而从容,唱九州之大风兮,筑百年之伟业,开拓稳健张弛有度,一针一线丝毫不苟,集欧美之精髓,融华夏之文明……"李如成谦虚地说这算不得赋。自然我不会拿当下的诗作去与曹诗作比,但此作中却不乏"天下英雄出我辈"的慷慨壮志,竟似一种对前人的隔空应答。这本书出版于1998年,由军旅作家任斌武所著,是李如成任厂长15年之际,对雅戈尔发展的一次回顾,对雅戈尔人这个曾经以农民为主体的群落整体性裂变的一次观照。这部报告文学，20世纪90年代曾刊登于《人民文学》，并在人民大会堂召开研讨会。全书传递着热忱和正能量，那时的雅戈尔正值锦瑟年华，那时的雅戈尔人正踌躇满志。

遍地英雄皆凡人。李如成是个低调沉稳的人，就如他并不想过多宣传自己一样，他也并不想过多讲述当年的辉煌。他说前15年，已经有了一部报告文学《中国有个雅戈尔》，那15年的经验可以用来思考，过去的总结是有意义的，但用简单的几句话就能概括：横向联营、中外合资、股份制改造、挂牌上市。40多年的发展，需要深度的参与和真切的关心，更重要的是要站在整个时代发展的高度去看待雅戈尔这些年的经历，才能有相对客观的看法。往远一点说，到2050年，雅戈尔新的发展目标是成为世界级时尚集团，那时是"世界有个雅戈尔"。对未来的憧憬都是好的，但空口无凭，需要实实在在地干，谁也不知未来发展趋势究竟如何，谁也不知未来的国际风云如何变幻，所以未来的事，还是等未来去写。倘若要写现在的雅戈尔，那么正是"走向世界的雅戈尔"。

一

去雅戈尔集团总部之前，我翻看了雅戈尔的一些资料。在那成堆的资料中，有两张黑白照片，应是改建后的青春服装厂，灰白的墙面上隐约可见"青春"两字。第一张十余人的合影，李如成站在第二排，深色的衣服，瘦削而略显英气的脸，被前排的大帽子挡住了一角。黑白色调静静传递出一份岁月的沧桑和真实。第二张照片中人数减至6人，李如成从后排站到了中间，深色的略有变形的中山装，一侧胸口的口袋里插着一支笔，齐整的纽扣，前襟露出一截白色的衬衫领子。虽然也同样没有人能说出确切的年份，但我捕捉到了几个生动的细节。那时候，人们普遍不富裕，但中山装已经带着新潮元素，审美正产生微妙的变化。照片中有一半人在口袋里插了笔，那是80年代具有时代特征的物品。步入改革开放，新鲜的事物不断涌入，与钢笔同步的还有墨镜、照相机、手表、时髦衬衣等。李如成中山装的新潮元素、插在口袋里的钢笔和洁白的衬衫领子，属于20世纪80年代的审美和文化追求。青春服装厂的牌子就立在李如成身后的门口，透过敞开的厂门，能捕捉到一个孩子的身影，他本不在拍照的范围内，却意外闯入了这份记录，竟像是一种暗喻——不息的新生。

40多年过去了，照片中的人已双鬓染霜，雅戈尔也从一家不起眼的乡镇企业发展成服装领域的知名企业。李如成坦然说："我曾对雅戈尔有个规划，第一步是成为中国知名品牌，当时正好改革开放15年，雅戈尔的发展跟改革开放是同步的，我们是农村发展的一个缩影，是乡镇企业发展的一个代表。到目前为止乡镇企业剩下的也不多了，广东的'美的'算一个。我当时规划了三个15年，现在正好是第三个15年，但我们的目标没有完成。所以我们重新用70年来规划，用70年来完成。"

李如成提到的"美的"，同样是乡镇企业出身，美的改革发展的进程与雅戈尔类似，又似乎一直比雅戈尔快一步。1968年，何享健带领23位居民，筹资5000元创办了北滘街办塑料生产组，即美的集团的前身；1979年，一家类似裁缝铺的乡镇企业青春服装厂在宁波郊外成立。1981年，何享健成为顺德县美的风扇厂厂长，寓意电风扇带来"美好的生活"的商标——"美的"正式注册使用，美的成为第一批以改革开放为契机成立的企业；两年后的1983年，李如成担任宁波青春服装厂厂长，他题写在宁波雅戈尔行政楼大厅墙面上的句子"让人人变得更美好"也带有同样的寓意。1992年，美的成为中国第一家完成股份制改造的乡镇企业；雅戈尔则晚一年完成股份制改造。1993年，美的电器在深圳证券交易所挂牌上市，成为中国第一家经中国证监会批准、由乡镇企业改造的上市公司；而雅戈尔1998年在上海证券交易所挂牌上市……2018年12月18日，庆祝改革开放40周年大会在人民大会堂召开，何享健作为"乡镇企业改组上市的先行者"被党中央、国务院授予"改革先锋"称号。

  雅戈尔和美的，同是乡镇企业的代表，虽然在不同的行业领域，却有着相似的经历，相似的荣耀和奋斗史。一个在长三角，一个在珠三角，均是改革开放的前沿，但珠三角对改革开放的敏锐感知与大胆探索，为当地的企业赢得了更多的机遇和时间。雅戈尔起步比美的晚，进程却不输美的。李如成对美的的关注，从侧面可见他对时代的全面观察，对同时代企业的关切，和为更准确把握自身方向做出的努力。民营企业在成长中的种种境遇，既有棋逢对手的竞争，又有知音难得的惺惺相惜，甚至是兔死狐悲物伤其类的感伤。

  雅戈尔国际服装城坐落在宁波海曙区，内有行政大楼、生产园区和品牌展示馆等。展示馆里展陈着雅戈尔旗下的六个品牌：雅戈尔、MAYOR、哈特·马克斯、汉麻世家、UNDEFEATED、HELLY HANSEN。面对不同的消费群体和产品需求，雅戈尔构建了全年龄段、价格段的品牌体系。灯光温润、明亮，一场服装的盛宴。

  临近八点半，电梯口的人多起来，背着包的年轻人穿梭在大厅，有人在打电话，有人啃着早点，有人用蓝牙耳机听音乐，令早晨充满了动感。

二

始于微末，发于华枝。雅戈尔的成长符合中国企业的发展谱系。1978年改革开放之后，中国大地上，企业家和民营企业都经历了从无到有的过程，从个体工商户到股份合作制，再到股份制、混合所有制，民营经济本身不断完善，富于探索和创新性的企业家精神深刻地影响着时代的进程。

1979年，宁波鄞县郊外，一家小小的青春服装厂成立。小得不能再小的乡镇经济作坊。大伙靠着两大——缝纫机和板凳，两小——剪刀和尺子，凭2万元知青安置费起家，接零活，加工些汗衫背心棉毛裤之类，一百多号人，挤在一个地下室。老员工的女儿曾经描述第一次去青春厂找母亲的境况。大雨滂沱的夜晚去给母亲送伞，辗转找到青春厂——在一个戏台的地下室，原本是演员化妆的地方，也没有正儿八经的大门，掀开戏台底下的一块板，进去后看到女工们忙着用脸盆往外舀水，缝纫机和布料衣服都湿成一团。那是最早的青春服装厂。1981年1月，李如成到青春服装厂报到，他的第一份工作是拉板车，不久做了裁剪组组长，是6人裁剪组里唯一的男性。在公司因无单可做而濒临倒闭时，他去东北成功拿下业务单拯救了青春服装厂。次年，受命于民心党意，李如成当了青春服装厂的厂长。

在财经作家吴晓波的"中国企业家谱系"中，1978年至1983年被称为农村能人草创时期。他曾经这样描述改革开放：所谓改革，是从农村发动，以"包田到户"承包制为突破口，解放农民的劳动生产积极性；所谓开放，则是试图以特区和沿海城市搞活的方式，引进国际资本，实现制造业的进口替代。家庭联产承包制和乡镇企业，被称为"中国农民的两个伟大创造"。企业家的萌芽，在这两大领域中率先出现。宁波作为沿海港口城市，发展特征更接近以乡镇及县市集体经济为特征的苏南模式。在1984年至1991年的工厂管理启蒙时期，企业发展有两个显著的特征。其一是从国外引进大量的生产线，质量管理和商品意识成为企业的核心竞争力；其二是企业成功集中在"吃穿用"——饮料食品、纺织服装和家用电器三大领域，推动了民生产业的快速发展，雅戈尔和美的正好处于其列。之后，苏南模式在20世纪90年代中期陷入体制困局，极少数企业靠特殊的机缘完成了产权改制，其中就包括美的和雅戈尔，而大多数企业日趋黯淡，存活下来的在1992年至1997年间进入品牌营销狂飙时期，并于1998年至2008年间进入资本外延扩张时期，2009年至2018年间进入产业迭代创新时期。

农村能人李如成担任厂长之后，带领工厂新农人团队，与上海"开开"服装厂横向联营，1990年8月成立中外合资雅戈尔制衣公司，新创"YOUNGOR（雅戈尔）"品牌。"YOUNGOR"衍变自英文"younger"，寓意青春活力，既契合了青春服装厂的历史，散发出一种中国古典文化的意韵，又带着时尚文化的气息。1993年，雅戈尔完成股份制改造。1998年，雅戈尔在上海证券交易所挂牌上市。雅戈尔的发展实践，几乎经历了中国经济崛起的全部历程，有曲折，有挑战，有前瞻，有血泪混合的奋斗。

在雅戈尔官网上，公司的大事节点还有2001年国际服装城竣工，2005年DP衬衫发布，2009年汉麻发布，2011年多品牌亮相，2018年西服智能工厂上线，2019年公司成立40周年。回顾雅戈尔的发展历程，它用数十年时间打造一条垂直的产业链条，从上游的棉麻种植、纺织、印染一直延续到生产、加工、研发以及终端的零售及服务。这条完整的产业链，最大程度降低了雅戈尔的生产经营成本，为其争得了更多的利润空间，也为雅戈尔提升品牌层次、进军国际服装界奠定了坚实的基础。

三

在海曙区的一家巷子咖啡馆里，我约见了从雅戈尔宣传文化线退休的于澄女士，她得体的穿着与谈吐，显示出雅戈尔人的修养。说起雅戈尔的全产业链，于澄至今还记得，2002年雅戈尔宣布进军上游产业，在业内掀起轩然大波，《人民日报》辟专版探讨雅戈尔"究竟该不该上面料"，"热搜榜"热度持续不退。青春让人迷恋的，不只是鲜活的容颜，更是敢为人先的勇气。

雅戈尔是做服装起家的，成衣制造下游连接的是零售终端。在过去，工业企业是不牵涉销售的，基本是做归做、卖归卖的模式，工厂生产，大商场、百货店等去销售。李如成有前瞻性，他认为一定要掌握零售终端这个命脉，才能真实了解市场。雅戈尔迈出比较革命性的一步，在服装行业里创建销售网络体系，并且于1995年成立雅戈尔售后服务中心。进入商业领域之后，李如成又意识到成衣受制于材料，尤其是男装，大家都用统一的供应商，面料大同小异，做出来的东西差别很小。要改变这个状况，做出有辨识度的产品，必须解决面料问题，所以雅戈尔又去做了上游产业。面料科技含量之于男装相当于芯片之于电脑。优衣库就凭一个摇粒绒面料成就了它的核心产品。

1997年,金融风暴席卷亚洲各国,从夏季开始,历时4个多月,对亚洲各国和各行业都造成了重大影响。到年末,纺织业大萧条,李如成独具慧眼地投资建设纺织城。2001年,占地500亩的雅戈尔纺织城竣工。此后,集高密度、精细编织、免烫、抗菌等五种功能的新型面料面世,雅戈尔服装城成为亚洲最大的服饰面料生产基地。雅戈尔形成了上游纺织城、中游服装城、下游旗舰店的格局。

新疆阿克苏,天山南麓,长绒棉田一眼望不到边,棉桃裂开来,吐出白色的柔软的棉絮,仿佛是天上的白云落到了大地上。来回穿梭的采棉机,把棉花从棉秆上脱离,同时利用气流把棉花推送到储存箱里。来自少数民族的职工,在车间忙碌。长绒棉直逼埃及棉和美国棉等优质棉种在世界棉花市场的地位。在服装产业里,别人是"从一根棉纱到一件衣服",雅戈尔是"从一粒种子到一件衣服",全方面实现产业自主。

云南,西双版纳,汉麻规模种植基地,大片的绿映入眼帘。高挑直立的秆子,细长而柔韧的茎条,平摊如手掌的叶子,丛生的汉麻宛如铺展的绿被子,开花时节,又在绿被子上泼上嫩黄的色调,一幅青葱的画面。2007年,雅戈尔集团携手中国人民解放军军区装备研究所对大麻进行育种改良,并命名为"汉麻",攻克汉麻品种脱毒改良、汉麻纤维脱胶、汉麻纺纱、面料制造等一系列国际性技术难题,填补了纺织服装行业的空白,获得了联合国粮农组织颁发的"特殊贡献奖"。

为了推广中国原创的优质绿色纤维,雅戈尔建成了世界上第一条汉麻纤维生产线,历时6年耗资3亿进行研发。2009年,雅戈尔推出了"汉麻世家(HANP)"品牌,成功把汉麻从军用转到民用,持续打造汉麻纺织服装全产业链。目前,以汉麻为主要原料的汉麻世家也逐渐成为雅戈尔旗下重要品牌,品类已经涵盖服装、鞋品、家居、内穿系列、袜品等。健康与自然的气息,崇尚本色的素朴,传递出东方文化的诗意与审美。

了解中国企业当代史的人,都知道中国在2016年由资本输入国变为资本输出国,这一年,发生了几件有特殊意义的事件,比如美的公司以292亿元的代价收购德国库卡,后者是全世界领先的机器人及自动化生产设备和解决方案的供应商。德国经济部长公开反对库卡收购案,他认为库卡的自动化技术需要"远离中国之手"。同时随着中产阶层数量的增加,以及中产阶层对本土审美的觉醒,个性化定制也成为新的趋势。2016年,在青岛,一家叫红领的西装制造企业完成了定制化试验。出生于1979年的张蕴蓝从加拿大留学归国后,接手父亲的企业,创办"魔幻工厂",用定制化的思路打开销量。顾客从量体到穿上一件定制西服,原本至少需要20天时间,现在只需一周。"魔幻工厂"一天可以生产数千件不同款式的定制西装,成为互联网+智能制造的"黑天鹅"。这些都成为智能制造和数字化春风催发的第一批花蕾。

浙江省近年来实施数字经济"一号工程",推动数字经济化、经济数字化改革,推动企业转型升级。2017年起,雅戈尔投资上亿元,对精品西服工厂进行智慧改造。2018年,与中国联通合作,成为浙江省首批5G+"未来工厂",争创中国服装智能制造标杆企业。2019年,雅戈尔国际时尚研发中心和智能物流中心正式启动,与中国邮政签订了全面战略合作协议，先进的物联网技术和设备，无缝连接数据中台、联动指挥营销、智能制作，构建了全景智慧供应链体系。

在雅戈尔集团西服智能工厂大楼二楼的西服车间，"5G全连接工厂"的字样赫然入目。雅戈尔西服智能工厂门口的大屏幕上，5G西服智能工厂数据运营中心实时显示着各种数字、图表和指示灯，它们代表着整个车间的订单、产量和生产、质检情况。截至2023年11月6日，我看到三大生产基地的数据，宁波生产基地实际产量是158284套，珲春生产基地实际产量为692661套。

下午4点，工人们还没有下班。穿过一个个车间，分床、裁剪、缝制、整烫、包装，各有各的任务，有条不紊。天花板上的全吊挂流水线蜿蜒盘绕，一件件西服、西裤正在轨道上被匀速传送着。但这只是硬件，更重要的是软件。每个生产工位前面都安装着一台平板电脑，智能系统自动分配订单到工位，工人完成平板电脑上对应工序后，再将服装挂回吊挂线，传送带便会自动传向下一道工序。这个吊挂系统串联起西服制造的全流程，除前期布料、纽扣等准备环节外，70多片布料，一共274道工序中的210道都能在吊挂线的运送中完成。据说这个智能系统，是李如成带着技术团队走访了多个国家，综合运用各国先进智能技术，先后推翻了15个版本的前期规划图，经过1年多的摸索和优化组合，于2018年3月在西服上衣车间将硬件设备全部上线，软件初步调试成功，而搭建完成的智能生产线。通过调度系统，服装信息会在工人工位前的平板电脑上显示，方便工人了解工艺要求，实现了大货、团购和定制的三位一体。

智能化也倒逼雅戈尔人与时俱进。刚投产时，各种问题层出不穷——吊挂线收不到MES系统指令、收到指令却未执行、网络经常延迟……技术部要不断改进，车间工人也要迅速掌握智能设备的操作。刚开始，人脑跟不上电脑，难得的是不少人愿意去学技术、学新本事，并在不断的学习中脱胎换骨。以前车间有700多名员工，现在只需400人，但留下来的员工生产效率更高了。看着如今宽敞整洁的车间，娴熟地使用着智能设备的工人，你可以看到新时代的工人如何投身于时代的伟大变革之中。

"早在20多年前，我们完成了从'棉花种植、纺纱织造到面料研发、服装设计再到成衣制作、卖场终端'全产业链格局的全线贯通。"李如成说，"今天，我们要重新为这些产业链的末梢注入智能的力量，抓住数字时代新的发展机遇。"

2019年，雅戈尔即开始投建线上线下融合体系。2020年2月，因新冠疫情突然暴发，李如成独自坐在百人会议大厅召开线上动员大会，号召全体员工开展线上营销，并亲自发朋友圈带货。3月7日，雅戈尔开展第一场线上直播，销售额超过500万元。之后每周一场不间断，单场最高销售额达到1650万元。雅戈尔线上线下融合体系的总体原则是线上推广，线下体验；线上销售，线下服务。依托全国2000家直营门店，线上购物顾客可享受就近门店发货和部分售后服务。

从云南新疆大地上的一粒种子、内蒙古草原上的一头羊，到机轮上的一根纱，再到纺织城的一匹布；从工人手中的一枚针、成衣车间的200多道工序，到展橱里精致的西服、镜头下挺洁的衬衣；从手机里的订单、物流线上的加速度，到体验馆中的一杯咖啡、妻子为你披上衣服时的笑容……雅戈尔打造了一条健康、科技、时尚的全产业链，也是一条温情、体贴、得体的产业链。我忽然想起李如成诗作中的那句"一针一线丝毫不苟"，他说借用了郑板桥的诗句"一枝一叶总关情"——雅戈尔一针一线丝毫不苟的背后，也是情。

四

"一生最好是少年，一年最好是春天。"2020年，在雅戈尔品牌创立30周年活动中，李如成与"90后"品牌代言人熊梓淇合影。一位是50年代出生的企业家，一位是"90后"的偶像演员、流行歌手，他们站在聚光灯下，都穿着雅戈尔的西服，都是雅戈尔的代言人。在熊梓淇之前，雅戈尔还有过费翔、张艺谋等代言人。茅盾文学奖获奖小说《繁花》改编的同名电视剧热播，剧中饰演服装厂厂长范新华的演员董勇最近也担任了雅戈尔5G智能工厂荣誉厂长。YOUNGOR，见证了千千万万人正当年华的青春，在每一代男人最美好的岁月留下青春的印痕。

李如成说，雅戈尔的目标是打造世界级的时尚集团。在这句话中，我提炼了两个关键词：时尚、世界级。

20世纪90年代，雅戈尔在品牌初创时就已埋下了全球化的种子。一张略泛黄的老照片，记录下1990年8月与澳门南光国际贸易公司合作创建雅戈尔制衣公司的片段。照片中，青春服装厂厂长李如成和澳门南光的当家人曹贞一起坐在主席台上，李如成手里拿着一张粉色的纸，正在宣读着什么。按照行政经验推断，但凡用粉色或红色的纸，皆与喜事有关。至此，青春服装厂放弃了原有的北仑港衬衫品牌，开创了全新的雅戈尔时代。90年代，雅戈尔还有一个非常大的动作，就是实现了上市。

改革开放初期,中国以开放促改革,吸引外商投资。十多年过去了,经过资金、技术以及管理理念的三重补给,包括雅戈尔在内的企业都完成了自身的完美蝶变,做好了转型升级与改变进出口格局的准备。

2008年,华尔街金融危机使全球贸易陷入低迷,这是当代世界政治经济史的一个转折点。98岁的英国经济学家罗纳德·科斯拿出自己一半的诺贝尔经济学奖奖金,用于召开一次关于中国改革开放的学术研究会,主题是"中国经济体制改革30年",参加会议的还有3位诺贝尔奖得主蒙代尔、诺斯、福格尔,北京大学的经济学家也有与会。科斯认为,中国的改革开放,无疑是"二战"之后"最为伟大的经济改革计划",年迈的科斯深情地说:"中国的奋斗,便是人类的奋斗,中国的经验对全人类非常重要。我将长眠,祝福中国。"

中国的奋斗,便是人类的奋斗。中国的改革,除了政府推动,还来自民间的草根改革,来自努力、进取、不屈不挠的中国人民。科斯在《变革中国》中说:"造就中国经济崛起的奇迹的根源则是充满了乐观、活力、创造力和决心的中国人民。"

雅戈尔的成功,不仅取决于一个李如成,而是千百个和李如成一样希望企业成功、改变命运的雅戈尔人。我接触的几位雅戈尔高管和中层,都保持着审慎的态度和严格的纪律,足见雅戈尔在管理上的严谨和情感上的向心力。

全球消费者以中国价格享受到琳琅满目的消费品,但大多记不住中国的品牌,包括雅戈尔。至于原因,或许就如李如成所说,因为国内和国际的高端市场大多被国际知名品牌和二线品牌所占据。KWD下属新马集团是美国五大服装巨头之一,更重要的是团队地处香港,对中国文化也有所了解。新马拥有的国际品牌,特别是在海外市场的营销渠道是雅戈尔所看中的,两者的互补性相当之高。因而在并购新马集团的决策上,雅戈尔管理层的意见高度统一。

但这次并购却颇为一波三折。2005年,KWD公司希望出售以新马集团为核心的男装业务,雅戈尔对此也表现出极大的兴趣,但由于双方对于收购价格的争议较大,最终未能谈拢。2006年,由于美国中高档服装市场竞争加剧,新马集团利润出现大幅下滑。2007年,美国的宏观经济由于次贷危机而出现衰退迹象,消费低迷,KWD公司再次表明了出售男装部门的意愿。

李如成聘请一流专家顾问团队,针对新马集团的业务,进行了全面而深入的调查。8月24日,双方签订保密协议,收购谈判正式开始。从文化到法律,从收购方式到思维方式,所有的细节差异都成了双方讨论的对象,谈判常常进行到后半夜。经过艰苦卓绝的谈判,双方终于达成一致意见,促成了当时举世瞩目的中国服装业第一宗海外并购案。

"是世界更需要中国,还是中国更需要世界?"

之后几年,参与国际并购的企业和企业家不断涌现。2010年,吉利并购了沃尔沃,打开了沃尔沃在中国的市场,并把企业送进了世界500强。2016年,海尔收购了三洋的白电业务,联想收购了摩托罗拉的手机业务,美的收购了德国的机器人公司库卡。在2016年,有超过200家德国公司被中资并购,很多甚至是行业的隐形冠军。此后,默克尔内阁出台新规,限制非欧盟企业对德国公司的收购。

我们要去尝试、实践和探索。

五

见李如成的同时，我见到了他的两位助理，一位是"80后"，负责公共关系，一位是"90后"，担任办公文秘。我们聊起《中国有个雅戈尔》，我说昨夜阅读这本书的时候，数次热泪盈眶。李如成说，那说明这本书写得用血用心，然后他问"80后"助理："你读过吗？你感动吗？""80后"助理说："读了，感动的。"但是他的表达很平静。李如成问"90后"助理："你读了吗？有仔细读吗？落泪了吗？""90后"助理说："读了，没落泪。"她回答得更加干脆利落，甚至没有一点虚伪的迎合，并且一边用电脑迅速打字做着会议纪要。

这是雅戈尔高管和中层间即时性的碎片化的日常答问，因其随意，而不需要上下级之间的服从，给"80后""90后"一个真实表达的机会。

年轻一代在成长。他们有自己的理念与态度，并且在内心中保留着不妥协。我说的数度落泪，是真实的，我在那本书中读到了我童年时的艰辛，读到了我少年时的窘迫，读到了上一代的贫穷与无力。当我读到李如成二弟李如刚那时特别想吃西瓜以至于事业有成之后他特意买了好几筐西瓜送给亲友，我想到我的父亲，他也曾经说过此生最大的愿望是吃一整条草鱼。当我读到雅戈尔人在时代风雨中拼搏，读到他们因奋斗而扭转命运的励志故事，我的热泪盈眶更多是因为共情。我们都曾经从贫穷艰辛中走来，都试图通过奋斗改变自身的命运。

但"90后"也许不会为这些文字热泪盈眶，他们理性，他们的锋芒是不动声色的。

也许这就是代沟，富有戏剧性的代际冲突。出生于20世纪50年代到70年代的人，主导了中国市场将近半个世纪。几乎所有商业场景和审美模型，来自他们移花接木式的学习或创造性的灵感。随着"80后"和"90后"进入职场和开始创业，年轻一代将会使商业文化和公共社会的审美产生微妙的倾斜。

就像李如成说，我和他缺少共同语言，心路和思路不同。虽然他承认这是很好的题材，但他判断我无法写出他心中的雅戈尔，或者说无法客观地写出雅戈尔，因为我缺失那整整一代人的经历。哪怕当我提到油条三分钱的时候，李如成也想起了那段岁月，但这仅是一个细节的共通，对贫穷的体验之外，我感慨的是改革开放之前的物质贫瘠，而他或许还想到了那时粮票使用的弊端，以及物质贫瘠背后的痛点。就如他所说，1995年到现在这30年，所有的变革是很大的，对企业来说也是大浪淘沙。

李如成坦言自己与年青一代存在代沟，并且谈道："在国际上的竞争是整个产业的竞争，但我们做得不够好，要反思雅戈尔作为龙头企业没有做大的原因。"李如成平淡而自然地说出这话，令人有些感动。没有矫情，更没有豪言壮语，他的声音低沉，略带沙哑，语速不快，就与寻常一样，他看到的不是光环，而是自身的不足，雅戈尔的不足，并且做了反省。这样的人，是值得尊重的。

然而我并不认为这是我写作的障碍，雅戈尔属于无数个关注它的人，李如成心中的雅戈尔，和我心中的雅戈尔并不需要完全一致。存在差异，才是进步，时代因不同而进步，每一代年轻人都会比上一代更优秀更出色。现在的年轻人不再对想吃一整个西瓜或一整条草鱼共情，不再为三分钱油条而感慨，但时代永远属于年轻人。

"这是现代中国的第一代人，他们被允许对其未来做出真正的选择。"《时代》周刊曾用这样的口吻描述当代中国人，这也是40多年改革开放的成就之一。不同年龄阶段和不同经历的人之间往往容易出现代沟，就像海通食品集团董事长陈龙海某次纳闷地说了个事：海通在大厅等多处安置有现磨咖啡机，可供员工免费使用，但有好几次，他看到年轻员工手拿着不知哪里团来的咖饮，那些员工收入一般，明明可以免费享用有品质的咖啡，却非要花钱去买，何必这样浪费？这是"50后""60后"不能理解的"80后""90后"，但世界终将属于他们。时尚跟随着年轻人的审美和节奏，他们愿意为先锋、创意和新鲜的体验感买单。更年轻的"00后"也生猛地"杀"过来了。雅戈尔需要更多年轻而时尚的表达，来自曾经的年轻人，也来自当下的年轻人。

雅戈尔并没有停止探索之路。近年来，上海时尚中心成立，雅戈尔正致力于打造时尚品牌矩阵：雅戈尔集团在四大自有品牌——雅戈尔、MAYOR、哈特·马克斯、汉麻世家之外，还投资合作了街头潮牌UNDEFEATED和挪威国宝级户外品牌HELLY HANSEN（海丽汉森，简称HH）。

"中国雅戈尔时尚创新100"也于2021年正式启动，将融合经典与创新，持续吸纳与沉淀全球一百位设计师，建立一个培育和汇聚时尚设计力量的平台。2023年10月，雅戈尔"时尚创新100"第二季正式发布，展览的主题为"源来如此"，重点关注"时尚可持续"话题，为期5天，列入上海时装周官方行程。

挪威国宝级户外服饰品牌HELLY HANSEN始创于1877年，有一百多年的历史，在航海和滑雪爱好者的圈子内久负盛名。航海和滑雪对年轻人充满着诱惑，无疑会为沉稳中正的雅戈尔主品牌带来新活力。

与 HELLY HANSEN 的合作，是雅戈尔在户外领域的一次尝试。户外休闲高端运动品牌，无论从投资角度还是从产业角度，都是一个风口，有较大的上升空间，比如安踏跟李宁，他们在这方面的营收都比较好。2019 年 5 月，雅戈尔开始布局，交易对象是加拿大最大的零售商之一。对雅戈尔来说，如果进行合作，就要控股，但对方也是上市企业，实力相当。董事长助理黄经理说："说白了大家都不缺钱，都想把事情做好，但是大家都要控股。对方的诉求是在中国市场打响品牌，雅戈尔的诉求是走向国际化。"

谈判非常激烈。2019 年圣诞前夕，上海南京东路雅戈尔之家，室外是繁华的南京路，室内是来来往往的顾客。谁也没想到楼上的会议室里，正进行着激烈的谈判，有的讲英文，有的讲中文，有时候几种语言和几种声音会叠加在一起。一开始双方在同一个会议室，因为争论太激烈了，最后分开坐两个会议室。连续几天拉锯战，凌晨 3 点起来开会，是家常便饭。并购交易，双方的律师和财务顾问都要参与，每一个细节都是一点一点地抠。过程非常枯燥严肃，但"抠"这个字很形象。疫情期间有时采用电话会议方式，最长的一次电话会议大家坐在椅子上 5 个小时没有动，不吃饭不上洗手间，因为一人一个屏幕，走开一个就不便开会了。可惜双方分歧较多，谈判一度中断。

在滑雪领域，有这样的经验之谈，选手在雪道进行大回转动作时，要非常善于把握最佳回转时机，才能减少消耗的时间。2020 年 6 月，机会又一次放在双方面前，谈判重启。直到当年的 12 月，李如成带队谈判，一见面就跟对方的谈判代表半开玩笑半认真地说："反正我们要控股 60%。"对方也说要 60%。最后双方掰手腕掰出个平局，以各占 50% 的股权分配共同成立合资公司海丽汉森安骊（上海）商业管理有限公司。到目前为止，全国共开出 35 家店。心怀山海，百年积淀。一家非常规范的百年企业，为雅戈尔带来新的启发，也带来新的时尚。

近些年，不少大品牌经常和时尚潮牌联名推爆款。大品牌有广泛的影响力，而潮牌有创意，有忠实粉丝群体，带来生命力和时尚感。街头潮牌 UNDEFEATED，最早创立于洛杉矶，原是一家运动鞋的零售商店，聚集了志同道合的社群。中国追求前沿时尚的年轻人也熟悉这个以四条竖杠和一条斜杠组合而成的品牌图形标识，它代表的是街头潮流当中那种"不可击败"的精神。雅戈尔经过慎重考虑，和 UNDEFEATED 携手成立大中华区合资公司，吸引了更多年轻人的目光。

六

在雅戈尔的品牌矩阵中，最引人注目的一匹黑马，是 MAYOR。

"与世界共建 MAYOR。"

曾几何时，"匠人"一词一度是略带贬义的名词。我曾想把本书命名为"匠心"，觉得太过匠气，后来又改为"走远路的人"，"远"这个字，带着某种期待和不确定性。但不知不觉间，"匠人"又开始成为温暖、朴素的代名词，成为个性、手工、本土创新的标签。

百年前，宁波裁缝靠一把剪刀、一个熨斗、一卷皮尺，制作了中国第一套中山装，开办了中国第一家西服店、第一所服装学校，出版了

第一部服装理论著作，在中国近代服装史上写下辉煌一页，留下了宁波的名字，也造就了"红帮裁缝"这块金字招牌。雅戈尔脉承百年红帮匠心与技艺，打造 MAYOR 品牌。Mayor 的中文意思是"市长"，让中国的政商两界领导者穿着产自我们自己国家的服装，是雅戈尔的心愿。

李如成的办公室前，贴地放着三块大展板，介绍的是国际奢侈品产业的三大巨头：历峰集团、开云集团和 LVMH。展板列出了三家旗下的一众品牌，也将它们的营业额与利润单独列成行，置于显眼处。大部分人都觉得李如成是以此为目标，激励雅戈尔赶超世界奢侈品牌。我认为更多是为了分析。

贝恩咨询的数据显示，2012年，中国首次超过美国，成为全球最大奢侈品消费国，内地、香港和澳门的总消费占全球销售份额的四分之一。根据经济学家迟福林的研究，中国有14亿人口，中等收入群体超过4亿，是全球最具潜力的大市场。

中国是服装生产大国，可至今没有世界级的高端男装品牌。不少政府官员和企业精英经常穿一些外来品牌参加公共商务活动，容易被人诟病崇洋媚外，还容易引发奢侈品牌溯源反腐的舆情。成功人士需要一个既体现身份，又不至于引发质疑的高端品牌。雅戈尔看到了这个市场。打造中国男装奢侈品牌，需要实力，需要资金，需要世界一流的工厂和弹性供应链，雅戈尔有这个底气。

2015年，雅戈尔召回上海销售总监陆萍，明确让她负责新创的MAYOR品牌。陆萍在雅戈尔就职25年，做了20多年的市场运营，从未做过品牌。常规操作一般是设计师先做设计，再制作成衣，然后推广。雅戈尔尝试逆向思维，让负责营销的经理来做品牌，让市场经验来引导品牌建设。

首先是抢占奢侈品牌在国内的市场份额。虽然众多国际男装奢侈品牌正在走下坡路，但打造一个没有知名度的本土新品牌，难度依然很大。以顶级面料撬动服装产业供给侧改革，以高端定制和个性化品牌取代欧美奢侈品牌，是雅戈尔的思路。

2016年以来，李如成多次带队往返欧洲考察，参加Milano Unica面料展。说起李如成第一次去欧洲，是在20多年前，一个人带着行李箱和样品，箱子里很大一部分空间装着方便面，到酒店用开水泡着吃。而雅戈尔与米兰纺织展的缘分始于10多年前。那时参加展览，李如成就对LORO PIANA、CERRUTI 1881等品牌的高端面料心动不已，但雅戈尔只能作为一个旁观者。和中国其他企业一样，早些年参加这类国际活动，中国企业根本无法进入国际同行的视野，与中国企业的会晤随意性很强，甚至毫不相干的事情也会影响会谈的氛围。这些有着上百年历史的面料供应商，以前主要供应HERMES、LV、GUCCI等传统奢侈品牌，并不知道雅戈尔，也不会想到将面料卖给中国的服装企业。无独有偶，海伦钢琴的陈海伦最初参加欧洲高档商业活动，那些商家听到中国，也是持否定态度，说："China, No！No！"如意公司储吉旺在国际市场推荐自己的产品时，商家的态度也是如此。

如今，中国制造在国际上的声誉和地位有了提高。上海Milano Unica纺织面料展时，数十家意大利顶级面料商参展出席，向中国人推介他们的产品。从赴欧参展被冷落，转为受欢迎，到国外面料商主动来华，这递进式的改变背后，是多少中国服装界人士的拼搏和集体努力。这份尊重，来之不易。

李如成一行飞赴欧洲，得到了国际同行的欢迎。在米兰面料展上，李如成一块块翻选面料，哪一块柔软光滑，哪一块丰满厚实，哪一块挺爽有型，作为浸淫服装业一生的人，指尖触摸过面料的经纬，指腹揉捏到面料的纤维，仍赞叹世界顶级面料的高端。ZEGNA 的高科技面料，更是令人心动不已。那么多面料，大伙一块块地看，一块块地选，没时间吃饭就啃面包，或者吃宁波带过去的干粮、咸鱼，时间都放在工作上。看不够，学不够，选不够。雅戈尔一口气下单了上万米的面料，又一一去拜访五大顶级面料供应商。

这五家供应商分别为来自意大利的 ALBINI、ERMENEGILDO ZEGNA、LORO PIANA、CERRUTI 1881 和来自瑞士的 ALUMO。在李如成西行的时候，他们也在寻找战略合作伙伴。近年来消费降级，全世界奢侈品市场增速下降。HERMES、LV、GUCCI 等在采购面料时，下单数量并不多。而雅戈尔则一直雄踞中国服装业龙头地位。这些欧洲面料商明白，如今的时尚界少不了中国市场的参与。数年前的吉利并购沃尔沃案，给国际商家一个有效的提示。作为名牌的沃尔沃之所以亏损严重，是因为忽略了以中国为代表的新兴市场。汽车如此，服装亦如此。

李如成带着雅戈尔团队拜访了一家又一家面料厂，参观工人车间，观看工作视频，深入了解五大面料商的生产情况。雅戈尔的万米订单在米兰引起了点小轰动，参观考察五大面料企业也给雅戈尔团队带来不少触动。一时间，雅戈尔和五大面料商的互相欣赏传为佳话。

ALUMO 首席运营官罗曼尔德·艾歇尔回忆道："我初次和李先生见面是在我们公司，也就是我的故乡瑞士阿彭策尔那里。我发现李先生是个非常热心坦诚的人，我俩一见如故。他来拜访我们，当场和我们下了一大笔订单,因为他对布料很了解,摸过布料后他立马就喜欢上这些布料,这种情况并不常见。"

其他面料品牌的首席执行官也称赞李如成是个很特别的人,他的工厂里有旧的东西,也有新的东西。他专业,友善,有远见,看得见与供应商的合作前景。

2016年10月19日,宁波国际服装节,雅戈尔与五家来自欧洲的顶级面料生产企业签署战略合作协议,五大面料商CEO全部到场。他们将为MAYOR提供与欧洲同步的最新面料,并将根据需求为MAYOR研发专属面料。

"雅戈尔已经具备所有成为世界品牌成功的因素。"ALBINI总裁Silvio Albini表示。在签约协议上,ALBINI代表给了李如成一个大大的拥抱,而ZEGNA的代表则将一块概念性面料赠送给李如成作为礼物,那正是半年前李如成在米兰一见钟情的高科技面料。CERRUTI 1881代表丹尼尔在现场发言中表示,这次提升合作层次共同打造MAYOR这个品牌,将借助雅戈尔这个渠道拓展中国市场的商机,希望不久中国消费者都能穿上有着CERRUTI面料的MAYOR服装。

三年之后的2019年,雅戈尔40周年庆的时候,五大面料商CEO又一次全部到场。

"全球品质、中国制造、中国价格"是这次雅戈尔与欧洲五大顶级面料供应商合作的特点。在米兰采购展上订购的万米面料,五六个月之后到货,2017年MAYOR上柜之后,当年销售就达1.9亿元。

从营销转到品牌的陆萍,就像培育一颗种子一样,看着MAYOR发芽,抽枝,长叶,根越扎越深,枝叶越来越繁茂。说起MAYOR的优点,除了顶级面料、超高的性价比,还有一改中国服装界缺乏原创的弊端，引入高端设计师，进行个性化设计。陆萍的性子爽直利落，她说："MAYOR 旨在打造性价比最高的奢侈品牌。同样的杰尼亚面料，一件西服杰尼亚售价三四万，MAYOR 只要三分之一左右。"

雅戈尔和五大面料商不仅是买卖关系，更有技术和人文上的合作交流。面料商有丰富的品牌经验，营销部门每年都会派人来中国指导，品牌策划部经常派人参与雅戈尔的活动，在高定活动时给顾客讲述面料知识、礼仪和穿搭。雅戈尔公共关系部徐衡律记得，有一年在月湖边的会所里，举办了一次民国风情的时装秀，当时他担任主持，做线上线下融合的活动，吸引了众多优质的高端客户。这样的活动，一年几十场。欧洲的设计顾问和五大面料商也会提供一些款式和样衣，根据销售保持反馈和共享，并根据雅戈尔的经纬纱织要求，进行专属面料开发。与世界共建的 MAYOR 一直以国际化的视野组建新鲜团队，如独立店运营总监就来自杰尼亚。近期又收购法国奢侈品牌 CORTHAY，其设计总监等均是从 LV 出来的，将为团队输入奢侈品的管理理念。

当然，更重要的是超越。时尚，永远无法被学习，只有超越，才有先锋，才有时尚，才是引领者，而不是追赶者。

MAYOR 的成长过程也有过曲折。大伙复盘的时候就谈到一个案例，高支棉衬衫投放市场时的广告语是：一件阿尔卑斯山雪水漂洗过的衬衫。这些面料都是在瑞士的阿尔卑斯山山脚下做"后整理"。那里和依云是同一个水源。好的面料"后整理"是最重要的，而其中最关键的是水。水污染少，面料质量就好。意大利好的面料都生产自比耶拉地区的山脚下。最初，出于对环保的更高要求，高支棉衬衫没有做免熨。而国人的生活习惯与欧洲人不同，更追求快捷、便利，高支棉衬衫投放市场后销售业绩不理想,公司及时做了调整。以前,高支棉做免熨之后就脆掉了,公司内部的研发中心对高支棉的参数做了调整,突破了用高支棉做免熨的工艺难题。

陆萍谈到这段时,我正参加完一个画展。展览上一位美籍艺术家说:"如今已经到了消费艺术品的时代。"我心里默默地把时态改换成即将。无论是代表文化修养的艺术品,还是代表精英阶层自觉的环保意识,都包含着某种高消费的元素。大部分人喜欢艺术品但止于观赏而非收藏,具有环保意识但更喜欢方便打理的衣衫,在普遍小康而非富裕阶段做出性价比高的实际选择。

有时候改革也是被逼出来的。雅戈尔曾引进世界上先进的硬件倒逼初创时期的工人转型为技术工人,近年又用数字化智能化倒逼技术工人与时俱进,如今以市场倒逼企业突破技术壁垒。2023年1月,国务院新闻办公室发布了《新时代的中国绿色发展》白皮书,总结宣传10年来中国绿色发展的实践和成效,进一步凝聚绿色发展国际共识,呼吁各国团结合作,汇聚构建人类命运共同体强大合力。在这样的背景下,雅戈尔在环保面料上的突破,具有一定的示范性。

文明有一个养成的过程。宁波政协前几年做垃圾分类的课题时,我还嘀咕垃圾分类涉及日常点点滴滴,老百姓能顾得过来吗?等这几年下来,习惯了家中分成好几个颜色的垃圾桶,如若再把厨余垃圾和塑料袋扔在一起,自己也觉得心有不安。构建以产业生态化和生态产业化为主体的生态经济体系,必将成为新时代的方向。

2018—2019年,MAYOR大面积进入雅戈尔集合店,业绩连年翻番。2020年,雅戈尔决定将MAYOR从雅戈尔脱离出去,成为独立品牌,而非雅戈尔中的一个品类,2021年过渡,2022年扬帆启航。陆萍说到这里，很有分寸地停住了。而我敏锐地猜想，MAYOR独立出来，固然是为了打造高端品牌，或许也有"不把鸡蛋放在一个篮子里"的思量，甚或是集团内部的长远布局打算。

MAYOR的定位很高，从雅戈尔独立出来后，也遇到过瓶颈。从700多家店撤出，只有三十几家形象店里还有品牌矩阵形象展示。但不能再借助雅戈尔的渠道，又要高于雅戈尔，秉持宁缺毋滥的原则，MAYOR进的都是万象城系商场，没有奢侈品牌的商场是不考虑的。第一个渠道突破前，陆萍只能拿着PPT去跟人家谈，终于用国际共建的优势打开南京德基的大门，开了首店。新的独立店形象、标识、产品、吊牌、渠道、管理模式、运营模式，全部的全部，运营团队几乎是废寝忘食地运作。2023年12月，独立店一下开了12家，布局在华东、西北、东北的省会城市和高端商场。今后，还将走出国门，一直走到东南亚、中亚、西亚、欧洲等地，并与"一带一路"沿线国家企业开展广泛合作。把欧洲企业生产的高端面料引进中国，加工成成衣后再开拓国内国际市场，形成一个新的循环，诠释"新丝路"的内涵与活力。

说到自己在雅戈尔的25年，陆萍觉得最大的收获就是经历了市场运营，又做品牌，学到品牌的整个运营过程，看到集团的愿景和高度。与五大面料商、国际设计师团队合作带来的国际视野、新的理念，也使自己打开了新的格局。

在雅戈尔，只要你想学，就能学到很多。

聊到五点半，他们要去参加企业夜学。雅戈尔中层以上干部每周都要学习，包括财务、营销、法律等各种以业务为主的学习以及各线的交流。他们匆匆而去的身影，留给我一个时代的背影。珍惜学习机会，不断突破自身，他们已然超越了25年前《中国有个雅戈尔》

中所定义的农民身份。

特别想描述一下2017年7月雅戈尔人的意大利回访之旅。古老的海上丝绸之路,宁波是起点,欧洲是终点。千年之后,随着"一带一路"倡议的深入实践,这条古老的通道,又焕发了新的生机与活力。

这次意大利之行,雅戈尔集团重磅人士几乎悉数出席,参加两年一届的INTERTEX MILANO国际面料采购展及国际服装采购展。作为国际服装行业的顶级活动,这是意大利唯一对亚洲服装行业开放的国际采购展。

飞机飞过阿尔卑斯山,降落在意大利米兰的土地。在这世界时尚中心、世界设计之都、世界历史文化名城,站在古老而灿烂的哥特式建筑群中,浓郁的艺术气息迎面而来。飞翔的白鸽、街头的小提琴手,城市里无处不洋溢着属于夏季、属于意大利的热情。

米兰是世界半数奢侈品牌的诞生地。本次国际面料采购展及国际服装采购展展览中心位于米兰时尚展示聚集区,这里集中了诸多世界服装品牌的总部及展示工作室。夏天的阳光热烈,明亮得如同碎片。戴着墨镜的李如成,穿过米兰大街。

晃动的镜头中,人们在参观、交谈、握手、微笑。靠近墙壁的杆子上,挂着多本小样集子,里面是各种缩小版的款式,既可以看出面料,也可以一窥设计。工厂里一筒筒一卷卷棉纱,车间里高科技的设备,样品房里高端的陈列,女工正在裁剪,手指压住布料的一角,五彩的织线,精密的制作;整齐的展陈,琳琅的服饰,一针一线,棉的光泽,毛的软糯,中国人的镜头记录下车间、工厂、展厅、橱窗、现代化的智能设备……记录下异国他乡相迎的笑容。这是服装工业的时尚当下,也是历史古城的文化底蕴。

来自中国南方的宁波人,成了引人注目的焦点。对于雅戈尔高层的到访,五大面料商抱以"有朋自远方来"的热情。雅戈尔人与意大利朋友即兴共唱"我爱你有几分",说着"Thank you",说着"加微信",拥抱,欢笑,大大方方的国际范儿。

快艇驶过蔚蓝的科莫湖,溅起激情的浪花。乘风逐浪,中国人,宁波人,雅戈尔人。

一场主题为"丝路轮回"的文化交流晚宴,举杯,欢庆,神采飞扬的人们。意大利朋友表演了歌剧《我的太阳》,而雅戈尔带去了一段越剧《梁祝》。表演者是MAYOR品牌的运营经理陆萍的女儿和她的同伴。水袖舒展,明眸善睐,在国际友人目光的注视下,雅戈尔人和更新一代的年轻人赢得了掌声。

不知是有意还是巧合,雅戈尔选择了越剧《梁祝》。江南特有的曲种,带着宁波的婉约和风姿。而《梁祝》越剧剧本恰好是一个名叫徐进的宁波人所编,该剧代表着中国戏剧创作的高峰,后又改为电影文学剧本拍成电影,被周恩来总理在1954年带到日内瓦会议招待会上放映。这个中国罗密欧与朱丽叶的爱情传说和中国越剧这一优美的剧种,在国际上受到赞誉。之后,又有何占豪与陈钢改编的小提琴协奏曲《梁祝》,为整个东方音乐赢得声誉。

不只是服装,更是文化——戏剧、影视、文学、音乐,全方位的文化艺术。中国式审美和东方文化,正复燃出自信的光芒。

"要打造世界顶级品牌,单靠一家企业的力量是不够的……谁有强大的市场潜力和先进的管理体系,谁就会拥有对整个行业的话语权。打造民族品牌是雅戈尔梦;在国际市场有所作为受到尊重是中国梦；而我们从海上丝绸之路的起点——宁波，来到陆上丝绸之路的终点——意大利，就是为了实现世界梦。MAYOR不仅是中国的，更是大家共同的品牌，希望集世界知名品牌之精华，凝聚为世界顶级品牌。"恰如李如成所作的辞赋：集欧美之精髓，融华夏之文明……

当地时间7月13日，蓝色的科莫湖和白色的天鹅、欢庆的人们共同见证了全球六大纺织服装巨头携手倡议，为全球时尚产业发展，以"共建、共赢、共享"为原则，秉承中欧千年丝绸之路的精神传承，致力于建设包容共享的全球时尚生态圈，共同打造MAYOR品牌；以时尚文化为切入点，推动中欧民间文化交流与融合，让时尚跨越国界，让文化全球共享。

李如成最先在倡议上签字。

我还提了一个幼稚的问题。

前几年中国作家协会原党组书记钱小芊来宁波调研时，谈到中国文学在世界上的地位越来越重要，中国作家在国际上发言时，会有不少人倾听。

有人倾听来自中国的声音。有人读中国作家的作品。

中式市场经济的崛起为其他文化与历史有别于西方社会的国家树立了一个鲜明的榜样，并通过拓宽市场经济的文化背景与发展市场经济多样性，加强全球市场秩序。我了解到奢侈品牌历峰集团旗下曾有一个"上海滩（Shanghai Tang）"品牌，定位为中式服装奢侈品牌，由邓永锵于1994年创办于上海。主营旗袍、唐装等具有中式美学元素的服装和家居产品。雅戈尔主打正装的款式设计与中国的中庸文化有一定关联，随着国人文化自信复苏和中国文化的输出，有没有考虑在服装上做一些中国元素的结合？雅戈尔曾经的愿望是让中国人穿上中国人自己做的西服，现在的目标是打造世界级的时尚集团，有没有可能以后让外国人穿上有中国元素的服装，让中国元素成为时尚？

李如成没有回答。

但其实他早已回答。打造世界顶级品牌，单靠一家企业的力量是不够的。打造中国服装的民族品牌，单靠雅戈尔的力量是不够的，单靠服装业也是不够的。

当年日本三宅一生的打造，是以全方位的东方美学作为背景的，是包括服装、美学、音乐、影视甚至饮食、文旅等综合的文化体现，西方市场对三宅一生的接纳和承认，其实是对东方文化的审美和独特的神秘性的认同。

什么时候能让外国人穿上有中国元素的服装，不是一个服装业可以回答的，这事关整个国家、民族的复兴，是与中华民族在国际上的话语权密切相关的。

李如成说："往更远看，我们把目标定在2050年，把雅戈尔打造成世界级的时尚集团。这是雅戈尔的世界梦。"

2050年，也是实现中国梦的关键节点：全面建成富强民主文明和谐绿色的社会主义现代化国家。雅戈尔的步伐紧紧跟着中华民族伟大复兴的步伐。中国梦和世界梦紧密相连。

想起曹操的诗句，"老骥伏枥，志在千里；烈士暮年，壮心不已""日月之行，若出其中；星汉灿烂，若出其里"，我想把这几句话赠送给不断开拓的雅戈尔人，在此青春做伴、血泪相和的奋斗岁月，总会迎见个人与时代交相辉映的壮丽与灿烂。

如意是一种境界

"人最宝贵的是生命,生命对于每个人只有一次,人的一生应该这样度过:当回忆往事的时候,他不会因为虚度年华而悔恨,也不会因为碌碌无为而羞愧……"这是《钢铁是怎样炼成的》中的一句话,是储吉旺年轻时抄录在笔记本上的一句话。

时光不能浪费,青春不能虚度,做一个有价值的人。储吉旺从小接受这样的教育,并以此作为人生的坐标。

储吉旺,宁波如意股份有限公司董事长。他的人生格言是"上善若水、厚德载物";他的经营理念是出好产品,做好市场,仰不愧天,俯不怍人;他的业余爱好是看书、写作、书法、摄影。他被誉为"世界搬运车之王",用三十七年的创业创新,使"如意"从一个简陋的油毛毡工棚走向全球,成为物流设备制造巨头,缔造了世界工业车辆制造的传奇。同时,他又是一位集企业家、慈善家、作家于一身的传奇甬商。如今,如意公司在第二代掌门人储江手上完成了传承,储江斯文,高学历,用现代化理念管理发展企业。两代人的创业,两代人的风貌。

《如意之灯》一书，杨东标著，是储吉旺先生2019年赠予我的。那次储先生赠了我好几本书。在宁海，如意公司的总部，储吉旺先生的书桌上，一侧摆放着他分外喜爱的孙辈的照片，一侧是他的书籍，或关于他的书籍。书橱里还有不少名著和企业管理类书籍。他取出其中几本，签上名，给我做纪念。他说："如意是一种境界，这个境界就是要让广大员工都感到心情舒畅、快乐幸福，要让大家过上好日子。这是我命名如意的本意。"储吉旺自言最满意两件事：一是捐建宁海石窟禅寺；二是公司无欠款，已累计捐款超一亿。而随着了解的深入，他令人敬佩之处远不止于此。

一

较之如意公司所取得的成绩，我更感兴趣的是企业发展的背景和企业家的成长历程。储吉旺来自农村，他的出生地是浙江宁海一个僻静的小山村——西林村。西林村也叫储家村，青山绿水，环境秀美，但很贫瘠。储吉旺小时候家境清贫，父母是普通农民，善良，勤俭。他的童年和大部分农村孩子一样，艰苦而不失温暖。1963年，他参军入伍，在南京军区后勤部船舶运输大队服役，因表现突出，从一名普通战士成长为受人爱戴的班长；退役后，他当过小学助教，也做过当时宁海县第一大厂——农机二厂的党支部负责人，并将农机二厂办成了浙江省工业学大庆的先进典型；再后来他遭受批斗，被关了两年牛棚，但困厄并没有消磨他的意志，在"反正"之后，他又把当时运营艰难的宁海县公共汽车站治理成效益惊人的明星单位……且不说曲折的创业路，储吉旺的经历已堪称"跌宕起伏"。

储吉旺心中最艰难的日子,是隔离审查改造的那段时间。高负荷的劳动,与亲人的分别,让他备受煎熬。妻子想尽办法在给储吉旺送饭送菜时夹带小纸条。小纸条上那一句句来自至亲的慰问,支撑着储吉旺走过最为绝望的岁月。听他讲述半夜里一个人在木工车间为自杀者漆一口棺材,十几口白皮棺材放在旁边,木材和电风扇发出令人心惊肉跳的声音,他会突然沉默,我亦沉默。

这些日子,我读了一些浙商的传记,《橘红》里的池幼章,《如意之灯》中的储吉旺,还有方太集团的茅理翔、三灵电子有限公司的沈觉良等,那一代人,都曾经历过艰难和绝望,冤屈、打击,甚至是迫害,他们顽强、坚韧,勇于突破困境。那些痛,那些屈辱,他们不曾怀恨,也不曾忘却。正如储吉旺先生所说,人是有尊严的,人是有自由的。为了这一份尊严和自由,他们没有放弃奋斗。

1979年7月12日,储吉旺结束了长达两年的隔离审查,像一个落魄者走在宁海的巷弄里,高一脚低一脚地回家。过年时一贫如洗,还被人嘲讽。他自嘲过年的菜是"三柱一卤"(花果柱、荞头柱、大蒜柱、酱蟹卤),从他的追述中,我才知道凤仙花的秆子也能腌制做菜,这几样宁海穷人家的下饭菜,折射出当时普遍的经济状况和储吉旺家庭的困顿。很多年后,储吉旺说:"我要感谢那些曾经置我于死地的人,是他们使我绝地重生。苦难并非坏事,可以磨砺人的意志。"

为了改善生活,储吉旺写过广播稿,卖过棉毛衫,出过养生书籍。那是1984年的冬天,改革开放初期,我在后续对其他企业家的采访中,更深地认识到80年代初改革开放带来的变化。在中国企业史上,1984年被称为中国现代企业的元年。邓小平两次著名的南方视察,其中一次就是在1984年。这年3月,中共中央做出重大决定,宣布"向外国投资者开放14个沿海城市和海南岛",这14个城市包括宁波。在这一年,联想公司在北京成立,青岛海尔冰箱厂在山东成立,深圳万科公司在广东成立,南德公司在四川成立。这四家企业的早期经历,都与全球化有关,随着东南沿海优先发展战略的执行,宁波企业也获得了更大的上升空间。

储吉旺经历过太多艰难,最艰难时他甚至想到过死。然而亲人的牵挂、肩上的责任以及军旅生活铸就的坚韧,成为储吉旺走过困境的力量。那一代创业者,需要勇气,需要强大的内心,拼搏,再拼搏,从最基层做起,从最辛苦的一点一滴做起,积累,突破,在一穷二白中闯出新的天地。在《商旅心迹》的《序》中,储吉旺这样写道:"一个人在危急艰难的时候,一定要保持坚强的信心,必胜的信念,化压力为动力。寒流来时,学会做'冬虫夏草',冬天来了,钻到地下吸取营养,壮大实力,寻找机会。夏天来了,迅速长出茂盛的枝叶去吸取阳光与雨露。"

二

1985年2月28日,储吉旺和5位朋友自愿离职,共同创业,宁海塑料九厂(如意公司的前身)挂牌成立。"无厂房,无设备,无资金,请局领导考虑",这是工商所经办人员在储吉旺的营业执照申请表上签署的15个字。这是储吉旺第一次创业的真实写照。这一年,他43岁。

当地工商局的领导了解他,也认可他的管理才能和人品口碑,破格给予支持,储吉旺如愿领到执照。1985年的春节刚过,储吉旺正式迈出创业的第一步。那天，在稀稀拉拉的鞭炮声中，一块"宁海县塑料九厂"的招牌被挂在了一个由毛竹和油毛毡搭建而成的简陋工棚前。这样一个"三无"企业，这样简陋的条件，欲在改革开放的大潮中打拼出一番天地，路何其漫漫！

在我读过的企业家传记中，多位企业家都是这样起步，戴集体经济的帽子，实则一穷二白，每年向集体支付一定的租金或分红。当时最缺的就是钱和业务。由于银行不给"三无"企业贷款，为谋出路，储吉旺三上北京，最终在朋友的牵线搭桥下，借到20万元启动资金。与此同时，多年的口碑也让储吉旺好人有好报——城关镇和环卫所的朋友为他雪中送炭，将数万元钱借与他应急，这在当时不啻一笔天文数字。多年以后，每每提起此事，储吉旺依然心有暖意。众人拾薪火焰高，田野上的简陋厂房运作起来。

创业之艰难远超储吉旺的预想。20世纪80年代的宁海，是全国著名的塑料配件加工基地，许多著名品牌的电视机、洗衣机、电冰箱厂家都在这里设有塑料配件加工点，如果算上模具厂、五金厂，全县大大小小的塑料企业有上百家，竞争堪称惨烈。这也为宁海县塑料九厂的出师不利埋下了伏笔。受限于资金和技术水平，宁海县塑料九厂生产的塑料落水管档次不高、竞争力不强，在疲软的宏观市场和惨烈的企业"肉搏战"双重挤压下，陷入了危机：集资户要抽回资金，职工纷纷跳槽另谋生路……

回看那一段岁月：1979年全国有社队企业148万个，98%的公社、82%的大队办了企业。改革开放大潮涌起，集体企业转型，乡镇企业犹如雨后春笋，破土而出。当年风光一时的乡镇企业、村办企业，整体素质和管理能力远远不如国营企业，却一度成为致富发家的样板。刚开始，一穷二白的农民有了办工厂的机会都很积极，但随着工厂财富的积累，品质竞争、内部管理问题增加，再加上人才流失、资源流失，各种弊端就暴露出来了。许多乡镇企业以及私营企业家族式的结构，也带来各种负面效应。小农经济，锱铢必较，没有科学的管理制度和监管制度，矛盾丛生。

同时期的另一位企业家——宁波三灵电子有限公司董事长沈觉良就曾谈道："我只想按国家的政策法律法规办工厂，可以自己做主，能静得下心把精力心思都扑在企业经营管理上，不要每天去猜测上级领导的意图，不要每天把精力和心思放到去讨好奉承领导上去。"到了20世纪90年代中后期，很多地区开展改革，乡镇集体企业由此转为民营。

谁是时代的弄潮儿？我想起储吉旺在长江上的逐浪穿行。

1986年的一天，他像往常一样阅读《浙江日报》，一则新闻报道引起了他的注意。报道的大致内容是说中国人口众多，劳动力价格便宜，拓展外贸市场是中国企业的一条出路。"中国市场有限，全世界的外贸市场很广阔"，短短十余字，打开储吉旺的思路。

"去浙江省机械设备进出口公司争取一些外贸业务。"打定主意的储吉旺主动出击，踏上了前往杭州的火车。为了拿到订单，他在进出口公司附近的旅社三楼，一等就是30多天。那个只够放得下一张床的阁楼，成为他的临时办公点。为了能够拉拉关系，加点印象分，他甚至派厂里的员工，上门为进出口公司打扫卫生。

省进出口公司的一个业务员被储吉旺的诚心感动，向他透露了美国钢链公司有一款拉紧器新样品需要招标的消息，让储吉旺的精神头为之一振，但随即他又不由得蹙紧了眉头，因为有5家企业参与竞争，其中不乏实力雄厚的大中型国营企业。那时的他对拉紧器一无所知，但就像一个在黑暗中看到光亮的人，会自心中迸发出无限力量，他立即投入到对拉紧器知识的学习中。从性能、制作工艺到价格，随着信息越来越多，储吉旺的底气也越来越足。后来，招标结果出炉，储吉旺以低价成功拿下订单。

接下来的几个月里，储吉旺异常忙碌。为了能够准时交货，全厂职工包括储吉旺的妻子和读中学的儿子、读小学的女儿一齐上阵帮忙，临近交货的那段时间，更是一连熬了好几个通宵。他精通油漆手艺，最后一道工序刷漆由他负责，他的头发因被雾化油漆粘住，摸上去一块一块的。

这一忙，便是3个月。3个月后，上海港，一艘货轮缓缓驶离，价值15万元人民币的46000套拉紧器被封装在两个集装箱里，远航抵达客户手里。这款在如意公司历史上具有里程碑意义的产品让距离破产仅一步之遥的工厂起死回生，也给企业带来新的转机。1987年11月，宁海县机械设备配件厂成立，储吉旺正式确定了以机电产品为主的企业发展基调。包括如今的接班人储江在内的共同付出，既是家人同甘共苦的奋斗之路，也是对第二代企业家创业创新的言传身教。

通过捕捉报纸上的信息，拓展外贸寻找企业生路，如意公司靠参与竞标获得拉紧器的订单攒下第一桶金，但令储吉旺警醒的是，这一桶金不能算是足金。因为发货后不久，美方以质量不符合标准为由要求退货。在质量检测时，储吉旺提早一天与检验员做了沟通，希望以慢慢增加压力的方式检验拉紧器的承受力，才侥幸获得全部合格的结果。这段曲折让储吉旺明白产品质量的重要性，自家产品要经得起任何方式的检验。储吉旺带领团队改进材质配方，改进工艺，提高产品质量，终于使产品质量全部超过国际标准。如今，"西林"牌拉紧器已经成了国际品牌。西林，是储吉旺出生的地方，是他念念不忘的故土，虽然因水库工程已沉浸于水底多年，储吉旺却把故土的名字传播到远方。储吉旺说："水库水浅的时候，可以望见我家的屋顶。"西林，他的来处，记录着他的童年，包含着他回首故乡的拳拳之心。

三

在风起云涌的20世纪八九十年代，石油危机、中东问题、苏联解体和东欧集团的剧变，以及以苏联为首的经济互助联盟的瓦解，这些因素都成为影响世界商贸格局的旋涡。一些曾经做到世界第一的品牌在时代的洪流中逐渐崩溃，而新的公司代之兴起。出国考察时，储吉旺发现新的商机，看到了物流搬运的市场。

1988年，大连叉车总厂试制成功了我国第一台40吨集装箱叉车。9月，杭州叉车总厂召开累计销售万台叉车庆祝大会。当时，叉车绝对产量排名世界前四的分别是德国、日本、保加利亚和美国。在这样的背景下，1988年8月，如意公司搬运车试制小组成立，储吉旺自己担任组长。

金工车间、装配车间、油漆车间和仓库都设在油毛毡下的厂房里，技术人员也是个位数，没有电脑，只用画板和卡尺，就这样画出了生产图纸。一辆搬运车，200多个零件，零件采购成了问题，原材料也是问题——乡镇企业未被列入国家的钢材计划，钢材需求主要靠计划外资源来满足，他们想尽办法去采购，甚至去捡螺丝螺帽和边角料。多少往返奔波，多少汗流浃背，多少披星戴月，多少废寝忘食，搬运车在当年开发成功。1988年10月9日,宁波如意机械有限公司挂牌。老一代企业家,凭着自己的坚韧创新、吃苦耐劳和勤俭节约,打开了中国乡镇企业走向世界的大门,诚如储吉旺自己题撰的十六个大字:吉祥如意,兴旺发达,出口创汇,富我中华。

认识储吉旺的人都知道他酒量好,这个酒量既是天生的,也是后期磨炼出来的。谈订单时,招待嘉宾时,协调矛盾时,也曾经讲究"感情深,一口闷"。但初创时期的质量问题再次暴露,德国的订单虽然通过公关拿下,却在交货时出了问题。质量,无论什么都代替不了质量。既然要在国际市场上立足,就要以世界尖端水平去竞争。他请了一拨又一拨专家对产品进行指导,组织了一次又一次全厂职工大规模的质量培训,除了自己培养技术人员,也不断引进高端人才,并想方设法为专家和人才解决生活的后顾之忧。

功夫不负有心人,从用油毛毡搭起来的占地三亩的小厂房,搬进颇具规模的厂区,企业进一步步入正轨。如意公司搬迁进桃源北路的新厂房,以一流的现代化企业形象屹立在那里。我探访如意那天,朋友用小车载着我,沿着妙峰路,右转进入竹泉路,顺时针方向转了一圈,感受如意的范围,感受它的活力和动力。这一方接近于梯形的厂区,承载着如意人的梦想和创业激情。

在如意的厂区,可以看到儒释道融合的痕迹,可以看到传统文化与现代文明的结合。就说大门口的这十六个大字,前面八字是中国人传统文化中的祝福语,后面八字却有了改革开放的胸襟和气场。在如意,可以看到深具传统文化的摆件和绿植,比如石狮子和亭子;又触目可见各种款式的颇具科技感的搬运车,小的不足一米,大的高达数米,搬运车、堆垛车、叉车等十大系列,琳琅满目。在办公楼前,有两块小小的纪念碑。其中一块二次创业纪念碑上写道：公司通过15年的艰苦创业，于2000年10月15日全县第一家企业迁入县科技园区……西林牌搬运车、平台车、堆高车、拉紧器、风动工具等五大系列出口68个国家和地区。

潮起潮落，大浪淘沙，多少风光的企业被淘汰了，而如意如同淘出的金子，熠熠生辉。

四

"劫难磨炼了我，改变了我的命运，劫难使我凤凰涅槃，浴火重生。"历尽艰辛终使如意慢慢壮大的储吉旺在本子里写下这样一句话。

2003年，十六届三中全会提出完善社会主义市场经济体制，包括逐步改变城乡二元经济结构和建设统一开放公平公正有序竞争的现代市场体系、扩大市场对内对外开放等。全国的企业，尤其是浙江这样的沿海地区，宁波这样的港口城市，经济活力被进一步激发。这一年，如意的年产值已经达到2.1亿元，年出口量突破15万台，被业内冠以"世界搬运车之王"的称号，其"西林"品牌注册国家更是多达51个。

春风正好，却遭遇寒流骤袭。2004年4月30日，储吉旺一直深记这个时间。那场欧盟发起的反倾销调查，让如意公司吃尽了苦头，应诉失败后，需要缴纳28.5%的关税，如意自此痛失欧盟市场。但储吉旺没有因此陷入恐慌或绝望，而是沉着冷静地做了一个决定。他拿来世界地图，把欧盟版图剪下来，贴在美加版图上，贴在中国版图上——世界大得很！商人，得市场者得天下。他下定决心走创新转型之路，走出手工劳动密集型产品的阴影，向电动高科技物流产品前进，失去欧盟的手动车市场，就迅速开发电动车，要让电动车的五星红旗在欧盟市场上高高飘扬。"无内不稳、无外不大"，宁波企业家的目光，从国外又转向了国内，开始构建国内国外双循环的销售模式。

有远见、有决心、有毅力，如意的销售额从反倾销前的 2.1 亿增长到反倾销后的 3.1 亿，而 2005 年达 4 个亿，2007 年达 7 个亿，国内销售份额占 25% 以上。

刚走出反倾销的泥淖，2008 年次贷危机引发的金融海啸就重创了正在高速发展的中国，大量制造企业爆发了欠薪潮、倒闭潮、跑路潮。如意公司也被这全球性的海啸掀起的巨浪波及，最困难的时候，订单一度为零。

但有了欧盟反倾销案例的前车之鉴，储吉旺深知"不能把鸡蛋放在同一个篮子里"的道理，早在 2004 年就开始进入战略调整期，如意虽说也经历了短暂的适应期，却比同时期其他公司有了应付金融危机的更大底气。2009 年 6 月，如意的订单量开始回升，厂区内又恢复了车来人往欣欣向荣的景象。

回顾这段历史，我总是想起储吉旺驾驶着船艇在浩浩长江的波涛上穿行，在桥墩间穿行；在黄浦江穿行，在东海的海域上行驶，驶向更广阔的天地。

五

对文化的重视和偏爱是储吉旺的儒商特征。我特别喜欢杨东标先生对文学小院"十友会"的描述。在储吉旺家的小院中，十位年龄相仿的中年人一起读《古文观止》。明月夜，有星云，有晚风，有微亮的灯,有书,有朋友,他们的读书声,也是一盏灯。在那样一个风起潮涌的时代,他们坐下来,守着一盏灯,读着千古的文字。

宁海有柔石文学社,储吉旺是柔石文学社第一任社长。他一直非常喜欢唐诗宋词。1996年6月,他首次捐赠3万元,在宁海中学设立"西林"文学基金,支持柔石文学社的活动。2013年,储吉旺、储江父子携手《文学港》杂志共同创设永久性刊物年奖"储吉旺文学奖",每年从当年《文学港》杂志上刊发的单篇(组)作品中评选出两个10万元的大奖和五个2万元的优秀作品奖。2022年,储吉旺文学奖奖励力度再次升级,基金也增至2000万元。储吉旺文学奖在证书设计上也颇为用心,深色的封面加强了证书的厚重感,仿石质的肌理体现了朴素本真的气质,镶嵌的一两黄金,很有设计感,大小的方格颇有古代乌丝栏的味道,其上从左至右有"储吉旺文学奖"六个字,还别出心裁放上了魏晋左思的《三都赋·序》中的句子:"盖诗有六义焉,其二曰赋。扬雄曰:'诗人之赋丽以则。'"排版采用从右至左,竖排,有典雅之意,可惜的是句子不完整,使设计略打折扣。

谈到文学,储吉旺显得热切而感性。在第九届宁波文学周开幕式暨2021年度储吉旺文学奖颁奖典礼上,他以视频连线的方式送上祝福,他说:"我们宁波人爱文学,更爱读书,书藏古今是宁波的标签之一,祝福宁波的作家们写出更好的作品。"储吉旺从小爱好文学,这一爱好从未中断。无论身处军营还是退伍创业,一得闲,他就会捧起书读上一读。常常读着读着就入了迷,以至于通宵达旦、废寝忘食。他读的书十分驳杂,以名著居多,如鲁迅的文学作品、巴金的《家》《春》《秋》、奥斯特洛夫斯基的《钢铁是怎样炼成的》,等等。他还勤于写作。他是中国作家协会会员,数十年来笔耕不辍,出版有《百僧墨韵——储吉旺诗词》《储吉旺诗词英译》《风雨四十年》《长寿经验集锦》《五百罗汉》等十余种著作。与夫人的恋爱史，是储吉旺的得意之事。当年的朱爱芬是宁海四大美女之一，而储吉旺既无家底又不善言辞，与女友朱爱芬约会时常常因沉默而造成小尴尬，但他用文采弥补这个短板，一份份情真意切的情书带着他的爱情和才华寄到女友手中，打动了朱爱芬，两人喜结连理。

无论是企业文化建设还是为人处世，储吉旺的言行中都有着中国文化的痕迹。他会送外国友人龙泉宝剑和大红"寿"字，还喜欢送书送书法作品。储吉旺爱好书法，一如他爱好文学，闲暇之时时常研习。近年来，海内外向他求诗、求书法的客商友人络绎不绝，每年新年前夕，他都会写一些书法条幅，作为新年祝福，寄赠海内外客户。2015年10月，他的《商天下文引航——储吉旺惠赠友人书法作品集》由中国文史出版社出版。做军人时，储吉旺是全国百名优秀退伍军人之一，以他为人物原型的21集电视连续剧《战友》曾在中央电视台播出。

他还将中国文化与宁海山水结合写了一篇文章。储吉旺牵头造的第一座亭子是去风亭，后来又建了超然亭，推动重建福泉寺及五百罗汉堂、如意塔，建了连福公路，出资500万用于开辟道路、建造安华塔，推动妙峰山景区和石窟寺建设。为了注入文化元素，他邀请名家撰写对联与文章、书写题铭，山水和文化相融合，多年之后都将沉淀为本世纪的佳话。

东海之滨，杭州湾南岸。宁波。改革开放四十五周年。这四十五年间，发生了多少翻天覆地的变化，发生了多少刻骨铭心的故事？我们今日行走在宁波，眼前是灯红酒绿、海晏河清。我们立在当下，此刻的三江口，此刻的高楼阳台，此刻的繁华与和平，也记取着曾经的困顿和艰苦。

　　储吉旺出生于1942年,我出生于1978年,相差三轮整整36岁。储吉旺小时候没有鞋穿,经常赤脚,说到冬天的冷,我也想到年幼时手脚上的冻疮。储吉旺谈到小时候看戏的场景,我的眼前亦浮现出农村里锣鼓敲打、小贩拥挤的戏场,我们很早就搬着长凳去抢位置。储吉旺讲因穿草鞋而被同学戏弄,我也想到了年少时交不起学费的困顿,储吉旺谈到点灯夜读,甚至就着月光读,我也想起小时候在路灯下读书,以及家中那盏15瓦微光的灯。那些因贫穷而被人取笑的岁月,宁海山村的一个孩子经历过,慈溪的一个孩子也经历过。上天并没有给宁波人更大的优待,一样的贫困底色,一样的白手起家,是改革开放的四十五年,才让我们有了翻天覆地的变化。宁波所取得的日新月异的变化,所有取得成功的企业背后,除了机遇,更有宁波人不折不挠的奋斗。

　　他是改革开放后第一代创业者。宁波大地,浙江大地,中华大地,因为有了这样的第一代创业创新企业家,甬商精神和浙商精神才得以传承,多少个企业家从"三无"起步,经过管理创新、文化创新、产品创新,凭着一腔热血和敏锐,抓住了时代的机遇,奋斗出了今日的新天地。

　　在一个黄昏,听储先生讲往事,讲少时的战争和伤痛,讲童年的调皮和看戏经历,讲他读过的复式班,讲父母双亲的教育和家里的温情,讲被淹没在西林水库之下的故土,讲他的创业曲折。半日的闲聊,却是浓缩的大半生,似乎也概括着濒海地区一个普通小村经历的抗战、解放、探索、改革开放这一路的历程,个人的命运、一方水土的发展和国家、时代息息相关。储先生谈的最多的是家庭,而不是事业。

我非常喜欢这种氛围。在公司里吃晚饭，储先生和妻子，以及我，一桌家常菜，氤氲的热气，朴素的笑脸，恍若是亲人的一次餐叙。食堂里挂着不少风干的腊味和宁海的土鸡，弥漫着浓浓的年味，触目所及都是人间的温情。

六

  一家企业如何成为百年企业？如何让如意公司的西林产品在风起云涌不断迭代更新的国际市场立于不败之地？储吉旺作为改革开放后宁波第一代企业家，实现了自己的人生价值，让西林产品走出国门，销往156个国家，成为世界搬运车之王。第二代企业家如何接过前人手中的接力棒，继续领跑在世界的前列？

  2012年，储吉旺将儿子储江推上总经理的位置，这一年，储江43岁，正是父亲当年下海创业的年龄。为写这本书，我和储江先生也约了一次。我们约在料理店。精致的餐食，温和的灯光，同样温和的人。储江中等身材，白皙的脸庞上架着一副眼镜，带着知识分子的儒雅斯文。我在访谈中问了不少问题，不乏刁钻之处，包括学历、爱好和经营理念，储江先生都一一耐心做了解答。也许他也有些许意外，有些问题似乎过于隐私，但依然回答，体现了极好的教养。较之储吉旺的直爽果断、快意恩仇，储江更体现出低调与包容。因为是不同于媒体报道的尝试性的纪实写作，我更希望看到细节，看到深处的情感，从而呈现企业家所做的选择背后的深层原因，个体与社会、时代、文化之间的碰撞、互动、相互选择与成全。

  储江说自己是一个非常普通的人，并无特别之处，从小过着老百姓的寻常日子。懂事明理之后，受父亲的影响很大，目睹父亲为了生活到处奔波。父亲当过党支部书记，做过教师，也当过汽车站站长，做过推销员，最难忘的是父亲还蹲过"牛棚"。那些日子，他们全家一起经历着人生的曲折。

在《如意之灯》中有写到储江。他说："要说梦想，人人都会有。只不过大与小，高与低的差异。在我上小学的时候，就想要一辆飞鸽牌自行车，骑着车飞奔在乡间的道路上，自由呼吸着空气，也可算那时的一种时髦。上中学的时候，想有一部随身听，说是学英语，其实是为了收听流行歌曲，青春期的懵懂与抒情能随着旋律得以释放和共情。上大学的时候，总想得到一部好点的手机，时尚，而且生活也会方便很多。"

"这就是那个时代的梦想，与事业无关，但的确是一代年轻人包括我在内心中的向往。"这些小梦想，也是很多人当年的小梦想。

储江他心心念念的手机，也是我工作后攒了半年工资送给自己的礼物。1983年，上海开通了第一个模拟寻呼系统，BP机开始风靡中国市场，几年后，寻呼机成为中国青年的时髦装备，直到1996年被日渐普及的手机淘汰。而BP机和手机在宁波的流行略慢了一步，我在读高二那年，配置了寻呼机，工作2年之后购置了手机，每月700多的工资，那已经是1999年了。

如何接好这个班？如何延续如意的辉煌？储江显得很平静，很从容，也很低调。他并不是一开始就想要接班的，他在杭州生活了10多年，在杭州创办了公司，有着与在宁海不同的生活方式。父亲年迈，他才只身回宁海接管企业。在此期间,他是做过权衡的,杭州与宁海的经商环境不同,如意公司在宁海的根基深厚,更适合发展。

公司从传统式管理到现代化管理,是储江接班后最大的改变。他以开放的方式,招聘管理层人才,改变家族企业捆绑式的管理模式,为企业注入新的思路和活力。如意已不是30多年前小打小闹的油毛毡厂,而是上了规模的现代化企业,创新除了产品质量和经销模式,还在于企业管理模式和销售模式。

如意公司在保持经典叉车生产优势的同时,逐步走上"互联网＋、智慧设备、智慧工人、智慧产品、智慧工厂"的道路。在第二代企业家的掌舵下,企业具有更加明显的现代气息,现代化管理、科技创新、智能制造、智能物联等不断推动企业创新发展。如今,如意公司不仅拥有覆盖全球的销售体系和售后服务网络,在全国主要城市和地区还设有直属分公司以及近200个经销服务网点,国外经销商达200多家,呈现国际国内市场"两旺"的新局面。

2022年3月20日,在美国芝加哥举办的北美最大国际运输物流展览会上,中国"西林"牌电动叉车的五款新产品惊艳亮相,吸引了众多外商,成为展会的明星产品,订单纷至沓来。该系列产品,正是宁波如意公司创新推出的"王牌"。据储江介绍,西林系列新产品国内国外双向发力。他们不仅在亚马逊、阿里巴巴开设了店铺,还设立了企业自建站,在芝加哥建起海外仓,大大提高了物流出货时效;同时积极布局国内市场,近两年国内销售额实现大幅提升。生产车间内,工人们忙着安装;厂区门口,满载货物的集卡车不断驶进驶出。

38年开发经验,220项生产专利,200多个销售网点,26%的市场占有率。提到如意的成长,储江说了两个主题词,一个是"创新",一个是"拼搏"。他说,企业界其实没有什么秘密和诀窍,只有先进的经营理念,那就是永无止境的创新。作为国家级高新技术企业,如意公司深知"科学技术就是第一生产力",不断投入,抢占科技制高点,将产学研合作前移。公司现有专职科研人员110多名,每年还拿出专项资金,用于对知识产权的保护和奖励,已在68个国家和地区注册商标。

在一次采访中,储江曾就"成功企业家"的必备元素谈过几点体会,那也是他对父亲那句"企业家是不断克服困难,不断地获得成功,不断地获得幸福,是世上最可爱的人"的理解。在储江看来,成功的企业家要努力做到以下几点:一是必须具有企业家精神,永不言败;二是必须有定力,稳字当头,不受诱惑;三是坚持以创新为动力,让市场围着产品转,让效益围着企业转。他说:"我爸早就说过,得市场者得天下。所以我说,做企业最重要的三件事情,第一是客户,第二是客户,第三还是客户。不过,世界上没有永久的客户,因为企业在发展过程中必定会遇到风险和危机,但只要敢于拼搏,总能找到机会,找到市场。"拼搏,永远是如意人的精神。储吉旺也曾提出"领跑论"。如意公司在两代人的接力中,一直处于搬运车业内领跑的地位。

"宁波的民营企业家闯劲足,而且头脑聪明,善于寻找机会趋利避害。只要给他们足够的跑道,企业就会充满活力。"这是储江在接受媒体采访时说的,如意公司也将坚持科技创新、秉持工匠精神,走高质量发展之路。

储江说,一个时代过去了,新的时代开始了。四十五年改革开放,时代给了人民崭新的机遇。共和国为全国人民,包括我的父亲储吉旺,铺设了一个崭新的舞台。

舌尖上的魔术师

一

在海通集团本部的中心广场，非常醒目地放置着一台18年前从法国引进的毛豆采收机，这也是中国内地引进的首台豆类采收机，当年曾一度引起广泛关注。后来海通又引进了其他收割机。这台机器作为一个标志被放置在公司显眼的地方，远远看去，如同一个具有现代感的雕塑。橘色调的机身，给厂区增加了一抹明快的色彩，令人心生愉悦，这是海通在农业机械化道路上的探索，也是现代化审美的一种尝试。

我去过海通集团多次，第一次是参加海通美术馆开馆暨摄影展开展。展览以"海纳百川"为主题，暗合了"海通"的寓意。展览展陈简洁，富有现代感的设计体现了时尚的高级感，一百多幅作品有风景照、人物照，其中海通员工自己拍摄的农耕题材最为吸引人。也许是因为拍摄者一直从事农产品基地管理，深入田间的经历带给他们灵感。在摄影师的镜头中,海通人在田间播种、研究、收割、装载,黑白的色调弥漫出来自土地的厚重感,是具象的,是深沉的。展区除了各位摄影师的作品,还陈列了原版摄影图书的阅读区、由人像摄影棚和输出设备组成的体验区以及观影区。书籍、器材、影片,拉伸了展览的空间,加深了观众对于生活与艺术之间的关系的理解。

海通美术馆创办人、海通集团董事长陈龙海先生在发言中坦诚道,自己并没有什么文艺细胞,但不管是文艺还是其他事业,其原动力都是对生活的执着热爱。陈龙海个子不高,为人很是随和,若是人群中相逢,几乎看不出是一个身价不菲的上市公司老总。在过去的30多年里,陈龙海一直专注于农产品加工行业,力求将"三农"事业的美好呈现给大众。建立海通美术馆的初衷,是想让美术馆成为更多人精神上的栖居地,吸引更多热爱生活的人士共同分享作品、观点和故事。他说,他们这一代人由于各种原因,从小没有机会接受良好的美学教育,文艺与审美成为他的缺憾,他希望自己有生之年能弥补这种缺憾,并且让更多人不要有这种缺憾。陈先生说这句话的时候,我正与他一起穿过厂区,此时已是下班时间,迎面走来许多公司员工。我看到那一张张或年轻或成熟的脸,每一个员工,每一个个体,但我看不到他们背后的喜怒哀乐。陈先生感慨地说:"他们都忙于工作,我真希望海通美术馆能给他们带来新的体验,希望他们在工作之余,能够停一下,抬起头多看几眼,希望有更多的人来思考人生的意义和探寻美……"

第二次去海通,是观看当代艺术首展。10位当代艺术家的作品,都体现出对艺术普及和探索的努力,不同的视角、材质、构成、想象、空间——当代艺术的审美倾向,让我想起一句诗:"万物皆有裂痕,那是光照进来的地方。"作品用相对抽象的方式表达了情绪和思考：孤独、断裂、疼痛、忙碌、遮蔽、跨界……当代艺术更像是一束照进裂痕的光，每一个观众会有不同的解读，但又没有固定的答案，会给普通观众带来审美上的挑战和困惑，用策展人的话说，他们的创作更像是一场华丽的探险。

那天，陈龙海先生问了我一个问题："怎么样才能策划一场成功的展览？"据他所讲，这场当代艺术展览开通了网络预约观展通道，面向社会免费开放，但观展人数却比上次的摄影展少，也许是因为摄影作品的直观比当代艺术的抽象更容易让观众理解。那么观众究竟需要怎样的展览？我们是迎合观众的需求，还是去引导观众提升审美？陈先生的问话令我惭愧。一个企业家，他在思索如何提升大众审美，如何让更多的人有精神和审美上的觉醒，而我们自许文化工作者，又做了多少？

后来，我又去参加了海通美术馆的瓷器展和农民画展。农民画展安排在农历二月初二开展，契合海通的农耕精神。二月二，龙抬头，农民画作品很接地气，聚焦慈溪风土人情和风物风俗，把"三农"题材提升到审美的高度，就像海通30多年来所做的努力，即扎根大地，不断成长，硕果累累。

二

谈一家企业的艺术追求或审美，必然绕不开它的文化，而文化离不开培育它的土壤。海通集团，全称"海通食品集团股份有限公司"，成立于1985年，是首批农业产业化国家重点龙头企业、全国食品工业优秀龙头企业、国家级高新技术企业。在过去的近40年里，它始终秉承"致力于健康食品，为大农业、大健康产业做出贡献"的使命，先后有30多项科技成果获得各级科技奖励，其中3项成果申请国家科技进步二等奖，1项成果获得浙江省科技进步一等奖。同时它还申请了60多项国内外发明专利，参与制定了5项国家及行业标准。

与科技一样受到重视的，还有企业的文化。海通集团投入职工基金1000万元用于长期文化建设，先后成立了文体小组、文娱小组、摄影兴趣组、诗社、书法兴趣组等，涵盖文学艺术、文化体育及文娱活动等各方面，后又组织成立了海通集团文联。集团的《海通报》连续出刊274期，为与时俱进，更开通海通公众号。除了美术馆，他们还建造了海通展览馆、科创体验馆、稻谷文化馆、悯农田，供慈溪市民参观、中小学生研学实践等。

海通展览馆也有着别出心裁的设计，它先从余慈地区的地域文化切入，河姆渡文化、徐福文化、青瓷文化依次亮相，最后才是企业的相关介绍、产品展陈，如此布局，寓意着海通这家公司生长于这片土地，与这片土地悠久的历史文化一脉相承。若你是第一次来，按照游览顺序缓缓向前，进入展览馆，最先入眼的是一个农耕文化的剪影。这个剪影里有静态的事物，比如橘子树与禾稻，也有动态的呈现，你可以看到有人在插秧，有人在锄地，有人在制作陶器……作为背景的墙布上有湖，有人家，还有鸟在空中飞，飞翔的同时还有声音自里头传出，给人一种身临其境之感，仿佛一下穿越7000年，到了新石器时代的河姆渡。透过那用木桩、横栏和地板等搭建的干栏式房屋，我们打破时空的屏障，瞧见了生活在中华稻作文明发源地上的人们逐水而居、饭稻羹鱼的闲适生活。

绕过一个弯头，可见一座浮雕：船，风正帆悬，船头处立着几个成年男子，船上有不少童男童女，祥云，浪花，观其模样知是徐福东渡的传说。标题之下，用精练的文字讲述了徐福东渡对日本农业、百工及各行各业发展做出的重大贡献。字虽不多，但句句不离文化，处处可见农业。毗邻的是上林湖越窑与海上丝绸之路模块，以及由此衍生出来的"产品贸易""大国工匠"等理念。印象深刻的是"种子时光隧道"。投影模拟着地球的自转与公转带来昼夜变化和季节变化，影响植物的生长。两壁镶嵌着成千上万的种子，它们是静止的，却充满了动感，好像积蓄着蓬勃的生命力，蕴含希望、生机以及无限的可能性。

一台锈迹斑斑的压缩机，仍能闻到不知是柴油还是汽油的味道，仿佛是一种历史的遗韵——它用红色拉绳的围栏拦着，体积要比中心广场的那台毛豆采收机小得多，像是一种呼应，见证了一段奋起向上的岁月。"1985年慈溪冷冻厂第一台制冷压缩机"，并用小字标注着慈溪冷冻厂即海通食品集团前身。

我曾翻到1984年10月1日的《慈溪农技报》，内有一张题为"我县多种经营展翅腾飞"的柱状图，注释为"1984年，慈溪县委县政府大胆解放思想，率先开展农业多种经营"。

我注意到在"解放思想"之前用了"大胆"这个定语。解放思想是改革开放的重要部分，而大胆、率先，都体现出这个城市如同少年般的勇敢和内在的冲劲。明明是一则官方的短报道，却具有不可言说的浪漫诗意。

文章的叙事方法有很多种，正叙、倒叙、插叙、平叙、补叙、分叙，而我们眼里的海通集团无疑用的是插叙，因为我们先看到的是它的局部，而后才看到它的整体。海通是由"补偿贸易"起家，从一家地方小厂发展成为农业产业化国家重点龙头企业的。在过去近40载的光阴里，它历经了合资、改制、上市、重组、转型等多个发展节点，渡过了重重难关，也取得了许多的突破和成就。习近平总书记在浙江担任省委书记时还曾考察海通集团，勉励农业龙头企业要为推进农业现代化建设、帮助农民增加收入、做大农产品加工做更多贡献。

展览馆的企业历史部分以"中国要强，农业必须强；中国要美，农村必须美；中国要富，农民必须富"起笔，至"喜看稻菽千重浪，遍地英雄下夕烟"结束，临近尾声，还有陈龙海写于2019年仲夏的《感恩过往，承爱而行》："如同浙江600万家企业，海通走过了不寻常的34个年头；如同慈溪16万家民企，海通经过了跌宕起伏的34载春秋；如同1700万名知识青年上山下乡，我在慈溪这个第二故乡工作、生活了50年。34年来，海通不忘初心，脚踏实地，顺势而为；34年来，海通坚持果蔬加工，这或许因缘于我对7年'插队'生涯的眷恋；34年来，海通没有豪言壮语，尽管历经坎坷，但我们依然尽力履行社会责任。我们有幸赶上了邓小平改革开放时代，我们要衷心感谢各级党委、政府给予我们一如既往的支持……"在这篇文章里，他还满怀深情地感谢了海通的合作伙伴和关心海通成长的社会各界人士，感谢了海通的员工及家属。如今距离他写这篇文章已过去了4年。忽然觉得，海通展览馆好似讲述了一粒米——确切地说，是粮食的一生，从7000年前的河姆渡开始，播种、生根、发芽、成长，最终变成餐盘上的美食。

三

陈龙海出生在上海，1969年，17岁的他从上海这个繁华的大都市来到荒僻的海隅之地——浙江省慈溪市观城镇东山乡二节村参加支农。这一参加,便是7年。7年间,他削过棉花地,挑过粪桶担,吃过野菜喝过稀饭,甚至还曾出海打过鱼,饱受风吹雨打的日子没有消磨他的意志,而是强健了他的体魄,磨砺了他的品性,更让他建立了与农民兄弟之间的深厚感情。这段经历也使得他对农业之艰、农村之难、农民之苦有了比常人更深切的感受,所以7年后当其他知青迫不及待地返城时,陈龙海却选择了留在慈溪。1985年,为了让慈溪冷冻厂扭亏为盈,陈龙海临危受命当厂长,他接手时整个厂的固定资产不足100万元,实际投资为零,几乎是靠着借款在过日子,人心散、工资低、设备差、业务少……更可气的是,第二年,为拓展业务,陈龙海去参加广交会,却被人拒之门外,理由是他的企业太小了。不过,陈龙海并没有气馁,他说:"既然接手了,就得好好干!"

20世纪90年代初,由蒋开儒、叶旭全作词,王佑贵作曲,张宏光编曲的歌曲《春天的故事》风靡大江南北:

1992年,又是一个春天

有一位老人在中国的南海边写下诗篇

天地间荡起滚滚春潮

征途上扬起浩浩风帆

春风啊吹绿了东方神州

春雨啊滋润了华夏故园

啊——中国,啊——中国

你展开了一幅百年的新画卷

你展开了一幅百年的新画卷

捧出万紫千红的春天……

艺术家用作品表达心声，礼敬解放思想的领路人。人们用春风和春天比喻改革开放。歌中的热情，诗中的热情，心中的热情。一个更为澎湃的时代来临。1978年12月，在邓小平的主持下，中共十一届三中全会提出"把全党工作重点转移到社会主义现代化建设上来"。14年后，又是在他的主导下，党的十四大确定我国经济体系改革的目标是建立社会主义市场经济体制，春风吹绿东方神州。

海通也迎来快速发展的新时期：1992年，工贸一体化的浙江省慈溪冷冻总公司成立，由此开始借船出海的海外销售模式；1995年，与日企牵手引进合作项目，学习国际食品企业先进生产管理经验；1997年，慈溪冷冻总公司退出历史舞台，海通食品集团正式亮相，并提出了"致力于人类健康食品"的理念。世纪之交，国家取消企业上市的指标分配，海通完成改制，为上市铺平道路。2003年，海通成为浙江省首家上市的农业龙头企业，慈溪市第一家上市公司。陈龙海也被誉为服务"三农"的开拓者、科技兴农的带头人、帮扶三农的热心人、乡村振兴的引路人。

四

在科创生活馆的体验区，我们品尝到了美味的杨梅汁。经由吸管传导的杨梅鲜果味在唇齿间缠绵流转，令人回味。到底是什么样的技术才能把杨梅的原滋原味保留到这个程度？我不由得对他们那个斩获国家科技进步二等奖的"特色浆果高品质保鲜与加工关键技术及产业化"项目充满了好奇。

从田头的草莓，枝头的蓝莓、杨梅到餐桌上杯饮的果汁，需要两步，先在产季将水果榨成原汁冻藏锁鲜，然后再解冻调配成可口的果汁，这个技术海通集团历经数年突破，于2020年斩获国家科技进步二等奖，实至名归。

慈溪是杨梅之乡，慈溪人总爱夸家乡的杨梅，说"慈溪杨梅甲天下"。慈溪杨梅以闻名遐迩的"荸荠种"和"早大种"杨梅为主，果大核小、汁多味浓。每到杨梅季节，来自全国各地的人们聚集慈溪，将慈溪杨梅的主产区以及连通杨梅山的道路挤得水泄不通，附近的民宿酒店也是人满为患。杨梅挂在枝头，满山红紫的果实散发出植物的清香和酸甜的芬芳。然而杨梅季节极短，杨梅从成熟到落林不过短短10来天，最佳采摘时间不超过一周，遇到梅雨天气，几阵雨水下来更是把果实打得满地都是，对此山农也只能望"梅"兴叹。

深知农民心里的痛，海通成立之初，陈龙海就瞄准了"浆果保鲜"。"1987年我们成立了杨梅研究所，探索杨梅保鲜技术，尽管当时方向有问题，但没放弃，坚持至今。"近年来，我国蓝莓、杨梅等特色浆果产业发展迅猛，成为国家重点支持的特色产业，大规模种植的除了宁波慈溪，还有浙江仙居、福建、湖南等地。浆果采后贮藏过程保鲜难度大，损耗率高达30%。由于缺乏可应用的从采收到贮运加工的产地商品化配套技术，浆果加工产业发展面临严重掣肘。如何让杨梅等浆果避免腐烂，既是山农最为费神劳心的问题，也是海通力图攻克的技术难题。

2011年以来，海通集团与浙江省农业科学院联合攻关"特色浆果高品质保鲜与加工关键技术及产业化"项目，以杨梅、蓝莓为原料，开展浆果高效低温制汁（浆）、防褐变控制、高效澄清、低温杀菌等关键技术研究和开发，集成创新高品质果浆、清汁和浊汁加工工艺，建成年产5000吨速冻浆果示范生产线。这条生产线成了果农的福音。

想象一下,初夏6月,杨梅时节,从白天到晚上,海通灯火通明、机器轰鸣,新采摘的杨梅被马不停蹄地运至海通,然后上流水线,清洗、打浆、过滤、强制冷却,入低温储存库完成锁鲜,客户有需求时再解冻调配……穿着工作服的工人们将它们加工包装后装上大货车,要不了多久,这些"最大程度保留风味"的杨梅汁便会被陆续送至全国各大餐饮店。由海通开发的易腐水果控温长途运输保鲜集成技术早已将杨梅、草莓的运销半径由产地周边数百公里拓展到全国和国际市场。

除了与杨梅相关的衍生品,海通还有数百种产品。无论是天车轨道上悬挂的冻干芒果、冻干榴莲、冻干无花果、日式味噌汤,还是由近及远波浪式延伸的墙上关于海通和海通产品的介绍,可谓琳琅满目。

自古以来,饮食也形成了一种文化。在海通的稻谷文化馆中,洋溢着"民以食为天"的气息,一边是自动化的炒饭生产线,另一边是海通人利用走廊空间和墙壁展示的稻谷文化——从一粒种子到餐桌上的珍馐。海通的技术人员历时一年攻关研发的"智慧炒饭"大数据生产线,一经上市,就引领传统餐饮业发生了革命性变化。口味丰富的炒饭、饺子极大程度地保留食物的形、色、鲜、香,加热后吃起来竟如现烧。行走于其间,我们看到高科技在农业企业中的运用,也看到了文化在企业中的扎根。在试菜间,在微波炉中放入炒饭,或用开水冲泡蛋花汤、银耳羹,分分钟就出来热气腾腾的餐点,有霉干菜炒饭、扬州炒饭、黑胡椒牛肉炒饭、日式鳗鱼炒饭……准保上班族一周午餐不重复。我尝了尝霉干菜炒饭,发现它竟深具宁波风味,停留在舌尖上的是熟悉而地道的稻米香,那分明就是记忆里的味道,以至于我不知不觉舀了一勺又一勺。

想起之前看到的一则报道:自2000年设立股份有限公司,海通集团与江南大学、中国农业大学、浙江大学、宁波大学、湖北大学、浙江省农业科学院等高校和科研院所实现了产学研合作,协同创新,让海通从此变身"舌尖上的魔术师"。

大国小农,是我国的基本国情。在海通人看来,像农业这种关系民生的事情再小也是"国之大者"。"国家科技大奖不但服务于企业,更将造福整个农业产业链。"2008年"南方主要易腐易褐变特色水果贮藏加工关键技术"项目、2012年"果蔬食品的高品质干燥关键技术研究及应用"项目、2020年"特色浆果高品质保鲜与加工关键技术及产业化"项目分别荣获国家科技进步二等奖,在业内传为佳话。陈龙海说:"三次拿到国奖,离不开海通36年来坚持主业,坚持创新,坚持向技术要利润。"

海通创造的奇迹远不止这些。利用浆果保鲜技术,解决杨梅采收冷链物流痛点;利用非热杀菌及低温急冻新技术,让草莓罐头20年畅销海外,农户亩均收入超6万元;利用果蔬干燥技术,累计生产脱水新型果蔬近10万吨,配套种植果蔬基地面积近20万亩。每一次科技上的突破,都为三农产业带来实实在在的益处。海通人正全力打造从田头到餐桌的全产业链,他们建立了10万余亩多层次蔬菜基地,在全国布局了六大生产园区,构建企业与农场合作大平台,带动上万农民奔向共同富裕。

五

印度的恒河、南美的亚马孙河、中国的杭州湾，是世界上公认的水流最大最急的三个涌潮口。要在这样的涌潮口上造大桥，几乎是不可想象的。杭州湾跨海大桥的建设过程得到了全世界的关注。它的建成，消除了海上天堑的阻隔，方便了南北两岸人民的交通往来，把中国大陆经济最发达的长江三角洲连接在一起，激活了国家经济建设的潜能。在宁波市杭州湾跨海大桥管理局的档案室里，至今仍收存着一封 2008 年大桥通车运营前一周来自中共中央办公厅的贺信，这封信的落款人是时任中央政治局常委、中央书记处书记，中华人民共和国副主席，中央党校校长习近平。他在信中写道："杭州湾跨海大桥是目前世界上已建成和在建中最长的跨海大桥。它的建成通车，对于完善华东地区交通布局、优化发展环境，对于提高浙江对内对外开放水平、实现率先发展目标，进而推动长江三角洲区域共同发展，都具有十分重要的意义。"对于大桥的建设，习近平一直以来都十分地关心和关注。他不仅参加了大桥奠基仪式，建设期间还多次到工地视察。2008 年 10 月 30 日，他再次视察杭州湾跨海大桥时，在现场深有感触地说，大桥的建设是浙江创业史的缩影，体现了科学发展观的要求，也体现了浙江自强不息、勇攀高峰、创业创新、敢为人先的精神。

这座意义非凡的大桥，它的建设过程却充满了曲折。

众所周知，杭州湾是一个横向的"V"形海湾，宁波和上海分别位于喇叭口两端，直线距离虽近，但在大桥建成以前，走水路交通，不仅速度慢，而且因为风高浪急，还有轮船倾覆的风险，而走陆路交通，须向西绕道杭州，这一绕，里程数增加100多公里。可以说，在杭州湾上造一座桥，是杭州湾两岸人民几代人怀揣的"中国梦"。20世纪80年代初，海内外一些远见卓识、关心家乡发展的宁波帮人士多次向宁波市委市政府领导提出"在杭州湾造一座跨海大桥"的建议。到了90年代，得益于党中央、国务院宣布开发开放上海浦东的契机，解决杭州湾阻隔，打开浦东南大门，快捷沟通上海和宁波很自然地就被提上议程。有关大桥建设的研讨会先后在上海、杭州、北京召开。与此同时，浙江省、宁波市的各级人大代表及政协委员们也在为大桥建设奔走呼喊。据统计，从1994年至2001年，凡召开的历届全国、浙江省、宁波市两会，几乎都有关于建造杭州湾跨海大桥的议案、提案。

2003年6月8日，杭州湾跨海大桥工程奠基仪式举行。那一日，庵东镇杭州湾大桥工程指挥部气垫船专用码头彩旗飞扬，热闹非凡。单是参加仪式的领导、嘉宾就有2000多位，沿途观摩人员更是达到10万之众。公路沿线及开阔的海滩上，密密麻麻地站满了人，老百姓扶老携幼，争相赶来。

建造杭州湾跨海大桥的一大亮点是民营资本大举进入，开创了中国民营资本参与建设国家大型基础性工程的先河。民营资本的参与，是与宁波开放包容的城市精神，与浙江民营企业家的担当、情怀和远见分不开的。当年，为了能让杭州湾跨海大桥顺利立项，宁波向上级有关部门做出承诺："只要你们批下来，我们不要国家一分钱。"为了筹集建设所需的资金，宁波市委市政府创新融资机制，与民营企业握手合作。而陈龙海，是最早入股也是大桥建设最坚定的铁杆股东。

他坚定到什么程度呢？当年他打第一笔资金时，大桥都还没有立项，这也意味着项目若是批不下来，他注入的2000万元资金有可能就此"打水漂"了。可他义无反顾。2001年，在陈龙海的牵头下，以"海通"为首的5家慈溪企业注册成立慈溪建桥公司，占股10%投资建大桥。陈龙海被大家推举为董事长。这个董事长是义务的，没有报酬，连工作人员的工资也是从陈龙海的公司开的。2005年，某大型集团公司的退资引发多米诺骨牌效应，部分民营企业表示不再增加新本金，个别银行火上浇油，宣布停止给大桥贷款。这已是大桥民营投资模式启动以来经历的第二次股东撤资风波，国内外媒体大张旗鼓地进行了报道，面对经济、舆论的双重压力，海通、方太、卓力、环驰、华德、光华、华联等一批宁波本土的民营企业与政府同心同德，风雨同舟，起到了积极的作用。

"真的，当初我们投资大桥，并没有很认真地论证过，我们只有一种很朴素的想法，造这座大桥，是我们慈溪也是宁波人梦寐以求的事，作为慈溪人当然要出力。""这是投资，有考虑回报的因素，但不是最主要的。主要的是，你如果有能力，就要为家乡建设出些力，要对得起社会，对得起农民，对得起政府。这是一种姿态。"和陈龙海接触多次，他说话快人快语，有情怀，真性情。

六

在网上搜索海通食品的学术资料时，发现近些年陈龙海的女儿陈晶晶的名字出现频率很高。同时拥有精细化工和生物化学双重背景的陈晶晶经常参与科研课题的讨论。她特别注重在研发上的投入和创新，发表于行业期刊的《冷冻华夫面团保质期内品质提升的研究》《加热方式对调理蔬菜丸子煮后品质的影响》《超声波辅助渗透脱水处理及其对西兰花冻结品质的影响》等文章里都有她的名字，她作为共同作者参与的多个项目还获得我国林业行业最高科技水平奖项——第十二届梁希林业科学技术奖、全国农业行业的综合性科学技术奖——神农中华农业科技奖科学研究类成果二等奖。

2018年，陈晶晶从上海回到慈溪，担任海通集团食品公司总经理，接棒父辈的农产品加工事业，负责慈溪公司、余姚公司、上海公司、徐州公司的生产经营。

陈晶晶在接棒当年就实施了组织变革，对原有的体制、机制进行大刀阔斧的改革，并对产业结构进行整合、优化，推动公司从"生产导向"向"市场导向"转型。在坚持农产品加工主业的同时，深度融入国内蓬勃发展的餐饮与茶饮市场，为连锁餐饮和茶饮品牌提供一站式的产品解决方案，成功打造多款深受消费者欢迎的产品。她坚持企业的高质量和可持续经营，坚持在自动化、信息化方面大力投入，率先在国内建设炒饭全自动生产线，炒饭工厂获评"宁波市数字化工厂"，走在食品制造"智改数转"的前列。她重视人才的培养，创立干训班，建立全面科学的人才培养机制，让更多年轻干部走上施展才能的舞台，创新、合作、奋斗，让一家近40年的老企业焕发出蓬勃的活力。2023年，她启动了太阳能光伏建设等项目，导入ESG理念模式……对环保的重视，是年轻一代企业家突出的特点。

但有谁知道，作为企二代，"80后"的陈晶晶也有过自己的迷惘。人生的意义，究竟是什么？看着朋友晒游玩照片，而自己深陷于公司事务之中，看着朋友们享受慢生活，而自己总是忙碌着承担着，甚至没有时间陪伴家人，她也有无奈和疲惫。陈龙海不无心疼地说："因为太忙，她无暇照顾孩子，外孙12岁时就被送到了国外学习，培养他过独立生活。"陈龙海的话中，有对女儿的疼惜，有对外孙的疼爱。常人看到的多为企业家成功的光鲜，却未必知晓成功背后那些咬牙扛下来的辛酸。来自全国各地的近5000名员工，分布在全国各地的厂区和基地，运转不停的生产线、顾客的需求、销售的业绩，当这么多维度的压力压下来时，这位"80后"的知识女性，她的肩膀是柔弱的，却也是有力的。

陈晶晶的朋友圈，除了工作，就是培训。前不久，宁波大学科技学院设计艺术学院的学生在海通美术馆举办了一次展览，题为"房间里的大象"。"房间里的大象"是一句英文谚语，原意为房间里出现了一头大象，大家却对如此显而易见的事物避而不谈，展览表达年轻人的观点和力量：不能再对那些生命中重要的事物视而不见、保持沉默。展览共展出20余位"00后"学生的作品近30组，由知名艺术家李迪指导，通过对抽象艺术和综合材料的学习和探究，激发年轻人的思考和情绪。李迪教授是知名的艺术家，在当代艺术中有独立的探索。那天，晶晶恰好去参加浙江省委组织部组织的新生代企业家的红色之旅。32位年轻企业家在一起，仅有4位女性，晶晶的个子是最小的，穿着一件白色的外套，卫衣的帽子翻出来，很青春。他们集结在一起，让我们看到青春的模样。

约了好几次咖啡，一直没约成，仿佛坐在秋日里聊聊人生，已是我与她莫大的奢侈。有一次差点约成了，我和李迪教授一起去海通看展，晶晶说她可以从会议中溜出来，结果李迪教授临时回北京，我一个人又爽了约。偷得浮生半日闲,却是连半日也偷不得。说起自己喜欢的书,晶晶谦虚地说:"可能是理科生的关系,并不是特别热爱读书,碎片化时代之后,甚至没有完整地看过一本书。人生跨过40岁,进入下半程,觉得这也是自己需要去修正的地方,看书也是培养自己专注力和耐心的一个好习惯。3年前因缘际会,进入修行之路,用全新的视角来理解自己的人生,面对和处理不得不去解决的事情。最后发现,最痛苦最难过的关,就是生病,本质就是害怕死亡。《西藏生死书》和《死后的世界》是我修行老师推荐给我读的。了解死,才能更好地珍惜当下,活在当下,过好人生的每一个阶段,明白来到这个世界的使命,所以疾病来临的时候,是更好地自我觉醒和修正的好时候,不该畏惧。当然这一点我也还没做好,正在不断地努力中。"一个专业、果敢又谦逊细心的人,保留着对生命本质的追问和必要的天真,又承担起时代的使命,是我心中女性企业家最好的模样。

去海通参观自动化生产线的时候,起风了,有点凉。晶晶找了一件背心给我披上。一个小小的细节,却打动人心。她为我一人挡了风凉,也为5000名员工创造着就业和进步的机会。从小家到大家,她在辛苦的创业中获得境界的提升,这个过程也是她蜕变成熟的过程。企业关乎的,不是一个人的命运,不是一个家庭的命运,而是每一位员工和他们身后的5000个家庭的命运。她已经自觉地把这些视作自己的责任与使命。2023年,海通食品入选浙江省第二批制造业"云上企业"名单。领先探索机械化、自动化、数字化,海通人的脚步一直走在前列。

一颗创业的种子种下了,结出丰硕的成果;一颗审美的种子种下了,点亮无数双眼睛。海通人不仅是舌尖上的魔术师,陈龙海先生更在努力成为一个点灯者,成为美学上的探索者。他有一句话特别打动人:"我想把另一扇门也打开,不知道这样是不是会有更多的人进来。"

在慈溪城区海通集团本部,还有两亩㤚农田。在这片寸土寸金的地方,保留一方农田用来耕种,既是脚踏实地的劳作,又不失为一种深深的浪漫。入口处是一个"稻子熟了"的主题打卡区,这个主题的名字让人不由得联想到杂交水稻之父袁隆平写给母亲的一封信《妈妈,稻子熟了》:"稻子熟了,妈妈,您能闻到吗……隔着21年的时光啊,我依稀看见,小孙孙牵着您的手,走过稻浪的背影……稻芒划过手掌,稻草在场上堆积成垛,谷子在阳光中毕剥作响,水田在西晒下泛出橙黄的味道。这都是儿子要跟您说的话,说不完的话啊。"

在海通美术馆农民画展的开幕词中,我由衷地说:"海通不仅在经济、科技、农业等领域做出贡献,也是文化的播种者。"我在海通看到的那些种子,仿佛一个暗喻,种子既是民生的基础,也是一种精神的象征,成为海通文化的一部分。种子向下,扎根大地,朴素踏实;种子向上,蓬勃生长,开花结果,浪漫欢喜。

永远属于中国

"30多年前,我成立了一家自己的公司,叫作天生密封件有限公司;30多年后的今天,我们做到了打破美国在全球的垄断。30多年前,核级管道密封在全世界也只有两家可以做,我们经过十几年的努力,打破管道密封和阀门密封的垄断,成为全球第三家。到目前为止,我们中国所有核电站里的密封,全部来自我们公司,而且保障了对巴基斯坦核电站的出口。在这之后,国外公司也很心动,想收购我们公司。我明确回复,你出多少钱,我也不会卖的。作为一个民营企业家,当自己的利益与国家的利益放在一起的时候,以国家的利益为重。国家利益高于一切,甚至高于自己的生命。"

这是2022年1月,励行根在宁波两会召开期间作为人大代表接受《宁波日报》采访时所说的。那天他有点感冒,声音不高,略带着一点沙哑,但极坚定。这一点沙哑更增加了生命的真实感,这就是他从内心深处说出的话。

励行根,宁波天生密封件有限公司董事长,享受国务院特殊津贴的专家。他被中共中央统战部评选为"为全面建成小康社会作贡献先进个人",曾荣获国家科技进步奖二等奖、国家技术发明奖二等奖等荣誉和第一届"创新浙商"称号。2016年秋天,励行根参加全国第二届军民融合发展高技术成果展,得到习近平总书记和李克强总理亲切接见。握着励行根的手,李克强总理关心询问:"你是宁波的,不错,'华龙一号'的核反应堆密封环完成了没有?"中央领导还赞扬他"为我国航空航天重大项目等军工产业贡献新力量"。2018年,他作为全国民营企业原始创新代表,参加了习近平总书记主持召开的民营企业座谈会;2019年,他入选中国工程院院士增选有效候选人名单;2020年,天生公司牵手中科院宁波材料所,在慈溪成立先进密封材料与系统联合实验室,培养密封领域技术人才队伍,进一步提升我国密封技术水平……

一

最早知道励行根和他的天生公司是在2011年。那一年,励行根两次走进人民大会堂,受到党和国家领导人的亲切接见。前一次,是因为励行根以第一完成人身份完成的"核电站密封新技术、新产品及应用"项目在2010年度国家科学技术奖励大会上荣获国家科技进步二等奖;后一次,励行根作为全国唯一一家中小型民营企业的非公经济代表,参加了中央统战部、全国工商联举行的全国非公有制经济先进典型事迹报告会。那一年,他还与李书福等人入选"2011年中国民营经济十大人物"。

偶然间自报纸里读到与之相关的一则新闻,得知天生公司生产的核电站密封件打破了美国、法国等西方国家对我国的技术封锁,攻破了发展核电站的关键技术,立时激起了我同为慈溪人的自豪感,总觉得这么一个了不起的人物应该让更多人知道。当时,英大传媒集团旗下的《亮报》有一个版面叫《前沿》,专门刊发一些科技类的资讯,我将报道里的内容根据版式要求整理之后发了过去,很快便被录用,这是我与励行根、与天生公司最早的"接触"。人世间的很多事情就是这样奇怪,你不知道一个人或者一件事的时候,纵然他与它再怎么了不起,也不一定会进入你的感官;但是当你对其有过关注以后,即便不曾刻意留心,他们也会时不时地出现在你的视野里。

后来因兼职,我与励行根的接触慢慢多起来,对他和天生公司的了解也多起来。

1962年,励行根出生在浙江慈溪的一个普通家庭,上学、毕业、工作、结婚,人生轨迹与大多数人并无不同。但他又有自己的个性,凡是他认准的事情,九头牛也拉不回。励行根高中毕业后,来到张家港密封件厂当技术员,由此正式踏足密封件行业。他平素不抽烟、不喝酒,连茶也甚少喝,但很爱钻研。时至如今,他还保持着多年养成的一些习惯——在实验室里一泡就是一整天,废寝忘食;坚持每年读透一本专业书籍,"有些章节要看上几十遍"。这些对丰富他的专业知识和提高创新意识助益良多。他待人接物很是随和,微微笑着时,偶尔还能看到酒窝,更显亲切,说话声不高,语速不疾不徐,带着浓浓的慈溪味。

1984年,是中国企业史上一个伟大的年份,那一年的民间流行语就是"我们下海吧"。当时中国科学院正面临着转型,计算所的一位工程师在辞职报告中写道:"无论什么方式,调走,聘请走,辞职走,开除走，只要能出去，都行。"这一时期出现了大学生及科技人员下海经商的小浪潮。

科研人员内心比以往任何时期都跃跃欲试，科研创业的热情仿佛星星之火。这一年，励行根也辞去张家港市国营工厂的工作，结束了与妻子两地分居的生活，拿着筹措来的2万元钱创办了天生公司，开始生产各种民用密封垫圈，有用于高压锅的，也有用于水龙头的，还有用于火电站的。创业维艰，励行根试图以自己的钻研攻入专业领域，他对浩瀚现实和未知世界的探索，使他在民用密封垫圈研发生产领域慢慢崭露头角。产品质量好，企业口碑好，这些"好"发挥辐射效应，为励行根在圈内积攒了大量的人气。

《诗刊》1984年10月号发表了施俊清的《北京时间》：历史漫不经心抬起手腕……走时声里/跳动着中国的脉搏,/正演奏着来自东方/气势磅礴的新乐章。太阳走过大地,/注视着这片时区,/阳光被这热气腾腾的土地/染得五彩斑斓。/北京时间啊！/在改革家的思考里/象一座原子反应堆,/产生着巨大的烈变。

星星之火在心中点燃，阳光被这热气腾腾的土地染得五彩斑斓。就在励行根"下海"那一年，我国自行设计、建设和运营管理的秦山核电站一期开工。某次与朋友闲聊，励行根得知核电站也需要用到密封件，由于这种密封件技术含量较高，国内企业还没有自主生产能力，只能依赖进口。朋友的一席话，让励行根找到了新的发展方向。密封件虽小，但很关键，是保障核电站不泄漏的重要部件，换言之，是核安全的重要保障。通常，一座核反应堆光是密封垫就需要三四千个，除此之外，还需要密封环等部件，而我国90%的密封垫依靠进口，长期受制于人。

我曾在慈溪城市展览馆中，看 20 世纪八九十年代的资料，看到金轮集团股份有限公司生产的锦纶 6 浸胶帘子布、慈溪动力机电有限公司研发的单缸小功率柴油机、慈溪电扇厂生产的山雨牌落地扇、环驰的轴承系列产品等，以及慈溪纺织器材厂参与制定的输纱器国家行业标准等。1989 年，慈溪市人民政府出台了《关于推进土地适度规模经营的若干政策意见》，各方面的改革和科研在不断推进。那一年，中国开始建设互联网，国家级科技进步奖揭晓，有 500 多项科技成果获奖。年度十大科技成就中有一项是清华大学核能技术研究所负责研究与建造的我国第一座低温核供热反应堆于 11 月 11 日正式启动运行成功，技术上达到国际先进水平。

改革，创新，科技正发挥出强大的能量。作为一名民间科研工作者，励行根的内心有着不服输的钻研劲。1989 年，励行根立志打破中国核密封件被外国垄断的局面，开始了核电站密封件的研发和突围。

二

很多事情成功以后，风光无限，但在成功以前，却是千难万难。当励行根决定做核电站密封件的时候，大家都认为他异想天开。一家小小的民营企业，竟然要做跟核电相关的产品，说一句痴人说梦也不为过。很自然地，各种嘲讽、劝阻不期而至，但励行根不为所动。这几乎是每一个成功的企业家都会遭遇的，因为他们的前瞻性在当时并不被认可。雅戈尔李如成建纺织城的时候，中聘吴友旺投资梅山滨海小镇的时候，公牛阮立平辞去公职回慈溪创业的时候，都如是，但他们都坚持住了。他们，在荒芜中走出自己的路，在未知中有了自己的方向。

说起来,"借"是一门高度艺术的学问。宁波民间有"借东风""借光"之说,无资金、无场地、无技术,是很多80年代创业的企业家共同的痛点。一个"借"字即是这种窘境的缩写。研发初期,有位专家告诉励行根,要掌握核电站的密封技术,关键是要拿到实验数据,然而这些数据是少数发达国家引以为傲的技术秘宝,对外高度保密,要想从他们手中获得技术资料根本不可能;与此同时,密封件的试验在核反应堆上做也不现实,成本太高,代价太大,因此只能向高水平的实验室求取。由于资金短缺,建实验室是个有点遥远的梦,励行根只好退而求其次,四处奔波,向一些科研院校请教,顺带着"借"个东风,用它们的设备做实验。"借钱、借设备、借实验室,那个时候什么都要借。"在我们的采访过程中,借钱、借设备、借场地的企业家不少,借实验室的企业家真不多。

2012年1月1日,央视财经频道《对话》节目播出了《民营经济的力量》,励行根就是其中一位主嘉宾。在对谈中,主持人陈伟鸿问了励行根一个问题:"在这条创新的道路上,你自己是不是孤独了很长时间?"励行根思忖了片刻,回答道:"我没有测试设备的时候,其实是我最孤独的时候。比方说我要做一项试验,我首先要知道什么地方有设备可以进行测试,然后我就跑到那个城市去。(做试验是有周期的。)如果半个月做下来以后,(产品)不合格,我要拿回去,跑到家里重新做过,做完以后再拿过来 …… 来来回回,有时一个项目、一个数据完成的时间不是一年两年,而是五年六年。"

在节目中,励行根同主持人和现场观众分享了一个自己最难受也最难忘的故事。"有一次去天津的化工部第一设计院,去做密封件试验,准备拜访一位专家,那个时候我二十几岁,资历尚浅,一个小伙子,去了以后,人家谁接待你呀?我连门口都进不去,怎么办呢?"励行根就天天守在门口,最后打动了门卫,在专家下班的时候给他指了指。那位专家听说励行根已经蹲守了好多天,心中大为感动,不仅把他请进去,免费帮他做测试,还把他请教的化学配方毫无保留地告诉了他。

为了表示谢意,励行根买了些水果送给人家。回去一摸口袋,发现全身上下就只剩下一块钱。出测试结果还需数日,励行根只得给家里打电话,可家里汇款也需要时间,怎么办?他在小店里转了一圈,发现就属方便面便宜,便用那一块钱买了5包方便面。他把一包方便面掰开来,分三顿食用。

就像那首《孤勇者》里唱的:"去吗?去啊!以最卑微的梦!战吗?战啊,以最孤高的梦。致那黑夜中的呜咽与怒吼——谁说站在光里的才算英雄?"这大概就是励行根初涉核密封件领域时的真实写照。他曾孤身走暗巷,也曾对峙过绝望,他曾把希望建在未知的荒漠里,也曾努力去打破命运的壁垒。

孤勇,对励行根来说,是家常便饭。为了做试验,他不只去过天津,还去过安徽,去过河北,那些高校实验室和研究院的门都曾被他敲响。这个世界哪有什么奇迹?有的只是一个人的孤勇或一群人的执着。

三

密封件这样一个技术性行业,先进的"装备"不可或缺。实验室就像企业的"眼镜"跟"拐杖",无论是搞化学配方,还是做力学计算,有了它才能看得见、摸得着。

"没有科研实验室,想要研究新的产品,想要达到顶峰的话,那是一句空话。"多年借实验室的经历让励行根有了深切的体会。别的且不说,那时交通也不便,仅是往返就相当费时费力。同一个科研项目,若是自己有实验室,也许几个小时就可以完成;但借用实验室,就得合别人的档期,可能需要一星期,甚或更久。他决定建立自己的实验室。但要建一个高水平的实验室需要的资金可不是一笔小数目,资金从哪来?

励行根起初想到的是去银行申请贷款。可是银行听说他要投资建一个核电站密封件的实验室,拒绝放贷,觉得他太过异想天开——核电站,多么高大上!那时的励行根和他的天生公司怎么看都不够拥有与之相匹配的实力。他一连跑了多家银行,无一例外地吃了闭门羹。

对逆境的反抗,与现实的博弈。他把自己的车、房全都抵押了,并向亲戚朋友筹借,就连妻子的私房钱也拿了出来,加上天生公司多年经营的积累,堪称砸锅卖铁,好不容易筹了一笔资金投入实验室的建设当中。实验室不是一朝一夕建成的,就像拼搭积木一样,需要从基础架构搭起,一块一块往里填充,才能做到夯实稳固。励行根从最紧要、最急用的设备开始,一点一点往里投,材料、设备、试验,都需要"烧钱",拢共投入2000万元。励行根想尽办法,一边投入,一边生产,生产民用产品挣来了钱就继续用于实验设备、材料的充实。这不仅影响了企业的做大,还背负许多"欠账"。一时间,闲话四起——"放着好好的生意不做,借钱去建什么实验室,肯定得亏了。"

妻子为此同他起过争执,也闹过别扭,但最后还是选择支持丈夫。若干年后，她曾说过这样一段话："我们家最多的就是方便面和年糕。当时企业发不出来工资，他出差去想办法，没有带多少钱，我偷偷在他箱子里面放了10块钱。我也哭过，也反对过，但没用呀，他就是这么喜欢。他比喜欢自己的生命还要喜欢这项工作。这么喜欢的事情，我总不能叫他放弃，有时候我自己一个人一边唱歌一边掉眼泪，好像眼泪掉过就开心了。"话虽不多，却很朴实感人。

妻子还戏称励行根是"三不称职"。一是不称职丈夫，"家中大大小小的事情我全包揽了，他基本不做家务事情"。二是不称职儿子，很少回家照顾父母，"我知道他每天很忙，公司内内外外要管，技术要管、公司业务也要管，他母亲生病时也总说'阿根你去忙好了，不用陪我'"。三是不称职父亲，"孩子出生，到幼儿园，读小学、中学都由我负责，从没有参加过孩子的家长会，除了儿子生病他会照顾，其他一概不管"。

从妻子貌似责备的话语中，流露出同甘共苦的体恤之情，也能看出励行根对事业的专注和投入。在宁波的方言中，"喜欢"这个词，有很广泛的含义，涵括了对事业的热爱，对人的欣赏以及家人之间的爱情与亲情。励行根对科研是喜欢，妻子对他的支持也是喜欢。每一个成功男人背后，都有一个默默付出的女人。从新婚别离两地分居鸿雁传书到筚路蓝缕举步维艰，家人一直站在励行根的背后。

妻子谈到励行根一段不为人知的往事，那年励行根的父亲脑出血病危之时，刚好励行根在上海出差，正是忙着对接大专院校的关联技术和企业业务订单的关键时刻。他连夜赶回慈溪市人民医院，医生告知他，父亲暂时抢救过来了，但挨不了多久，动手术意义不大。子欲养而亲不待，明知抢救只是"烧钱"，励行根还是让医院尽力抢救，哪怕让父亲多待一天也好。

励行根曾在闲谈中聊到某位被表彰的名人,感叹那位名人已完全失去了自己的自由时间和生活。他更愿意选择低调。他说,我把大部分时间给了科研,余下的时间希望留给家人。

纪实文学要写人物,但不是"塑造"人物,因为写的人是真实的,是生活中的一个实体。坐在我们对面,穿着蓝色厂服的励行根,获得过很多荣誉,但我们并不想给他头上罩光环,也不想描写光环。他谈到科研时不由自主提高的声调,和他谈到家人时眼中的笑意,同样动人。

四

有了实验室以后,励行根便一头扎了进去。为了获取宝贵的试验参数,他几乎在实验室安下家来:一项项实验反复试,一个个数据反复做,累了就靠在椅背上小憩一会儿,饿了就泡上一包方便面,休息或者吃面的时候想到什么,就马上一跃而起,在纸上刷刷地奋笔疾书。"我们搞技术的都知道,所谓奇迹,就是一个积累与沉淀的过程……机遇是偶发性的,是在原来奠定的大量基础上生成的。"

2004年,他终于得到一个证明天生公司生产的石墨密封垫片可以运用在国内核电站上的机会。20年过去了,他依然记得那个改变企业命运的场景。

那是一个夏日的夜晚,天气很热,路上几乎没有什么行人,青蛙聒噪个不停,仿佛抱怨着烦人的暑意。凌晨1点多钟,励行根的手机忽然响起,电话是某核电站的中方技术人员打来的。那位技术人员告诉励行根,反应堆的加料装置出现了密封故障,该反应堆全套设备是从加拿大引进的,负责这个项目的加拿大公司派出 20 多位专家整整研究了 30 多天,也没有把问题搞明白,更不要说拿出解决方案了,故而想请他一起参详参详。核电站的投资甚巨,每耽误一天损失就数以千万计。励行根深知这个情况,他放下电话就带着助手连夜坐车赶赴核电站故障现场。

时值盛夏,一旦核电站停止运行,除了不可估量的经济损失,还会给浙江省的供电带来很大麻烦。那些年全国普遍处于"缺电"状态。炎热夏日,正是用电高峰期。7 月底,全国用电缺口超过 3000 万千瓦,24 个省级电网实施了拉限电,仅国家电网公司系统就累计拉限电 80 多万条次,东南沿海一带更是到了"火烧眉毛"的程度。如果说,当时的上海属于"一般短缺",江苏属于"严重短缺",那么浙江则已进入"电力危机"状态。很难想象,若是核电站"罢工"的话,会对浙江人民正常的生产生活造成怎样的影响。

从慈溪去往核电站所在的地方,须绕道杭州,路远,转车耗时。一路上抵着夜色紧追慢赶,天边将要露出鱼肚白时,励行根及助手终于抵达了核电站故障现场。来不及休息,他穿上防护服,一头扎进了堆房。

由于事发地辐射剂量很大,无法靠近,就在现场安装了一部 7 米长的潜望镜,供远距离观察使用,且每次观察时间不能超过一分钟。

天生公司也是第一次介入这一敏感领域的密封技术应用。为了尽量了解清楚现场情况,励行根俯身观测,并尽量延长观测时间。现场的警报器一直在叫。出于安全考虑,他的助手想要阻止他,不料一向好脾气的励行根此时却发火了,他冲着助手"吼"道:"你知道什么!

这故障不早点排除，后果不堪设想！"

说完，他不再理会助手，又仔细地观测起来，为了精准捕捉"病灶"，励行根尽可能地接近事故点。看到励行根不断向反应堆的加料棒靠近，核电站的技术人员一把拉住他，励行根却不肯走，嘴里不停地说着"稍微等会儿，我还没有看清楚"。见他如此执着，核电站中方负责人多次强行将他拖离现场，警告说："你身上接收到的剂量已经超标，这样下去对你的身体伤害很大。"这个道理，励行根不是不懂，可是现场的紧张情况不允许再耽搁！

通过多次近距离的观察分析，励行根带领的天生团队提出了3套解决方案，经专家组4个小时的评审，大家一致同意实施第一方案。接下来的24小时，励行根和天生公司的技术人员夜以继日，开模具、制产品，上演了浙版的"长安十二时辰"，最终核电站运用天生公司研发的密封构件，一次安装成功，圆满解决了困扰中加双方一个多月的大难题。看到让自己束手无策的问题迎刃而解，加拿大公司的负责人竖起大拇指，激动地抱着励行根大声说道："中国技术、中国速度，了不起！"经过这次事件，天生公司一战成名，从此在核电行业声名鹊起。

事后，如核电站技术人员提醒的一样，堆房里的超时观测对励行根的身体造成的影响持续了10余年，但他从未后悔当初的选择，不仅因为成功展现了"天生人"的技术和价值，为后期开展合作建立了基础，或许更出于中国科学家和科研工作者充满济世情怀的自我牺牲精神。

五

2007年7月,国内某核电站对外进行密封垫片产品招标,天生公司以高出美国公司20分的显著优势中标,不料结果出来的那个晚上美国公司竟以不提供C形密封环为要挟,要求更改中标结果。对于"不买密封件,就断供C形密封环"这样的"捆绑销售",核电站的相关负责人感到非常气愤,却一点办法都没有,因为在当时,放眼偌大的中国,没有一家公司能够生产出这种核密封环,一旦美方拒绝供货,对中国核电事业的发展无疑是致命的打击。迫于无奈,核电站的负责人只得做出让步,同时购买中美两家公司的密封垫片产品,具体的做法是:依然选择励行根和他的天生公司作为合作对象,但同时向美国公司购买一套密封件作为备用,以此来维持和美方的关系。

C形密封环究竟有多难造?据相关资料记载,当反应堆处于工作状态时,容器内部的核燃料产生高压和高温,容器膨胀,C形密封环也会受到拉伸,当关闭核反应堆时,端盖和铜体恢复原状,此时C形密封环还要具备记忆功能恢复原状,为防止核泄漏,误差必须控制在发丝之内,哪怕有一粒灰尘进入核反应堆,也会产生巨大后果。C形密封环的生产技术之前一直被美国公司垄断着,每年都要涨价15%,雷打不动,没有谈判的余地,并且交货时间随他们定,什么时候给你不知道。

当从核电站负责人处得知事情真相后,励行根感到愤然,可事实摆在眼前,愤怒也无济于事。虽然就企业的经营效益而言,合同没取消,订单也没减少,可是国家百亿级的核电项目,怎能让一个小小的密封环拖住脚步？如果这项核心技术一直被外方掌握，那么天生公司在与这些公司的竞争中岂不是要永远低上一头？面对不合理的诉求，中国是不是永远只能选择让步？这让励行根夜不能寐。凭什么外国人能做的事情我们中国人就做不了呢？他辗转反侧，暗暗做出一个决定：一定要打破美国的垄断，把密封环做出来。第二天，他就致电核电站的负责人，说自己一定在5年之内把这个密封环的生产技术攻克下来。

这壮志豪情，令人想起"中国航天之父""火箭之王"钱学森的一则逸事来。1955年，在周恩来总理和一众朋友的关心帮助下，钱学森冲破重重阻力，回到了魂牵梦萦的祖国。当时新中国成立不久，百废待兴，各个领域都急需人才。钱学森回国之后即被委以重任，第二年就担任了中国科学院力学研究所所长、研究员，1957年任国防部第五研究院院长，同年选聘为中国科学院学部委员，而他也怀揣拳拳的爱国之心，全身心地投入到中国国防事业、航天事业的发展当中。中间还发生过一个小插曲：有一次，陈赓大将奉时任国防部部长彭德怀的命令，找钱学森了解对发展尖端武器的意见和态度，他问钱学森："钱先生，我们中国人自己搞导弹行不行？"钱学森听后，斩钉截铁地回答："怎么不行？外国人能搞的，难道中国人不能搞？"陈赓大将听了以后非常高兴："好，就要你这句话。"没过多久，国家就把研制导弹和火箭的任务交给了钱学森。而钱学森践行诺言，率领老一辈航天人呕心沥血、顽强奋斗，为"两弹一星"事业建立了不朽功勋，为后来的攀登者搭建了智慧的阶梯，留下了宝贵的经验。

想来，那时的励行根与50年前的钱学森想法应是一样的：外国人能搞出来的,难道中国人就搞不出来吗?从此以后,励行根就跟C形密封环杠上了,即使当时业内盛传一句话:"C形密封环,谁做谁倒霉。"励行根的心中就是憋着一口气,这口气里藏着屈辱,藏着压力,更藏着动力。认识励行根的人都知道,他做事雷厉风行,且一向言出必行。既然夸下了海口,纵然前面是刀山火海,他也会闯上一闯。多年以后,天生公司的很多老员工依然记得中标回来后的那一次集体会议上励行根拍桌子的场景,而在拍桌子前他说了这样一段话:"人生就是要干有意义的事情,今天我们所做的一切,不单单是为了企业自身的发展,更是为了我国核电站的独立运营,就算倾家荡产都值得!"

励行根把C形密封环的研发视作一场战争。从2007年开始,天生公司便把工作重心放在了密封环的研制上,每年投入大量的资金用于研究,以至于最困难的时候,公司都差点倒闭。2010年,天生公司生产的样环出炉,愿望变成现实,这一年,他斩获了人生中第一个国家级科技大奖。

在天生公司一楼展厅中,我们看到了大名鼎鼎的C形密封环。大厅里有相关的模型,展柜上方写着"世界品质、浙江制造",展柜中陈列着天生公司的部分产品,有金属石墨垫片、核电控制系统密封等。C形密封环按比例缩小放置在大厅中。励行根取下其中一个圆心直径约半米、环体两指宽的C形环给我们讲解:"C形指的是这个金属圆环在截面露出来的形状呈现'C'形的密封圈。"我用手摸过,是金属凉凉的触感,上面有类似齿状的小口子。励行根向来是沉稳的人,总给人从容不迫宠辱不惊的感觉,说到这里却难得提高了音调,用双手比画了一下说:"这个只是20∶1的比例,想象一下,那么大的一个圆环,里面这些精密的C形环每一个都是有记忆的,一丝一毫都不能有误差……我们做到了，各项参数与美国产品不相上下，打破了长达半个世纪的垄断。"

六

紧跟着，捷报频传：2011年12月29日，天生公司在大连做的C形核反应堆密封环水压试验喜获成功，这意味着天生公司彻底破解了密封这一发展核电的世界级难题，打破了国外企业长达半个多世纪的垄断，自此以后，我国核电站所需的密封材料都可以不用从国外进口。2015年12月3日，天生公司出品的我国首个国产金属C形密封环在秦山核电站方家山1号机组反应堆压力容器上正式安装，次年9月18日换料停堆，国家能源局、中国核工业集团组织专家对密封环使用效果进行检查，发现励行根团队研发的C形密封环在使用了一个周期后，内环和外环无任何破损、密封线均匀连贯、无任何褶皱和凸起等现象，经过6个小时的审核，专家组宣布：符合核电站安全标准。从2007年到2015年，3000多个日夜的研发，至此显现成效，励行根长长地舒了一口气。那天晚上，如释重负的他破例睡了一个早觉，美美地做了一场梦。

如果说11年前核电站反应堆加料装置密封故障的解决，让励行根一战成名，那么这次金属C形密封环的研发，则让他"一战封神"。得益于国产C形密封环的上市，中国核电产业在密封环的购入上省下了一笔巨款。根据2015年北大核心期刊《润滑与密封》的内容显示，天生公司的密封件一套价格约为几十万元人民币，而美国公司同类产品的价格要三四百万元人民币，国产设备实现"进口替代"。随着技术壁垒的不复存在，美国、法国等发达国家也不能够再以此作为更改竞标结果的重要手段，更不能像以前一样坐地起价，核Ⅰ级石墨垫片、核电站压力容器主密封金属环等相关产品的价格甚至降低了七成。这一天，到来得太慢，我们已经等待了太久太久。

无论是金字塔尖的科学家，还是民间的企业家，他们的爱国情怀和科研精神是一致的。正因为我们的国家有许多立足基层的企业家和科技人员，民间科学热情、科研能力和万众创新的活力才会如火山喷发，为民企发展注入新的动力。而今，民间科研已成为国家科研活动的有益补充，是我国科技事业不可忽视的重要组成部分。

科研从来就不是一个人的事情，励行根深知这一点，即使后来拥有了自己的实验室，并从零起步培养了自己的团队，励行根仍十分注重也善于借力合力。如果你去过天生公司的展厅，便会知道他们与国内多所高校的顶尖技术团队都有合作，譬如冯泽舟团队、彭旭东团队、王玉明团队、陈学东团队、蔡仁良团队、海锦涛团队等。

励行根还善于采用分段合作的方式，比如清华大学的机械密封及动密封专业最强，这块就和清华大学共建团队，浙江工业大学流体密封专业是优势，这块就与浙工大合作研究。每次合作完成，他会把数据带回天生公司自己的实验室进行核验，得出准确的结果，再进行下一阶段的研究。寻找某一领域单兵作战能力最强的大学进行合作，再对成果进行整合，这样既可以借助各所大学最强学科能力，还能保证整体科研成果属于天生公司。

"我一辈子就做了两件东西，一个是管道密封，一个是压力容器密封，已经花去了三十几年的时间。"

"天下熙熙，皆为利来；天下攘攘，皆为利往。"自打天生公司成功研制 C 形密封环的消息传出以后，前来寻求合作的企业络绎不绝。美国为了保持它在行业里的统治地位，更是多次想要高价收购天生公司。据说，有一家美国公司的总裁曾经 6 次到慈溪，向励行根提出诱人的条件。他们开出了高于天生公司资产几十倍的天价，只为做成一件事——收购天生公司 60% 的股份。"清酒红人面，财帛动人心。"面对巨额财富，励行根拒绝了。

铮铮铁骨，耿耿寸心，在励行根心中，这个小小的密封件涉及国家的安全和能源的安全，就不能是一场"交易"。其核心技术是属于天生公司的，更是属于中国的。国家的利益永远要高于个人的利益，因为只有国家有尊严，个人和企业才能有尊严。我又一次想起他说国家利益高于一切时略带沙哑的声音，为"科学无国界，但科学家有祖国"这句话写下自己的注解。

昔日淳于髡用隐语劝说齐威王："国中有大鸟，止王之庭，三年不蜚又不鸣，王知此鸟何也？"齐威王答道："此鸟不飞则已，一飞冲天；不鸣则已，一鸣惊人。"如今的天生公司早已成为行业的翘楚和标杆，所研发的产品应用于我国 30 座核电站，其主营产品核电站反应堆压力容器 C 形密封环市场占有率全国第一、全球第二，且连续 2 次获国家制造业单项冠军，多项技术现已应用于军事装备、航空、航天等高端密封领域。路无止境，心无止境。在核电行业留下一个个传说之后，励行根和天生公司的故事还在不断续写。天生公司有此愿景：把所有核电领域的外国密封件国产化。此外，励行根还把目光投向"高温高压连接器"的研发生产，5 年之内要达到产业化，这项新技术将是对密封技术的一次颠覆性突破。

和励行根相识近10年，碰面多次，他说的最多的一句话是："人家做得到的，我们为什么做不到？"他的办公室墙上挂着一幅书法作品："天生我材必有用。"

"说到科学的价值，我并不想介绍一些很深的原理，告诉你某个定理多么厉害。在我看来，科学的首要价值，对于个人而言，它是达到内心宁静的最可靠途径……"2018年，励行根在做客中央广播电视总台经济之声《企业家夜读》时曾读过中国物理学家、"量子之父"潘建伟的《科学的价值》。励行根说，自己很喜欢潘建伟的这篇文章，"我们搞科研的人，一定自己要有乐趣，如果在搞科研的过程当中没有乐趣了，那工作是会劳累的，思维会发生短路。因为科研首先是要成功，如果你做的事情每次都是失败，它已经没有乐趣了，在有成功有失败的过程中，会获得大量的乐趣"。

励行根经常说自己算不上是一个好的企业家，相比于企业家的身份，他更喜欢别人叫他科技工作者。但作为民营经济的一分子，励行根有自己的思考。他曾经就民营经济打过一个比方，他说："民营经济就像河水，虽然量不大，但是聚起来，就是黄河与长江。"这些年，天生公司不只生产密封件，也提供系统性解决方案，业内企业带着领域内的难题来找他答疑解惑，他总是知无不言。对励行根来说，帮来访企业研究攻坚的过程，也是一个学习提升的过程。他说，到现在为止，自己已积累了400多个密封领域的典型案例，他想把它们编成一本书，并将自己多年来参与过的密封领域的实践心得，融入案例解决过程中进行剖析，避免后来者重复"踩坑"，为国家工业化进程贡献一份力量。问他最喜欢看的书是什么，他说："看的书太少了，基本上没时间……看了《活法》，无我之境。"

很多时候，逆境也是动力的源泉，也许没有外国企业的垄断，也不会有天生的崛起。从改革开放初期学习仿照国外先进技术，争取让企业活下去，到改革开放45年后的今天，企业要走在世界前列，要活得更好，需要拿出自己的创造。不止某个细分领域如此，各行各业都要从创新性科研进步到创造性科研。

很多次，看到励行根身穿蓝色的厂服，在展厅，在车间，在实验室。他朴素，温和，踏实，总是笑吟吟的，对年轻人也分外耐心。不仅对年轻企业家，对其他参观学习团队，只要有时间他也会亲自陪同讲解，带更多的年轻人走进这个略显神秘的领域。他讲述的时候，神采飞扬，有着笃定的自信——不止热爱，而且自豪；不止自豪，而且热爱。

杭州湾畔的明珠

"杭州湾畔有颗明珠在闪亮,三北平原有颗新星在发光。"

这是茅理翔在20世纪90年代所作的厂歌《前进吧,慈无九厂》中的句子。慈无九厂是他创办的第一家工厂。曾经的"闪亮"是一种心怀美好的期望,如今,这种期望已经变成尽人皆知的事实。

今天的杭州湾畔,在宁波慈溪市滨海六路与金源大道的交会处,总占地面积450亩的方太理想城高高矗立,俨然成为一个建筑地标。驱车进大门,一眼就看到一座高高的斗冠——运用中国传统建筑中的梁柱结构塑造出标志性的斗冠形象,蕴含"东方之冠,鼎盛中华"之意,体现了中国源远流长的历史文化与时代精神的互相融合。

静寂的午后,在七楼名誉董事长的办公室里,我们见到了茅理翔先生。这位集全国优秀民营企业家、浙江省劳动模范、胡润百富企业家终身成就奖等诸多荣誉于一身的老人没有"名人"的那种疏离感,亲切得像是一个多年不见的老邻居。那天,他穿着一件别致的现代唐装,一粒粒的盘扣如同承载记忆的容器,把人从现在拉向过往,里面着一件干净的白衬衫。清癯，儒雅，说话有条不紊，缓慢而沉稳的语速，带给人温暖而安宁的感觉。

那个下午，他如同一个老朋友，把那些沉淀在岁月里的故事同我们娓娓道来。我们闻着氤氲的茶香，不知不觉穿过岁月的层层烟霭，见证了他一路走来的历程。听先生讲他年轻时的病痛与疾苦，讲书籍与爱情给予他的动力，讲他数次创业的经历与遭遇的三次危机，讲家族齐心给予他的助力……他是如此真性情，以至于讲到每年的文艺厂庆，他总是热泪盈眶，文艺与不老的青春之心始终在他胸膛里跳跃。他还赠了我们许多由他撰写的书籍，我们回去之后细细翻阅，对这位老人有了更深的认识：读他给公司部长的十封信，自"危机感、成本与质量、文化、品牌"等内容里感受到他的深谋远虑；读他创作的厂歌、小品、散文与诗歌，读他笔下的儿女茅忠群与茅雪飞，感受到他对文学的喜爱和对儿女的关心；读他悼怀亡弟之文，更是动容。从先生的文字中，我们触摸到热血与纯洁。是的，我愿意用这个词去形容人间的美好品质：纯洁。

一

茅理翔出生于慈溪市长河镇宁丰村，少年时代由于罹患鹤膝风（类风湿性关节炎），腿脚不便，高中未毕业就不得不辍学在家，当过几年老师，也在社办企业中做过10年会计，还曾跑过10年销售。由于鹤膝风这个病很难根治，加上跑销售期间常年奔波在外，三餐不定，止痛片成了茅理翔行囊里的必备品，疼痛发作时他全靠它来缓解，一片不够吃两片，两片不够就三片。跑销售是很苦的，茅理翔曾用"五子登科"来形容那段经历:"跳上火车像耗子,跳下火车像兔子,走到对方单位像孙子,回来的路上像驼子,报起账来像呆子。"可即便如此,他依旧觉得值得,"在任何一个阶段,我们都应该用奋斗来回应时代"。也正是这奋斗的初心,让他选择了创业。

"方太""家业长青""创二代"……在过去的40年里,茅理翔,这个响当当的名字,通过三次创业,为我们创造了无数张颇具分量的"宁波名片"。他还曾是清华、北大等高校的兼职教授,率先提出了"将富二代转变为创二代"等理念,并著有多部专著。他的身上,有甬商精神,有浙商精神,也分明有着浓浓的儒商气质。

2017年,"向改革开放后第一代民营企业家致敬"系列活动给他这样的致敬词:他是不屈不挠的"创业先驱",他是最具社会责任感的"传承大家",他用一生的奋斗传奇发光发热,来回报滋养他的祖国。他不仅引领着中国智造的发展方向,也彰显着改革开放后第一代企业家的使命和担当。

但创业之路的艰难,是常人所不能想象的。

1985年,45岁的茅理翔乘着改革开放的春风,投身创业蓝海,承包了慈溪无线电九厂,主要给黑白电视机加工生产零配件。选择了创业,就注定要面对前路的未知和风雨。茅理翔在创业的第二年遭遇了"滑铁卢"。因为一些特殊的原因,慈溪无线电九厂生产的产品卖不出去,工厂濒临倒闭,连工资都发不出来,与他交情最深的副厂长也辞职了。

这个时候,有人劝他"你呀,回家吧,搞个小作坊,生活也能很安逸,不要再强撑了"。茅理翔的回答斩钉截铁:"我不能走,半年前我曾经发过一个愿,我要创办一个茅氏集团,为振兴民族工业奉献我们茅家的力量。现在刚刚创业一年,出现了困难,我就要做逃兵吗?不能。"

有首歌里唱得好"不经历风雨怎么见彩虹,没有人能随随便便成功",我们想要成功,就必须"把握生命里的每一分钟,全力以赴我们心中的梦"。面对创业路上遇到的第一个坎坷,茅理翔顶住"工人骂的骂,走的走"的压力,努力寻求破局之法。他的妻子已是一家集体针织厂的副厂长,辞了职去他的工厂帮忙,让他能够腾出时间去外面寻觅商机、开拓渠道。曾有报道称,当年茅理翔为了寻找新的产品,东奔西走,两次在外地坐公共汽车时车翻到了山沟里,天性乐观的他不仅没有被吓退,还得出了"当坏事烦恼一起来的时候,人要有忍耐性、有坚韧不拔的精神"的经验。医生再三劝他住院治疗他也没有答应,他说:"还有员工等着我开工呢,我怎么能够住院呢?"

终于,在经历了一次次的失败又一次次重整旗鼓之后,中国第一支电子点火枪生产出来了。

有了产品,还得有销路。于是,有着丰富销售经验的茅理翔重操旧业,开始了电子点火枪的推销之路。其间他又经历了许多的曲折,他把这些曲折写进了他创作的话剧小品《地摊合同》。读他的文学作品,艰辛与困境,执着和坚韧,热血与信心,互相交织。艰辛与困境令人心酸,陈述着生活中的真相;执着和坚韧又催发出人的斗志,并且他的文学作品常常与他的事业一样有着美好的结局。慈溪无线电九厂的这款产品得到不少外国友人的青睐,原本踽踽而行的企业也由此进入了发展的快车道。

怀着对美好未来的憧憬，茅理翔将自己的企业更名为"飞翔"，看名字，足见其雄心和用意。茅理翔还写了一首《东方神火——宁波飞翔集团之歌》：你吐出耀眼的火花，点燃了美丽的朝霞。你燃烧东方的热情，把欢乐送到万户千家……这首歌曲当年参加省里的比赛还拿了第一名。那次比赛，茅理翔亲自参与了歌舞的编排，有一个场景他至今记忆犹新：参与表演的60名员工每个人怀里都放了一支点火枪，当唱到最后一句"飞翔吧，东方神火"时，"啪"的一声，舞台上的灯光全部熄灭，员工们掏出点火枪并点燃，一瞬间，仿佛有60把火炬在熊熊燃烧，"火炬"飞翔的姿态点燃了雷鸣般的掌声。

正如茅理翔在歌词里所期望的那样，点火枪业务一度做到产销世界第一，他因此被媒体称为"世界点火枪大王"。商场如战场，随着电子点火枪的名气越来越大，跟风仿冒的商人也越来越多，恶性竞争之下，电子点火枪价格一跌再跌，原本的"蓝海"硬生生地被挤成了"红海"。迫于无奈，茅理翔只得再次转行。

二

"苦恨年年压金线，为他人作嫁衣裳"不是茅理翔的追求。第一次创业经历的危机，让他意识到想要避免重蹈覆辙，企业就必须拥有自主技术和自主品牌。

1996年，56岁的茅理翔正式开启"二次创业"。他明确了"创一个品牌"的目标。此时的油烟机市场，已经聚集了250多家生产商，产业高度密集。"不仅做这行的企业多，而且当时市场已经基本形成了帅康、玉立、老板三强鼎力的局面。其中帅康就在我们隔壁余姚。"

竞争激烈、龙盘虎踞。茅家两代人合力攻之。

那时茅理翔的儿子茅忠群还在上海交大读研。通信不发达，父子俩用写信的方式交流各自的想法和观点。茅忠群在求学时就有科技兴国的理念。他在一封信中写道："我完成学业后，也要争取出国。我国必须有先进的科学技术才能振兴，才能在世界民族之林立于不败之地。"

但茅忠群还来不及出国读博，就被父亲给召了回来。

"在明确要做自主品牌时，我把茅忠群从上海召回。一方面是想让他帮助我共同创业，另一方面想培养他接班。"明白父亲的意图，茅忠群没有拒绝，而是同父亲一起扛起了创业的重任。他带领团队，做了大量的市场调研。很快他发现，尽管生产油烟机的商家很多，但他们生产的油烟机都存在噪声大、吸油烟率低、油烟味重等缺陷。"百姓对当时的油烟机产品又爱又恨"，父子俩觉得，只要打破油烟机的种种局限，未来大有可为。

一个是56岁的半老头子，一个是乳臭未干的学生，这样的组合会成功吗？

认准了方向以后，茅理翔不惜血本，毅然投入3000万元开始了"创方太品牌"的过程，父子并肩作战。经过长时间的研发和试错，方太制造了中国人自主研发的第一台油烟机，并不断改进工艺，以质量和时尚外观占领市场。方太的第一台油烟机如今已成为历史的印记，被收入了宁波帮博物馆。

概括起来可能只有短短几句话，但延展开来，可能就是一部书的体量。1996年，茅家父子联手创立了方太厨具；短短一年半时间，方太的吸油烟机就跻身同行业前五名；1999年，方太产品在国内市场的占有率提升到第二位；2003年，方太的营业额达6亿元，品牌价值10多亿元；2017年，方太厨电销售收入（不含税）突破100亿元，创下了厨电行业的新纪录，成为首家销售额突破百亿的厨电企业……如今，"方太"俨然已经成为中国厨电第一领导品牌，确立了中国高端厨电专家与领导者的地位，当然也是浙江民营企业中的一个著名品牌。

"这让我感到自己为民族品牌争了光，为民族企业争了气。"在方太集团的展厅里，方太创下的赫赫"战绩"贴满了墙面，这让茅理翔说起自己的企业时颇感欣慰。

方太厨具后来居上的同时，为了培养儿子成为企业接班人，茅理翔制定了"带三年，帮三年，看三年"的战略，书写了中国民营企业子承父业、二次创业的成功样板。

事实上，在创业的过程中，这对父子并没有人们想象的那么"和谐"，恰恰相反，他们之间发生过许多激烈的观点碰撞。甚至公司成立的最初，在取名上，两个人就出现了分歧。茅理翔希望沿用原公司"飞翔"的名字，茅忠群则想启用"方太"这个新名字。在茅忠群看来，"方太"有"方便太太"的寓意，显得更加亲民，而且"方太"还是香港ATV（亚洲电视）《方太美食》节目主持人的称谓，知名度很高，有助于品牌传播。两个人一度因此僵持不下，不过这场父与子之间的"博弈"最终以茅忠群的胜出而告终。随后茅理翔马不停蹄地跑去香港，邀请到方太本人，为吸油烟机代言站台。一时间，"炒菜有方太，除油烟更要有方太"的广告词传遍大江南北，可谓家喻户晓。与之相应，方太吸油烟机就此走进千家万户。

诸如此类的故事还有很多，茅理翔、茅忠群两代人在创业中传承，在传承中转型。父子两人的观点虽有碰撞，但总能找到一个平衡点,他们像两名划桨手,在不断的磨合中,推动方太这条大船驶出杭州湾,驶向远方。

　　与儿子发生争执的时候,茅理翔的心里有过不快,但越过岁月的沟坎转身回望,"培养了一个优秀的接班人"与"成功培育出一个品牌"被茅理翔视为此生最引以为豪的两件事情。他毫不吝啬对儿子的赞美。曾有记者问茅理翔:"你认为,你的交班成功吗?"他不无骄傲地说:"实践证明,是成功的。我的儿子是一个具有丰富知识、经营才能和创新思想的人。我坚信他会成为集团新一代跨世纪的企业家。"

　　2005年,在方太成立10周年之际,66岁的茅理翔从董事长位子退下,把集团全权转交给茅忠群管理。

　　受父亲的影响,茅忠群也喜欢读书,其中最喜欢的莫过于《论语》。他说,在《一代大商孟洛川》里面写道:"陶朱商经石中玉,鬼谷兵法璧有瑕。大商之道何处寻,半部《论语》治天下。"这是大商之道,也是他对企业的管理之道,并被他视为"实现企业使命的底气"。

　　为了将方太打造成受人尊敬的世界级企业,茅忠群提出了做企业的"经典三问",总结起来就是"为什么""成什么""信什么"。针对这三问,他仔细研究了世界级企业的文化,并把目光投向中国传统国学,将中华优秀文化学进血液和骨髓,集纳、遴选,进而形成了"中学明道,西学优术,中西合璧,以道御术"的现代儒家管理模式。在茅忠群看来,企业同人一样,需要树立正确的价值观,而方太的核心价值观就是"人品、企品、产品,三品合一"。茅忠群认为,方太想要成为一家"百年老店",一定要义利合一,不仅为顾客提供优质的产品和服务,还要积极承担社会责任，做一个优秀的企业公民，同时也要求员工不断修炼、提升，成为德才兼备的有用之才，与企业共同成长。所以方太对员工的个人修养及成材培养极为重视，"五个一幸福法"的推行便是绝好的例子。茅忠群将自己从《论语》《大学》《了凡四训》得来的感悟用于实践，通过立一个志、读一本经、改一个过、行一次孝、日行一善，让每个员工的内心深处都有着对"头顶的星空和心中的道德"的深深感情。企业文化润物无声，但落到业务中，却带来了深远影响。

茅理翔把第一次创业成功的飞翔集团交给了女儿。在他的文章中，多次写到女儿茅雪飞。在他赴美考察前，女儿赶去送行，还特意买了一件T恤送他，想让他打扮得洋气点。她说，她现在已报名学习英语了。茅理翔则鼓励她说："好啊，你在市人民医院工作，英语是不可荒废的。再说，打开一个窗子，就会看到外面的世界，增加更多的知识。"在另一篇文章中，写到了女儿悉心照料病重的爷爷。简简单单的陈述，就将一个知性善良的女性形象透过纸张呈现于读者的眼前。而茅雪飞的这种好学和孝顺与茅家的家风深切相关。

在茅理翔的作品中，令我最感动的是他悼念亡弟的文章。他的军弟于29岁时突发疾病，送上海同济医院治疗，一直查不出病因，病情日益加重，最后在返家途中去世。从沪上扶柩而归的茅理翔一进门就跪在母亲面前大哭……这个细节，数次让我泪目。母慈子孝，兄友弟恭，中华传统美德中的那些美与力量，在他们身上体现得淋漓尽致。

茅雪飞在一次访谈中也提到家风。女性因为性别和家族角色的关系，在家庭当中发挥着多重作用。"一方面我们是女性，在家庭当中又是妻子又是妈妈，又是儿媳妇又是女儿；但另一方面我也是一个企业的管理者，应承担的角色会比较多。刚才说到了我们茅氏家族的家风是忠孝、和爱、勤劳、奋斗，忠孝体现在我们作为女性对家族的忠诚度；和爱意味着家和万事兴，我们在家族中又起到黏合剂的作用，爱自己的家人，包括孩子、先生、长辈；在勤劳与奋斗方面，因为有不同的分工，大多数女性可能在家族或企业的事务当中都能够体现勤劳奋斗的优良传统，这在我们家庭当中也比较显著。所以在家风的建立和传承过程当中，我们更多要以身作则、言传身教。因为你说得再多还不如做给孩子看，让孩子能够真正感受到你是一个标杆，让孩子能够以你为榜样，更好地把这份家风传承下去。"

在选择儿媳妇方面，茅雪飞一方面觉得首先得孩子喜欢，另外一方面也希望两户人家的价值观能够趋同，女方在进入家族之后共同承担这一份责任与使命，共同勤俭持家艰苦奋斗，把这一份家风很好地发扬下去，而不是说为了富贵嫁入这个家庭。

也许是家风使然，也许是亲情深厚，在茅理翔的飞翔公司陷入困境的时候，茅雪飞和丈夫双双下海，创办塑料厂，为父亲的企业配套提供上游产品。

问起茅雪飞最喜欢的书籍是哪本，她说她近几年最喜欢的书是《孙子兵法》，理由是经营企业和带兵打仗一样，需要谋略和智慧，《孙子兵法》中的很多名句对她的启发很大，比如"先胜而后求战""先为不可胜，以待敌之可胜"等，让她这几年更加重视企业的战略规划，也更加注重企业核心竞争力的打造。

有人说，时间是一把无情的锉刀，可以消磨世间任何东西。但好的家风却如春风化雨，一直守着家、护着国，可以直抵人心，使我们的人生别具色彩和意义。作为丈夫、作为父亲的茅理翔是成功的，他一生经历过三次大的危机，企业生死存亡的关键时刻，是妻子和儿女的大力相助，让他在一次次同甘共苦中成功渡过难关；作为企业家的茅理翔同样是成功的，他一路走来，踏实稳健，将小生意谈成大买卖，将小作坊经营成大企业，在走遍千山万水、想尽千方百计、说尽千言万语、吃尽千辛万苦的"四千精神"加持下，将浙商这张"金名片"擦得闪闪发亮。

茅理翔常称自己是典型的"草根企业家"，当初无背景无资本的他，从最底层起步，到现在能够让产品在国内乃至国际上拥有一定的话语权，"这是时代给予的红利"。他说，他的这条创业路与同时期许多老企业家一样，"见证和参与了祖国改革开放的进程和民族工业的强盛"，他的内心洋溢着与历史同行的自豪感。

三

除了企业家，茅理翔的另一重身份也一直为人们津津乐道，那就是"宁波家业长青民企接班人专修学校校长"。追根溯源，事情还得从2005年说起。

换作其他人，既然已经退休，就该安闲下来，含饴弄孙，与家人共享天伦，然而茅理翔却闲不下来。他退而不休，这头才卸下"企业家"的身份，那头又做起了"教育家"。用他自己的话说，这也是一次"点火"。

就在辞去董事长职务的第二年，茅理翔重新出发，一手创办了宁波家业长青民企接班人专修学校。这所学校是国内第一家以培养民企第二代接班人为目标的专修学校,也是国内唯一经教育主管部门和民政部门批准成立的被冠以"接班人学校"之名的培训院校。因为在培养中国民营、家族企业接班人和提升民营、家族企业管理水平方面起到积极作用,后来更被称为民企接班人的"黄埔军校"。

茅理翔之所以要发起建立这样一所学校,是因为他在创业、守成的过程中,发现很多民营、家族企业在如何顺利传承以及采用何种模式传承等方面面临着许多问题。而方太在这方面有良好的经验。

学校创办初期,很多人对茅理翔的行为表示不理解,忙忙碌碌辛苦了大半辈子,好不容易能够闲下来,何不好好享受生活呢?

中国共产党早期青年运动领导人萧楚女有一个著名的"蜡烛人生观"。他在广州农民运动讲习所、黄埔军校工作时,曾对学员们说:"做人要像蜡烛一样,在有限的一生中有一分热发一分光,给人以光明,给人以温暖。"从某种意义上来说,这也是茅理翔的初心。

茅理翔的想法很简单,就是结合自己在商海里摸爬滚打多年的战斗经验,依托方太企业品牌,以及方太成功传承的案例现身说法,为破解民营、家族企业"帅印交接"的难题尽自己的一份心力,为民企守成提供自己的解决方案。

守成非常重要,这一点自古已知。1300多年前,唐太宗就曾问过自己的手下创业与守成孰易孰难的问题,并提醒能臣良将谨慎应对守成之难。《资治通鉴·唐纪》里就此事有这样一段经典的描述:

上问侍臣:"创业与守成孰难?"房玄龄曰:"草昧之初,与群雄并起角力而后臣之,创业难矣。"魏征曰:"自古帝王,莫不得之于艰难,失之于安逸,守成难矣。"上曰:"玄龄与吾共取天下,出百死,得一生,故知创业之难。征与吾共安天下,常恐骄奢生于富贵,祸乱生于所忽,故知守成之难。然创业之难,既已往矣,守成之难,方当与诸公慎之。"

如果说创业好比打江山,那么把企业守住就如同守江山。"打江山不易,守江山更难",把企业守住、做大,让企业走远是一件不易的事。宁波家业长青民企接班人专修学校服务于民营、家族企业的代际传承,为中国民营、家族企业的生生不息贡献力量和智慧。茅理翔将之视为自己的"第三次创业",也是最后一次创业。他愿意为之倾尽余生之力。

学校成立以后,聘请国内外知名教授前来上课,茅理翔和儿子茅忠群更是亲自登台,为学员们答疑解惑。他们将丰富的家族企业管理特别是成功交接班的经验以及潜心研究的成果倾囊相授,并根据企业家及其接班人的实际需要精心设计课程,从"血脉传承"到"精神接力",实实在在地帮到了很多人。前来求教的人络绎不绝。茅理翔还先后提出"淡化家族制""口袋理论""企业发展平台论""传承与转型同步论"等家族企业治理、经营等观点,其中有部分观点成为经济研究及MBA教学的典型案例。时至今日,宁波家业长青民企接班人专修学校直接培训服务企业家2万余人,长期跟踪陪伴新生代接班人1200余人,称得上是"桃李满天下"。他还捐资设立"茅理翔家族企业研究优秀成果奖",设立"方太·浙江大学家族企业研究基金"……切切实实地推动着中国家族企业的创业实践与研究总结。

"80后"的茅理翔依然还在忙碌。"国家的未来在青年,企业的未来在'创二代'""教育和培养好这代人,我将鞠躬尽瘁死而后已"……他曾在不同场合说过许多类似的话。

在茅理翔的推动下,2011年6月16日,方太所在的慈溪市庵东镇成立了全国第一个"创二代联谊会",这个联谊会会集了当地数百位传承家业的年轻工商业经营者。紧跟着,慈溪各乡镇及市级层面的创二代组织如雨后春笋破土而出。及至后来,"创二代联谊会"由慈溪扩散至整个宁波。

在宁波家业长青民企接班人专修学校的官网上,有茅理翔写给年轻"少帅"们的一封信,题目就叫《给"创二代"朋友的一封信》,信中有这样一段话:"俗话说:打仗亲兄弟,上阵父子兵。成功的事实将会告诉我们,只要两代人坦诚沟通,精诚团结,就没有跨不过的代沟,没有解不开的心结。只要两代人携手并肩,优势互补,就没有战不胜的困难,没有闯不过的难关……年轻的'创二代'一定会在振兴民族产业,建成小康社会的伟大征途上创造新的辉煌!"

在天津达沃斯论坛上,茅理翔还曾带着家业长青学校的学员发表演说:"我们决不做贪图享受的'富二代',我们要做有思想、有抱负、有勇气承担社会责任的,能够传承父母家业、振兴民族工业、复兴中华伟业的'创二代'。"话毕,当时台下掌声雷动,茅理翔站在台上,对着一张张来自全国各地、世界各国的年轻脸庞,深深地鞠了一个躬。

有人说,"家业长青"四字的背后,怀藏着茅理翔的"一心""二梦"。所谓"一心",指的是一颗为帮助中国家族企业成为百年老店而奋斗终生的、几乎着了迷的、燃烧着的心;所谓"二梦",指的则是百岁老人梦和百年老店梦。

四

可有谁又能想到曾经茅理翔的愿望有多么朴素。在那个茶香与故事交织的午后,老先生告诉我们,刚开始创业的时候,他只有两个愿望:一是每月按时给员工发工资;二是每年举办一次文艺会演。他的两个愿望,前一个是为了保障员工的生活,后一个是为了培育企业的文化、滋养员工的心灵。文化并不能直接转换成经济价值,但他深知文化的重要性。有人曾问茅理翔,他到底是企业人还是文化人。他说,自己是与文化结缘的企业人,是有过文化梦想的企业人。

茅理翔与文化有着不解的情缘,譬如文学。年轻的时候他爱读书,也爱写作。文学还曾伴他抵御生活的风雪。高二那年,茅理翔突然被诊断患有鹤膝风,一度瘫卧在床,无法行走。父亲把他送到绍兴治疗了3个月,每天从膝盖里抽出积液,他才能勉强下地。医生说这个病很难根治,需长期住院。当时茅理翔家中已经背了很多的债,实在无力支付住院费用,父亲只好带他回了家。回来后,在学校的帮助下,茅理翔通过给教导处排课赚钱贴补家用,但膝盖处的疼痛反反复复,他只能辍学去邻近的民办中学教书,这一教就是近三年光景,起初还能站着写板书,到后来就只能坐着上课了。到第三年的时候,鹤膝风复发,比之前更加严重,他只能再次回家。

回家后,茅理翔每天躺在床上,将近一年不能走路,其间又患上了胸膜炎,吐了好几次血。22岁,风华正茂的年纪,可偏偏自己不得不躺在床上度过,这让茅理翔倍感压力,整天胡思乱想:我这个病能不能治好,我还能不能再站起来?母亲看出了他的心事,坐在床边一边做衣服,一边鼓励他"一定会好的"。这话是说给他听的,又好像是说给母亲自己听的。

身体虽然不便,但灵魂还是自由的。在母亲的鼓励下,茅理翔托人买来三本书,一本是爱尔兰女作家艾捷尔·丽莲·伏尼契的《牛虻》,

一本是苏联作家尼古拉·奥斯特洛夫斯基的《钢铁是怎样炼成的》。"当一个人身体健康、充满青春活力的时候,坚强是比较简单和容易做到的事,只有生活像铁环那样把你紧紧箍住的时候,坚强才是光荣的业绩!"这句话犹如强心剂,注进病床上的茅理翔心中,也曾经勉励了无数遭遇生命暗流的人。另一本则是清代张锡纯编写的中医典籍《医学衷中参西录》。

于茅理翔而言,这三本书各有妙用。前两本书里的主人公带给他精神的鼓舞和重拾梦想的信心,第三本书则为他打开了生活的一扇窗,开启了他自学中医的历程。他对照着书里的知识,自己给自己开方子;他把艾草做成一段一段的艾条,通过艾灸疗法自己医治自己。起初,他在艾灸时皮肤与艾条之间是隔着布垫的,但当他看到一本中医杂志里说对着皮肤明灸的效果更好,就果断选择了直接灸。直接灸与隔物灸看似只少了薄薄的一层介质,触感却天差地别。如今,回想起那段经历,茅理翔依然还能感受到那种彻骨的疼痛。他说,最痛的一次差点昏死过去,但是为了有朝一日病愈之后能够再次行走,他让身边的朋友死死地把他按住,并通过唱国歌来缓解疼痛。他说,直到现在膝盖处还有许多当年艾灸留下的疤。他说,当双脚被病痛束缚的时候,自己就躺在床上用读书打发时间,每次痛到想要放弃的时候,脑海里就会蹦出书中那些英雄人物的形象来,保尔·柯察金、亚瑟·博尔顿、关羽……读着读着,来了感觉,他立志要当作家。病情好转之后,他正常工作生活,同时保持着写作的习惯。在慈溪市作家协会的会员名册里,至今仍留有他的名字。假如不办企业,说不定他会是一个不错的作家。我在作协秘书处工作时,几次核对会员信息,还曾给他发过短信。后续才知,因为年轻时服用了过多止痛药,他的双眼如今视力微弱。

　　从经营一线退下来的茅理翔并没闲着，他将自己的时间划成了三等份：三分之一的时间用来到企业、论坛或大学讲课，三分之一的时间用来接待来访的客人，另外三分之一的时间则用来读书写文章。他曾对人坦言，自己生活中最大的爱好就是买书、看书、写书。在他家里，父子二人各有一个书房，书房很大，一人收藏了几千本书。茅理翔的视力不好，看书的时候需要借助放大镜，写书的时候也常用毛笔书写，但他依旧笔耕不辍，先后写下《飞翔的轨迹》《飞翔的岁月》《管理千千结》《家业长青：构建中国特色现代家族制管理模式》《百年传承：探索中国特色现代家族企业传承之道》等与管理有关的书籍。由于视力损伤越来越严重，到后来，茅理翔已不能提笔写书，他遂采用自己口述、别人记录的方式，为中国的民营企业家留下了《传承十六论：茅理翔谈家族企业》一书，该书篇幅简短、观点明确，回答了传承是什么、传承为什么、传承传什么、传承如何传四个问题。此书出版于2023年，而创作则在2021年，"传承迷"茅理翔说，那是他作为一名普通共产党员"为党的百岁生日献上的一份小小的心意"。

　　茅理翔是一位土生土长的企业家，对地方的文化发展也非常热心。从始至终，他都保持着对家乡这片土地和父老乡亲的深厚感情：捐资50万元设立慈溪市青年清洁活动基金；长年坚持送图书、送温暖等助学活动；持续开展村企结对活动，出资200万兴建长河慈善敬老院，且从2013年起每年出资10万元作为长河定向公益事业基金；2009年，锦堂学校校庆100年，捐赠了吴锦堂先生的铜像；2020年，为抗疫捐资捐物600余万元……至今，茅理翔及方太集团累计捐赠善款近2亿元，他本人更是三次荣登福布斯中国慈善榜。

五

多年前，同乡文友张坚军曾写过一篇关于茅理翔的报告文学，收录于《时代见证：慈溪农民报告》一书。张坚军说，这是一个充满奋斗精神的农民企业家，他身上有着永不服输的精神与面对磨难时的睿智。对于年轻时患疾病的事，茅理翔当作一段磨炼自己的经历，如果没有年少时的磨难，或许也没有后来事业的辉煌。张坚军后来的著作《太阳正在升起》，里面许多地方也有茅理翔的影子，尤其是人物精神上，可以看到那种永不服输的状态。

张坚军还谈到茅理翔的妻子张招娣，她是一个贤内助。茅理翔与妻子相识于20世纪60年代。当时，他在长河的一个民办学校里当老师，而妻子则是夜校的学生，后来机缘巧合，两个人成了社办厂的同事。张招娣很漂亮也很能干，她性格温柔，说话不多，脸上总是挂着淡淡的微笑，是大家公认的班花、厂花。当然，茅理翔也不差。那时的他，文质彬彬，儒雅秀气，而且能写会演，多才多艺，成立过诗歌创作小组，组建过文宣队，参加过各种文化沙龙，虽然饱受病痛的折磨，却始终不为生活所屈。

许是这股不服输的劲头，又许是茅理翔的才情打动了张招娣，两个年轻人慢慢地走到了一起。但这件事却遭到张招娣父亲的极力反对。身为一位父亲，他的出发点很简单：不想女儿受苦。张招娣家里几代人都是裁缝，父亲原先也是一名出色的裁缝，为人公正，在地方上的口碑很好。有一年冬天，他在掘七塘江的时候感染了病毒，导致双脚不能走路。因为深知其中的不便和痛苦，听说女儿想谈的对象是一个腿脚有病的人,他说什么也不同意。

尽管父亲表示坚决反对,两个年轻人还是情比金坚。为了消除未来岳父心中的顾虑,让他放心地把女儿交给自己,茅理翔再次开始了艾灸。那种刺骨的疼痛让茅理翔打心眼里觉得恐惧,但是为了爱情,哪怕再痛再难受,哪怕恨不能晕睡过去,也是值得的。

茅理翔每天去自学中医的同学家里,请他帮忙艾灸。现代人常说"痛并快乐着",那也是青年茅理翔最真切的感受。点燃的艾条落于肌肤之上,烧灼的热意直入骨髓,随之而入的还有痛,钻心的痛,痛到涕泗横流,攥紧的拳头吱吱作响,身体不由自主地颤抖,仿佛无数只老鼠在啃噬着他,豆大的汗珠从额头涔涔而下,他使劲地掐自己的大腿,想要以此来分散痛感,乌青添了一处又一处。他想喊痛,喊女友的名字,但他忍着。为了转移注意力,他唱起了歌,但打战的声音未出口就已经跑调,同学和他一起唱,两个年轻人把会唱的歌都唱遍了,最后一遍遍唱铿锵的国歌。但看到自己在一次次的艾灸之后,走路不再一瘸一拐了,他又无比地快乐,仿佛跛行的姿态每纠正一分,他便离爱情更近了一点。终于,在日复一日的坚持下,奇迹出现了:茅理翔膝盖上的那种疼痛感消失了,走路也正常了。当消息传到张父的耳朵里时,他并不相信,因为鹤膝风在当时是无药可医的。俗话说,眼见为实,张父开始有意无意地去长河老街的一家理发店闲坐——茅理翔上下班会经过那家店,他正好可以不动声色地观察。

理发店临街的一边有一扇玻璃窗,透过窗户可以看到街上来来往往的过客。茅理翔先前因为病痛,没有学过骑车,每天上下班都是步行。他就天天从理发店门前经过,让岳父看到自己稳稳的步伐。就这样,一天,两天……看了一段时间以后,岳父放心了,也同意了两人的交往。

张招娣就像茅理翔的福星,结婚之后,茅理翔的鹤膝风再没发作过。因为有她,茅理翔才能心无旁骛地跑销售、创事业;也因为有她,当生活袭来凄风冷雨的时候,茅理翔从来没有想过放弃,他吃再多的苦都不觉得苦——因为他不能让她输。她就像他生命里的一抹暖色调,始终明亮,始终温暖。当他创业陷入低谷的时候,她辞去稳定的工作,与他一起应对风雨;当他事业有所起色的时候,她谨守节俭美德,与他相扶相持。

茅理翔的心中也有遗憾:当年条件所限,与妻子结婚时没有拍结婚照。为弥补这个遗憾,铜婚纪念日的时候他们补拍了一套照片,银婚、金婚的时候又拍了几套。他还做了一本《金婚纪念册》,撰写了《金婚颂》,表达对妻子的深情。从某种意义上来说,他对妻子的深情,对爱的坚持,与他做企业的理念也是相通的。这世间,爱之,方能恒久远。

走远路的人

2023年9月，夏天的燥热还未从风里散去，公牛集团就发布了2024年校园招聘的文案。除了集团简介、招聘条件、联系方式这些常规文字，海报上还写有十个字：一起走远路，一起看世界。

明明没有用特别煽情的笔调，不知为何，看完以后，却有一股亲近感自心底油然而生。走远路、看世界、一起成长，这大概是所有人梦寐以求的事情吧。

在中国，说起公牛集团，几乎无人不知，无人不晓。或者说，只要是通电的地方，多半都能见到公牛生产的插座和开关。相熟的或是不熟的人坐在一起闲谈，只要提及插座或者开关，市面上虽有诸多同类产品，首先想到的一定是公牛，而一说到公牛，脑海里蹦出来的第一个词就是"靠谱"——这也是市面上插座和开关虽多，公牛却能够长期得到用户青睐的重要原因。

公牛集团董事长阮立平常说："我们要走很远，所以一点都不着急。"

公牛集团创立于1995年，最初以"制造用不坏的插座"为战略定位，为后来的"走远路"奠定了扎实基础。公牛的几个发展阶段比较明显，先是插座做了12年，2007年做到国内第一，遥遥领先。然后做墙壁开关，到2015年也做到全国第一。2014年，公牛涉足家装领域的照明业务，后又进入智能生态相关行业和新能源行业，慢慢转向国际化。2020年，公牛集团在上海证券交易所主板挂牌上市，上市之后，股价飙升，成为业内的一大传奇，被誉为"插座茅"，意为"插座界的茅台"。

如同1984年是中国企业史上的一个重要年份，1995年也发生了几件有意思的事情。中国商务部的官网记录着，1995年1月1日世界贸易组织成立，是世界上最大的多边贸易组织，与世界银行、国际货币基金组织并称为当今世界经济体制的"三大支柱"，中国于6年后加入世贸组织，成为该组织的第143个成员国。全球化的合作与发展带来的影响不只是经济上的。同一年中国开始引进外国电视剧，这是中国文化产业发展历史中的一个重要节点。文化界开始对经典进行解构，开始进入后现代、多元化与大众狂欢。这些改革在一开始，甚至带着冒犯、冲突和失败。

一

将时间的指针拨到30年前。阮立平的家乡——浙江慈溪，与山东青岛、广东顺德并称中国三大家电生产基地，许多小家电产品销量居于全国领先地位，也是全国有名的插座生产基地，不仅有数百家家庭作坊生产着插座产品，还有数量众多的上游原料厂商。然数量虽多，质量却参差不齐。有相当一部分插座，其寿命甚至是以月为单位来计算的。想要生个火,鼓风机突然"罢工"了;想要看个电视,插座突然不灵了……可以想象,使用这些插座的人心里该是多么窝火。更夸张的是,有些插座还没卖出,就已出现了问题。与文化市场一样,市场经济在带来活力的同时,也带来道德底线的模糊。制造,售卖,赚钱,快速更替的市场,对质量的重视显然不够。

那时的阮立平和妻子潘晓飞还住在杭州,是国家机关的技术人员。由于杭州是当时出门跑生意的"枢纽",很多人南下北上都要去那里中转,阮立平的住所成了老家亲友的临时中转站。对于家乡来人,夫妻俩都尽心尽力,热情接待,还会托关系给他们买好火车票。这些亲戚在全国各地销售插座,但在杭州似乎还没有固定的市场。作为一个省会城市,杭州对插座等产品的需求很大。夫妻俩一合计,就此开始代销。

虽然他们代销的产品在当时也算有牌子,并非市面上泛滥的"三无产品",但质量也不能保证。好多次,买插座的人前脚兴冲冲地离开,后脚就怒气冲冲地跑来退货。顾客退的货,商场自然要退回给阮立平,夫妻俩为此没少折腾。每次收到从老家发来的产品,潘晓飞就趁着中午休息的空档,回家全部检测好,再由阮立平下班后将合格的产品送去商场,而她则淘米煮饭,等着丈夫送完货回来一起吃。为了运输方便,他们平时主要供货给杭州市的几家大商场。周末,阮立平还会把产品送去位于萧山、嘉兴等地的路程相对较远的商场。质量差、不经用,只能靠售后弥补,于是阮立平又当维修师,不仅包卖,还包修。两人在单位里都是主干,日常工作并不轻松,有了副业以后,繁忙程度添了几分,但又乐在其中。喜欢做生意是一方面,让小家庭的经济更宽裕也是重要原因。夫妻俩曾经算过一笔账,按照他们当时的工资，不吃不喝做到退休，大约能挣 28 万元钱。面对这一眼望得到尽头的未来，他们渴望有所突破。阮立平说："既然他们做不好插座，那便由我来做。"

说到这个细节时，我和潘晓飞正在秋后的红杉林参加读书会。一个关于美丽乡村建设的话题与企业高质量发展交织在一起。潘晓飞谈到 1995 年初阮立平因公受伤在家休息时，自己画图纸设计插座，我微微有点惊讶。很多时候，企业家在人们心中是商人的形象，而阮立平显然是专业型人才。看我吃惊的样子，潘晓飞笑着说："他就是机械制造专业的，插座设计对他来说是小菜一碟。他在单位是技术骨干，房子那么大的搅拌楼都是他设计的……"潘晓飞用双臂比画了一个大圈，来形容搅拌楼之大。

1964 年，阮立平出生于浙江慈溪的一个小渔村——古窑浦村。

村庄往北数里就是杭州湾，当地人管南叫前，管北叫后，杭州湾也因此被称作后海。靠山吃山，靠海吃海，那时没什么工业，当地村民除了种地，以打鱼为生者颇多，而后海自然成了他们的衣食之源。阮立平的乡里乡亲也常在那片滩涂上劳作，勤劳质朴的他们每日从早忙到晚，微薄的收入却只够一家人勉强度日。阮立平打小就常随邻居家大一点的孩子一起出海打鱼，在海边捡拾沙蟹、跳跳鱼，帮衬家里。日子艰苦、宁静而快乐。

慈溪市文联曾协同慈溪最具人气的自媒体"最慈溪"做过一个百村百诗的项目，以诗歌、摄影、故事等方式为慈溪新农村做立体宣传。其中写到古窑浦村，发布不到 1 小时阅读量就达数万。公牛的创业之路就是从这个小村庄起步的。蓝色的外墙，白色的内墙，几栋层楼，热闹中又带着乡村特有的安宁。在会议室的墙壁上写着：一群人、一件事、一条心、一起拼、一定赢。这是公牛第一个厂区。

公牛集团虽已是上市企业，在创业道路上走深走远，在观海卫、龙山等多处建立了规模更大、更先进的生产基地，但古窑浦基地一直保留着，以生产转换器为主。其中一个原因就是为了方便那些家住古窑浦村周边的老员工上下班。古窑浦村村民诸阿姨与沈阿姨在公牛创立初期就进入公牛，直到现在她们也是公牛一线员工，百村百诗中有一首这样描述这个老厂区和这些老员工：

古窑公路两边

有粗大的电线和新旧错落的厂房

电器，模具，汽车配件

一个工人正把整箱转换器搬到车上

另一个，刚脱下工装准备回家

我喜欢这样的暗喻：一个偏远小村

路的尽头，却为世界输出光明……

生性纯朴的农村人信奉"读书改变命运"，只要孩子们乐意读书、读得上去，哪怕砸锅卖铁，家长也愿意。阮立平从小成绩就好，后来考取了武汉水利电力大学，即今天的武汉大学工学部。同村的另一位企业家，沁园集团创始人、甬潮资本董事长叶建荣曾经开玩笑自称是"千年老二"，因为年少时阮立平考取的大学比他好，如今企业规模也排在他前面。

大学毕业后，阮立平被分配到水电部杭州机械设计研究所工作，成为一名手握"铁饭碗"的工程师。这是他儿时的梦想。10来岁的时候,根据话剧《钢铁洪流》改编的革命电影《火红的年代》风靡全国,阮立平看了电影,被炉长赵四海克服重重困难炼出"争气钢"的故事深深感动,萌生了"长大后做一个跟他一样的人"的想法。然而夙愿达成后,阮立平骨子里不安分的因子又开始躁动。

随着我国改革开放的不断深入,很多人乘着时代的浪潮,纷纷选择下海经商。慈溪南依山北临海,旧时既无大江大河,也无交通要道,货源缺乏,物流阻塞。乡人为了生存,由贩鱼、贩盐到经营商贸;农民外出养蜂,种些蔬菜、瓜果之类的作物,以此换钱易物,渐渐地培养了商业意识。阮立平夫妻俩都是那个年代的高才生,工作稳定,待遇也不错。妻子潘晓飞是温州乐清人。许是骨子里都有经商的基因,夫妻俩工作之余,总摸索着做些什么。

关于试水期的这段经历,很多资料里的描述是:他卖过猪肝、种过果树,还是慈溪第一个引进草莓的人。向潘晓飞求证时,她笑着告诉我们,所谓卖猪肝是因为当时她和丈夫都在杭州工作,杭州人不大爱吃猪肝,价格便宜不说,甚至不需要凭票购买,而慈溪人认为猪肝补血,偏好这一口,过年过节常吃,白切、爆炒,做成一盘珍馐,价格也要数倍于杭州。有一年他们回慈溪过年,从杭州带回一麻袋猪肝。亲戚朋友一分,还有剩余,阮立平便与弟弟阮学平从厨房里拿了菜刀、杆秤,拎去菜场里卖,行情出奇地好,不多时就卖完了。"其实就卖过那么一回,没有正儿八经地把它当作生意来做。"潘晓飞说着,又讲述了从杭州大观山农场向慈溪倒腾水蜜桃苗和从浙江农业大学引进草莓的故事。

她还同我们分享了一个故事,作为商业意识的例证。有一年潘晓飞所在的单位组织员工去庐山疗休养,她在旅游景点看到一顶帽子非常时尚漂亮,尤其是帽檐很大利于防晒,而且还能折叠。她想买,但一问价格要30多块钱,觉得有点贵,就打消了购买的念头。说来也巧,好似心有灵犀一般,等潘晓飞回到家,发现丈夫正在做一顶帽子,款式竟与自己在庐山看到的帽子极其相似。

我想起另一个细节。一次送诗集给阮立平,阮立平问:"现在出诗集赚钱吗?"听到这句话,我的第一反应是被冒犯,直接回复:"不是所有,都是为了赚钱。"

二

1992年,邓小平同志南方谈话之后,国有制企业进行初期改制,精简分流职工,并鼓励有条件、有能力的职工与企业签订"停薪留职"协议,下海经商。90年代涌现了一批大学生下海潮,这些创业者大部分是60年代生人,他们有经商的主动性和纯粹性,并没有政治上的抱负。阮立平是其中典型的一员。

2002年,浙江传化集团董事长徐冠巨当选浙江省工商联会长,这是私营企业老总出任该职务的第一人,被认为是企业家政治地位提高的标志性事件。此后,在各级人大代表和政协委员中,企业家所占比例越来越高。2017年,时任慈溪市委书记的高庆丰认为应该为有实力的企业家搭建更大的平台,让他们为改革发展提出有效的建议。在他的力推下,阮立平当选浙江省人大代表。但阮立平于同年底辞去了慈溪市政协常委的身份,希望有更多的时间专注于事业和科研。无独有偶,宁波市政协委员、永新光学总经理毛磊谈到往事时,也提到一个细节，当时促使他放下江苏的工作来到宁波的原因，是原单位拟提拔他到行政岗位，他扪心自问，更热爱自己擅长的光学科研工作，在光学领域的不断探索给他带来浩瀚与开阔。

这些60年代生的大学生，以自己的专业和专注，把中国制造提升到新的高度。

20世纪90年代有一个很火的活动叫"中国质量万里行"，主要对市场上假冒伪劣现象较为严重、干部群众反响强烈等问题进行曝光。想到老家生产的那些插座没有质量保障，更没有严格的标准，假冒伪劣现象屡见不鲜……与妻子商量后，阮立平决定停薪留职，回慈溪创业。潘晓飞对此很是支持。为稳妥起见，阮立平回乡后，她继续留在杭州。万一创业失败，她的那份工资可以维持家中开销。等丈夫事业稳定，她也办了停薪留职，后续辞职，历任公牛集团财务总监、副总裁等职务。

1995年，阮立平拿着从银行贷来的2万块钱，与弟弟一起开始创业。公司取名"公牛"，因为阮立平喜欢的芝加哥公牛队在乔丹的带领下拿下了队史上首个三连冠，在NBA开创了一个属于自己的时代。阮立平希望公司也能像公牛队一样引领风骚。他说："钱有两种，一种是现在的钱，一种是以后的钱。如果你局限于只赚现在的钱，那你可能就没有以后。"他从一开始就给自己定下"走远路"的目标。

质量是产品的第一要素。阮立平亲自设计产品，操刀每一个细节，从源头做好"品控"，还创新性地采用一体注塑技术，加固插线板电线和插座接口处最容易磨损的地方，率先改进当时容易漏电的翘板式开关设计，解决了电源的控制问题，提升插座接口的安全性。这款按钮式开关以12项专利为支撑，重新定义了整个行业的安全标准。

至今，行业内九成以上的插座仍在沿用这一设计。

现今，公牛已拥有上千名研发人员，先后主导和参与了124项国家及行业标准制定，并获得2590项专利、1110余个国内外产品认证，揽获包括"中国创新设计红星奖""红点奖""IF奖"等在内的国际设计大奖71项，还建成了业内首家省级工业设计中心，同时也是行业第一家承担"浙江制造"标准起草并取得认证的电工企业。

阮立平的微信头像是意大利佛罗伦萨的天堂之门。那年请他推荐一个国外旅游的地方，他说的第一个地名就是佛罗伦萨。

天堂之门是意大利佛罗伦萨圣若望洗礼堂东面的正门，由雕塑家洛伦佐·吉贝尔蒂雕刻，是文艺复兴时期著名的杰作之一。天堂之门的材料是青铜镀金，阳光下会泛出微微的金光，奢华而精致的浮雕，丰富多彩的宗教故事与光影相得益彰，被米开朗琪罗称为天堂之门。

阮立平谈到自己参观的感受："看了大教堂的这两扇大门，尤其是听了大门的介绍以后，我非常有感触。这两扇大门的作者是洛伦佐·吉贝尔蒂，他花了27年的时间来雕刻这两扇门，从42岁雕刻到69岁，时间跨度非常大，一般人都坚持不了，给我的印象非常深刻。而且他在42岁的时候就已经是非常有名的艺术家了，但他还要花27年的时间来做这件事情，其间，他花了很多的时间去欧洲的很多国家学习，学习建筑，学习绘画，学习雕刻，学完以后，不断地试验和实践，把这些技艺和艺术融会贯通，才创造出了这样一个艺术史上非常经典的作品——天堂之门。他那么有名还要花那么长的时间去学习，更何况是我们呢？与他比起来，我们还有很大的差距，还要花很长的时间去努力。"

印象中阮立平一直是个理性的人，很少使用形容词。工科出身的他并不擅长文化领域，但他看到了天堂之门的精妙之处，并且使用建筑、绘画、雕刻这些文化领域的词语进行描述。因为这个故事，我曾想把这本书命名为"匠心"，但由于这词语所表达的宽度有限，还是选择用了阮立平的另一句话：走远路的人。

阮立平是在武汉大学的一次论坛上讲上面一段话的。T字形的演讲台四周都是观众，他在台上一边操作着PPT，一边有条不紊地讲演。一身深色的西服，脚上却不是中规中矩的皮鞋，而是一双旅游鞋。不均衡的活力。审美在重塑，在全球商业界，爱穿牛仔裤的高科技企业家正在逐渐取代传统行业大亨。

佛罗伦萨洪水后，天堂之门原作经修复后保存在附近的主教座堂博物馆。现今供游客观赏的圣若望洗礼堂东门是后来的仿制品。我特意抽了半天时间去博物馆近距离观看原作，并购买了一张天堂之门的明信片寄给阮立平。

投入大量科研经费，材料也较一般市场货好，所以公牛产品的定价也比同类产品高一些。在打开销路阶段，阮立平将自己的按钮式插座推销给大专院校。当时高校电脑课都是集中在电教室上的，比普通家庭更注重插座的质量，试用之后，校方对质量很满意。有了好口碑，公牛的品牌一下子立起来了。这一年，中宣部、国内贸易部在全国范围内共同发起了"百城万店无假货"活动，"以真诚赢得信誉、用信誉保证效益"的活动主题成为广泛共识。同是这一年，北方一连发生了好几起插线板故障引发的火灾事故，而用公牛插座则一起事故都没有。公牛产品也越来越深入人心。

三

有人曾对公牛的成功做过精要概括，认为公牛之所以能够成为插座界的"一哥"，主要有三大"秘诀"：第一是本身过硬的质量，第二是销售渠道的建立，第三是精准的广告投放。

公牛起步之初，虽然靠着质量过硬在众多插座工坊的群战下杀出一条血路，但由于销售渠道不畅，销售业绩并不好。这时，一辆牛奶配送车触发了公牛人的灵感。"看人之长，天下人皆为我师。"公牛迅速调整销售策略，把快消行业流行的"配送访销"模式移植到了电工行业，让经销商从"坐商"变成"行商"，上门为终端销售点配货。

"牛奶怎么卖，可口可乐怎么卖，插座就怎么卖。"弟弟阮学平也结合之前做销售的经验，大力支持终端销售点放置公牛招牌，互利互惠的同时进一步提高公牛的知名度。几年后，成效显现，从繁华都市到僻静小镇，公牛的招牌几乎随处可见。以至于有人开玩笑说："在中国，有公牛的地方就有五金店，有五金店的地方就有公牛。"随着销售网点的数量不断增加，公牛插座的销量也节节攀升，到2001年市场占有率已经跃居全国第一。

而在这个过程中，涌现了很多感人故事。公牛曾以经销商杜丽塘积极拓展市场的事迹为蓝本，排过一个系列情景剧《风雨赶路人》，再现了他从公牛业务员到经销商伙伴，一路开疆拓土，成为中国十八大牛（全中国按照区域的人均销售比例算，排前18位的经销商）之一的历程，里面的许多细节令我们印象深刻：2008年，初出茅庐的杜丽塘面试公牛销售，3个月时间跑了3000个客户，把鞋都跑坏了一双，最终以第一名的成绩入职公牛；2年后杜丽塘因家庭原因离职，转为慈溪地区公牛经销商。初时，既无启动资金，也无相关知识储备，但公牛的支持给了他干事创业的底气。他一边学习充电，一边拜访客户。电瓶车的电瓶小，单趟只够骑行二三十公里，为了多见几个客户，他提前规划好线路，标注出一个个可以充电的地方，与客户对谈的时候，电瓶车就放在附近充电。谈完，骑上车去往下一个充电点。如此往复，平均每天要骑行近40公里，真诚的态度拉近了与客户的距离，也赢得了信任和订单……《风雨赶路人》演出时，杜丽塘也受邀观看。看着舞台上一幕幕熟悉的场景，他禁不住感慨万千，潸然泪下。

在"走远路"的既定目标指引下，公牛在全国范围内建立了6大制造基地、110多万家网点的线下实体营销网络和专业的线上电商营销网络。

前几年我曾数次赴公牛开展关于电器行业的调研。阮立平第一句话就说："严格意义上来说，我们是电工产业，而不是电器。"虽然繁忙，他依然排出时间，陪我们参观公司，交流关于如何把慈溪家电业做大做强的课题。他谈到中国市场是现阶段全世界最好的市场，稳定、畅通，公牛的外销占比仅为3%。

四

如今的公牛集团专注于民用电工产品的研发、生产和销售，并围绕民用电工及照明领域形成了长期可持续的产业布局，是中国制造业500强企业。其主营业务分为三大板块，分别是以转换器为主的电连接产品领域，以墙壁开关、LED照明及生活电器类为主的智能电工照明领域,以及以充电桩、充电枪、储能设备为主的新能源领域。公牛品牌早已成为中国家喻户晓的知名品牌,受到广大消费者的普遍欢迎,被广泛应用于家庭、办公、户外等用电场合。

当然,光有专注也是不够的,还得有创新。这种创新包括技术上的创新、理念上的创新,还有工艺审美上的创新。经济学领域有一个著名的"鲇鱼效应",原是指在装沙丁鱼的鱼槽里放入一条以沙丁鱼为食的鲇鱼,此举在搅动沙丁鱼生存环境的同时,也激活了沙丁鱼的求生能力。后来,它被用来形容采取特定措施或手段,刺激一些企业活跃起来投入到市场中积极参与竞争,从而激活市场中的同行业企业。2015年,小米的跨界狙击,就如同那条鲇鱼,给公牛和其他民用电工产品生产企业带来了危机感。

这一年的3月,"跨界大王"小米推出了一款外观简约美观、带有三个USB接口、可以实现无充电头充电的插座。这在当时是一种突破性的创新。在这款插座面市以前,衡量一款插座好坏与否的标准更多的是是否安全耐用。排插大多被放置在凳脚边、桌底下、电视机背后、沙发与墙紧贴的空隙处……都是不起眼的角落,要那么好看干吗?但这显然不符合当下年轻人的审美和需求。小米那款集美观、实用、个性、智能于一体的插座进入市场,博得了一众年轻人的好感。49元的价格加上简约与人性化的设计,出门在外忘记带充电插头,只需要一根充电线就可以给手机充电,这些优点让这款产品迅速爆火。高性价比加上新潮的设计再加上有力的互联网营销,开售第一天就售出24.7万个。此后数月,更是持续走红,热度不减。上市3月销量达到100万个。

紧接着,公牛版本的USB插排系列也高调问世。比小米低1元的价格火药味满满。小米走轻资产的产品代工模式，没有完整的生产链，生产成本较高，而公牛有完整的生产链，在单品竞争领域有优势，成本控制方面略胜于小米。相同的质量安全标准，在用料等方面公牛略胜小米。

这一次与小米的正面 PK 也让公牛人明白了一个道理：企业要想在市场竞争中占据优势，就要精准分析市场并勇于创新。2016 年，阮立平在武汉大学的演讲中提道："我们真正需要加强的是不断变革、不断创造、不断改革的理念。"

此后，阮立平每次去线下超市，都一定会调研市面上的插座品类，分析受众的喜好和心理。公牛集团成立了数码产品事业部，研究线上消费者的喜好。之后，公牛拓宽品类，又相继推出了手机充电线、车载充电器、USB 充电盒子等一系列新产品。

著名管理专家詹姆斯·莫尔斯说："可持续竞争的唯一优势来自超过竞争对手的创新能力。"

五

2020 年到 2022 年，阮立平连续三年获评"中国灯饰照明行业年度人物"，而在其中一次颁奖典礼上，组委会给他的颁奖词是这样写的——

"不用在意一时的得失，因为我们是一群走远路的人。"他，正是凭借着这股坚定的信念，带领着公牛集团一路蜕变成为一家千亿市值的上市公司。新的征程已经开启，公牛将继续秉持"专业专注、只做第一、走远路"的理念朝着既定目标出发。追光路上,他与公牛,从未止步!

行稳而致远。公牛的步调稳,走远路,与阮立平稳扎稳打的性格相关。从小夫妻停薪留职、辞一保一时就可以看出他们的理性。当我们问潘晓飞,阮立平说得最重的话是哪一句时,潘晓飞想了很久,愣是没有想出来:"有时候,棘手的问题、头痛的事情也会碰到,但我没见他对谁发脾气。批评会有,是建议式地指正错误。"问潘晓飞企业遇到过的最大困境是什么,潘晓飞想了很久,也没有想出来。

2020年农历新年前后,一场突如其来的新冠疫情席卷中国大地,牵动着亿万国人的心。受疫情影响,很多人的生活节奏被打乱。原定于正月十三(2月6日)举行的公牛上市敲钟仪式被迫取消,就连上班也要较往年迟上许多。

选择上市,也有一个过程。公牛和方太作为慈溪数一数二的企业,一开始都是家族企业的运作模式。两家企业起初都没有上市的计划。但随着公司的发展,2018年,公牛开始筹备上市。阮立平说:"人的观念是会改变的,原先觉得上市受约束太多,后来认识到上市对公牛集团的意义,对公司知名度、融资和正规化,以及引进人才和世界一流的管理层,都有积极作用。上市是一把双刃剑,约束多从另一个角度来说恰是规范化,市场素来是残酷的,在公牛不断引领行业标准的同时,一些低效低质量的厂家也在不断倒闭。规则,要立,更要守。"我们曾在调研中聊到一件小事,阮立平虽有家乡情结,常年助力古窑浦的发展,但同村有侵犯公牛知识产权的仿冒产品出现时,公牛的法务也会不留情面地发律师函要求停止侵权。就算同村人托人求情,对于不符合法律规范的事情,阮立平也不予支持。阮立平在省人大代表履职期间,也曾提出"加强立法,保障未来产业发展"。公司上市之后，更加成为行业法治建设的榜样。

没有敲钟仪式，倒也符合阮立平低调的作风。疫情中，阮立平在企业公众号发表《致全体公牛人的一封信》，他说："我们等着疫情过去大家回来的那一天。"一向理性的他动情地写道："由于疫情，我们几次推迟了开工的时间，对公司的经营造成了一些暂时的困难，但大家应得的收入不会减少，我们也会像往常一样，不裁员，不降薪。疫情更不会影响公司的长远发展，我们要利用上市的契机，一如既往地埋头做好自己的事情。不用在意一时的得失和股价的高低，因为我们是一群走远路的人。"

"老吾老以及人之老，幼吾幼以及人之幼"这句古老名言被时代赋予了新的含义。与当地的许多企业家一样，每年春节，公牛都会给古窑浦村70岁以上的老人发放慰问金，村里的中老年人还可享受一年一次的免费体检及大病救助。铺路造桥，造福桑梓，这个传统在慈溪，在宁波乃至在整个浙江古已有之，这好像是企业家约定俗成的选择。

作为一个母校情结很重的人，阮立平还以慈善信托等方式，推动公牛与武汉大学达成校企合作。阮立平是武汉大学商帮长三角分会首席执行会长，与武大校友们保持着经常性的联系。我数次参加他们的活动，每次阮立平都佩戴着校徽。

谈到慈善，阮立平在某次企业家座谈中说道："捐款多少，是企业家个人内心的一个定位，是心中觉得多少合适，不是为了外界怎么看。"

为了驱动企业快速转型升级，实现管理的精益化和数字化转型，阮立平还捐资3000万元，与家乡慈溪的第一所大学宁波大学科学技术学院共同建立公牛学院并签订战略合作协议，将各自的优势资源进行合作，以培养符合产业需求的复合型管理人才。时任慈溪市委书记高庆丰在致辞中说，当前慈溪处于加快迈向高质量发展的关键时期，迎来一系列重大利好发展机遇，此次三方开展校企共建合作，必将进一步推动产学研深度融合，持续释放创业创新动能，为慈溪新一轮发展注入强劲动力。

公牛与这些学生之间，实行双向选择。要与不要，去与留，都是相互的。这些年，公牛与高校合作，构建产教融合高质量人才培养体系的实践不只局限于省内。

事实上，公牛学院出来的学生留慈率并不高，留在公牛的就更少了。"培养好了，只要这些人才留在国内，去这个企业或者那个企业，都一样。"潘晓飞说到人才共享很坦荡，有着新时代女企业家的格局。虽然整个交谈过程中，她的措辞也是颇经斟酌，但不失真诚。潘晓飞比较低调。我们数次一道参加活动，她都按通知坐大巴，鲜有私家车接送。这些年除了工作，她更注重文化修养上的自我提升，摄影、书法、器乐、朗诵……我们经常在参政议政和参加文艺活动的场合相遇。印象最深的是，有一次在浙江大学参加政协委员培训，晚上我与她住相邻房间，两个人不约而同带了笔墨纸砚。在她的房间里腾出桌子，她写行书，在毛边纸上临王羲之《兰亭序》；我写小楷，在扇面抄溥儒的《心经》。晓飞用手机播放轻音乐，台灯的光晕落在毛边纸上，散发出柔和的光，茶杯上的热气氤氲着，茶香与墨香糅合在一起。两个人各守一张桌，各守一盏灯，静，静得可以听到呼吸声。等我写完一张扇面，已是晚上十点多，晓飞写了十来张，桌上几上都铺满了。不知什么时候音乐早已停了。

六

随着时代的发展,"公牛"渐渐变成一个文化符号,融入企业发展的历程,同时也被赋予了更多的含义。不知不觉间,"公牛"更成了公牛人的形象。

走在公牛集团的园区,随处可见"牛"元素:雕塑、摆件、牛人餐厅、内部杂志《哞》、由"绿草苑"更名而来的哞哞文学社……这些低调、务实的牛人,人们习惯称为"孺子牛""拓荒牛""老黄牛"。

一家企业的文化更体现在对待员工的细节上。潘晓飞早几年就曾提过《关于促进产业工人在慈溪安居乐业的建议》提案。自2010年起,公牛集团陆续成立了篮球俱乐部、舞蹈俱乐部、诗书画俱乐部等19个俱乐部,吸引了1000余名会员参与。"公牛文化节"已成功举办了9届。文化节里的许多节目,都是由公牛员工自编自演,讲述的内容也多是公牛集团发展进程中的一些具有代表性的故事。2020年10月15日,公牛集团又成立了慈溪首个民营企业文联——慈溪市文学艺术界联合会公牛分会,统筹文学艺术、文化体育、文娱活动等俱乐部的建设和管理。授牌仪式放在公牛集团观海卫西区基地,公牛文化节的闭幕式上。当天晚上阮立平率公司全体高层出席,现场,近1000名员工代表参与活动。整场活动既有领导致辞、先进表彰等传统环节,也有歌舞表演、器乐演奏、牛人秀等节目,市文联也送了一个吟诵节目进企业。有一位年轻人,独唱,声音很有磁性,歌声夹杂着摇滚和抒情,唱完之后,他面对千人,向一个女孩子表白,把此歌献给她。歌声与掌声掀起一波小高潮。自信与欢乐、活力与笃定,年轻的公牛人身上的勇敢与浪漫，让我感动。他特意选择在公司最权威的高层面前，对一个女孩子做出承诺，工作、爱情、生活融合在一起，无论他日后是否会离开公牛，但因为曾经闯过爱过，这一段经历都将会成为他个人和很多公牛人青春的回忆。

当天晚上，有雨，却丝毫不减露天演出的热情。大伙都穿着雨衣，红的、蓝的、紫的、黄的，半透明的雨衣增加了现场的色彩，当我代表慈溪市文联和公牛的员工代表一起展开公牛文联分会的卷轴，雨恰好小了一点。回看当年的视频，我的刘海黏结在一起，但我们笑得都很灿烂。

想起一篇报道里关于阮立平的描述："在不知不觉走了这么远之后，阮立平还是发现自己失去了一些东西。"报道里说，阮立平最喜欢的运动是踢足球，直到现在，他做梦时常会梦见两件事情，一件是下海抓鱼，因为小时候住在海边的他"一天到晚去抓鱼，特别喜欢"；而另一件就是踢足球，只不过因为工作繁忙，他已经很久没有踢过足球了。

这一点，夫妻二人如出一辙。潘晓飞说，虽然现在企业越做越大，日子越过越好，但她还是十分怀念以前的生活。想起以前在杭州，每到天气晴好的周末夫妻俩时常带孩子去公园里玩，搭一个棚子，一过就是一天；也会骑着自行车去西湖边，大人在前头，孩子坐后座。"那时汽车开不起，大饭店住不起，但幸福指数还是很高的。"人生的取舍，有得有失，感慨的同时，潘晓飞自然也明白企业家的社会责任，公牛现在有1万多名员工，既要"不减员，不裁员"，又要精益生产，需要投入很多的精力。阮立平每天早上7点出门上班，晚上加班到10点、11点是常有的事情。

正如"公牛人"公众号里所写：如今，公牛文化节已不仅仅是一场文化的盛会，更是全体公牛人的节日。一个个鲜活生动的故事、一个个精彩夺目的瞬间，带给公牛人铭刻于心的文化记忆，也是大家走近公牛、认识公牛、了解公牛的一扇窗。

前不久刚获得第四届慈溪市道德模范的江朝军就以自己20多年来一丝不苟的坚持和追求、精益求精的专业和专注，向人们阐述着他的答案。

江朝军来自革命圣地贵州遵义，1998年，仅有初中学历的他只身一人从1700多公里外的红色之都来到滨海城市慈溪，入职公牛集团。他从生产一线的操作工做起，不断钻研，不断成长，最终成为实验室的高级经理。对江朝军来说，自己的成长离不开公牛。有一次，江朝军在日常打螺丝的过程中发现一批插座有开裂的现象，马上将这一现象反馈给阮立平，并及时进行改进和补救，这让阮立平看到了江朝军身上那股专业专注的匠人精神，慢慢将他从一线工人往实验室工程师方向培养。为了考验江朝军，阮立平让他编写一份SOP（作业程序）。可当时的江朝军就连SOP是什么都不知道，讷讷半晌，有些不好意思地回答："我可能做不来。"阮立平却鼓励他说："你做都没有做过，怎么知道不行？没有人天生就是工程师。"这句话给了江朝军勇气，也在他心中种下了一颗工程师的种子。这无疑是对古窑浦公牛第一个厂区墙上的那段话——一群人、一件事、一条心、一起拼、一定赢——最好的注释。

阮立平曾经提到慈溪现阶段的工业设计水平堪忧。这里曾是现代工艺美术先驱陈之佛的故里。东门外晓记里还保留着陈之佛故居和新建的陈之佛艺术馆。在二楼的展厅里，展陈着陈之佛所设计的纺织图案。2018年中国美术学院曾举办"中国现代设计巨匠——陈之佛特展"以纪念这位曾经的校长。从设计大背景看，20世纪上半叶，中国积极融入世界设计发展潮流，陈之佛先生无疑是中国现代设计最重要、最具代表性的奠基者之一。中国美术学院通过展览综合呈现陈之佛先生的艺术思想和设计文化的历史格局与当代意义。我读过陈之佛先生的著作，先生主张美学与实用的结合。中国美院民艺馆用陈先生设计的图案制成大幅的纱幔和精致的装饰做展陈，百年之前的设计，依然散发出典雅而时尚的气息。

我在陈之佛艺术馆任馆长时曾牵头组织过一次"美学与工业设计"主题论坛交流会，公牛、方太、卓力、月立、祈禧等10多家慈溪的企业代表发言，另有和丰、大业、云客、优诺、卓一、猪八戒网、浙创科技、宁大科院文创学院、市工业设计协会和小家电创新设计研究院等代表与会。初冬，微雨，近3个小时，与会代表无一迟到、无一早退，几乎都做了PPT，有的还认真做笔记。整个下午，我们相聚一堂谈论着让美学打开世界，让设计打开想象。

美，如何被定义？审美如何与实用相结合？审美如何与日常相结合？

一个墙壁开关，家居装修中常用的电工产品；一个插座，日常生活中不起眼的用品，这些小的日常的东西，被赋予美学意义。包装盒上写的是"公牛装饰开关"，上面还写着"让墙上多一点艺术"，装饰、艺术，这是两个关键词。

公牛进入这个领域之前，开关基本是纯白色的。公牛创新提出装饰开关的理念。开关应该根据不同家庭装修风格进行搭配，公牛制作出了很多不同材料、不同工艺、不同颜色的装饰开关，有金属的、玻璃的，不同颜色、不同纹理的产品，改变了整个国家的开关的形态，也提升了日常生活的审美。

这个创意的起源是一趟法国之行。阮立平到公牛合作伙伴罗格朗参观，在产品陈列间里看到了各种材料、各种颜色的墙壁开关，有用皮革做的，有用水晶做的。阮立平称之为"大众的奢华"，这个创新让公牛的墙壁开关在行业内后来居上，成为全国第一。

审美既是经典的，也是时尚的。这些年，公牛先后邀请甄子丹、乔治·亚罗、林志颖等明星做跨界宣传。2023年，公牛又推动品牌高端化，新品"蝶翼·超薄开关"更是重磅官宣国际超模刘雯为全新品牌代言人，这条新闻还上了热搜。对此，阮立平曾公开做过回应："公牛的插座、开关知名度很高，但是美誉度，特别是高端感、时尚感欠缺，这也是为什么我们这次蝶翼的超薄开关请了刘雯来代言。"

日常，细节，审美，时尚。终有一天，他们或将抵达他们渴盼的远方，就像春风吹向远方。

潮涌

第二章

大丰,风华正茂

这可能是亚运会历史上最高大的火炬手,数字火炬人高举着火炬,脚踩星光,踏着钱江潮水,跨过钱江新城,来到亚运会主会场,向场内观众招手,同时主火炬塔打开。这可能是亚运会历史上最能藏的一个主火炬(塔),在现场5万人及全球亿万观众的注视下,一开始安静得就像普通的舞美装置,像一组祥云卧在那里,像一层叠一层卷曲着的波涛。不料,19根弯曲的火炬塔舒展开,犹如波浪翻滚,像生命一样灵巧、准时、无误,机械艺术展示了力量与韧性。不锈钢波纹板,流光溢彩,如同层层波涛粼粼泛光。

采用数实结合的点火方式,是本届亚运会的创新之举,也是数字经济和文旅体融合的高科技之举。早在10月前,人人争当火炬手的亚运会预热活动就已经火遍神州大地。通过官方小程序"智能亚运一站通",世界各地超过1亿的数字火炬手助力亚运,参与了杭州亚运会的点火仪式。

大莲花外,是浙江的母亲河钱塘江,8月的钱塘江正是潮汛期,波涛舒卷,大浪拍岸。"钱江潮涌自天来""弄潮儿向涛头立",钱江秋涛闻名国内外,涌动的钱江潮,是奔腾的,是翻滚的。传统的火炬装置是静态的,如何让钱江潮涌起来呢?

火炬塔的设计制作来自大丰实业,执行董事丰嘉隆介绍,"钱塘潮涌"主火炬塔用仿生学原理来呈现潮涌形态,19根火炬柱可以看成骨骼,利用精密技术,完成火炬柱从完全圆形到直线的流畅转换。主火炬塔还拥有超强的智慧大脑控制系统,确保点火前后全过程的智能化管理和监测,另外还配备了3套同步控制系统,一旦其中一套发生故障,就能实现毫秒级的无缝切换,确保万无一失。

"毫秒级",这是什么概念?一个人正常呼吸一次需3至5秒,而它切换的时间是人正常呼吸一次所需时间的五千分之一至三千分之一。火炬柱那么细又那么长,正常的运动伸展保持不晃动已属不易,还要在那么短的时间里完成精准运动,其难度可想而知。为了攻克技术难关,大丰的三十多名研发设计人员从2021年10月领到这项任务起,前后用了近2年时间,历经上百次的磋商和修改,才确定最终方案,投入生产。而今这组最能藏的火炬塔直立起来,如同钱塘江涌动的潮头。

手持"薪火"的巨型数字火炬手跑进主会场时,屏幕上的数字还在不断滚动,无数热情的观众和体育爱好者加入进来。宁波籍运动员汪顺与"数字火炬手",和亿万观众一起点燃主火炬塔,炽热火焰自"潮头"喷薄而出,顷刻间就把主火炬点燃,同时也点燃了一个"数实融合"的新时代。

掌声和欢呼声,潮水般,从大莲花涌出来。

场外,直播镜头前的所有观众,也发出欢呼和惊叹。无数个电视屏幕，无数个移动手机，无数个iPad屏幕，大江南北，亚洲各地，无数双眼睛，见证了数字中国、数字浙江的魅力。

一

大丰实业与亚运会的缘分已经有整整13年。2010年，大丰第一次与亚运会牵手，承接广州亚运会6个场馆的核心装备制造与服务。2018年，雅加达亚运会闭幕式，"杭州8分钟"又让大丰大放异彩。中国代表团派出800多名运动员，参与多个项目的角逐，以雄厚实力赢得了荣耀。中国的文化和智能制造，也赢得了掌声。

闭幕式上，杭州市市长在现场接旗，亚运会进入"杭州时间"。导演团队的创意是在空中使用可平移可升降的"智能屏"。大丰承接了这个任务。大丰在体育场中间安装了5个机械臂，带动13块屏幕自由舞动。机械臂高20多米重达100多吨，利用仿人体工程学原理，有54个关节，举着大屏时就像人的手指，甚至比手指还灵活。

意料之中，又意料之外，闭幕式那天下起倾盆大雨。雅加达位于赤道边缘，温度高，大雨下了两三个小时，体育场中心已经积水。一脚踩下去鞋子一半全是水。现场运动员和观众都穿雨衣撑雨伞，可还是湿漉漉的。表演其他节目时，都需要人帮忙撑伞挡雨，演员才能唱出歌来，否则雨水哗啦哗啦下来，演员根本无法演唱，话筒和麦克风也会失灵。

现场，大丰的工作人员全都心吊在嗓子眼上，机械臂是非常精密的东西，更何况还有屏幕，还有各种线路、各种感应装置，成千上万个精密仪器淋在大雨中，要确保它们不出纰漏，堪称惊心动魄。其实，在国内试制时也是台风季，碰到下雨，每次都会用防水布把机器遮挡起来，雨停了再运作。当时也想到若在雅加达出现这种情况怎么办，不可能在万众瞩目的体育馆盖油布，所以大丰在所有关键环节全部做了防水处理，关键部件的备用驱动能即时同步。

从设计的思路到制作的一枚螺帽，从组装的一个环扣到折叠运输、安装呈现等，每个细节面面俱到。设计制作团队和安装保障团队相互配合，定制特定尺寸的集装箱，将设备折叠后装到箱子里面，整体运输到现场再展开直接安装，为了移动方便，还给机械臂设计安装了四轮运动车。

保障团队去了30多人，包括董事长丰华和执行董事丰嘉隆。丰华做事认真严谨，日常就连推广文稿他也亲自把关，从行文到标点，不许有一丝错漏。到达雅加达现场后，他多次检查审核设备进展和状态，叮嘱各个环节全面排查一切潜在隐患，确保演出万无一失。

等到"杭州8分钟"上演时，大雨渐小。杭州女孩随着高台慢慢升起，怀里的良渚陶罐缓缓倾斜，水从智能屏流下来，变成微波粼粼的西湖。明月升起来，三潭印月倒映在波光上，那一刻，雅加达的体育场成了江南的西湖。在现代声光电与中国经典音乐《春江花月夜》的交织下，智能屏幕展示西湖十景图。交响乐的基础上融入电子乐的手法及音色，突出传统与现代时尚同存并蓄。随着青年明星团队的欢歌劲舞，13块舞屏也随着节奏激情劲舞，动作细腻、流畅，韵律感十足。人工智能与工业机械完美融合，古老底蕴与现代时尚相结合的杭州呈现在全亚洲观众面前。那一夜与第二天，几乎所有媒体都报道了"杭州8分钟"在雅加达的惊艳呈现。

一场惊艳必须得以另一场惊艳去呼应。从雅加达回来，大丰迅速进入杭州第十九届亚运会的准备阶段。作为杭州亚运会演艺装备及服务官方供应商，大丰除了肩负主火炬塔的设计与制造使命，还承担着为该届亚运会 36 个场馆提供核心装备和解决方案的任务。

从某种意义上来说，大丰对亚运会的热衷，也是中国特别是浙江许多企业对这场亚洲体育盛会态度的一个缩影。自 1990 年中国首次举办亚运会以来，该盛会已经成为中国体育发展的重要里程碑。此次第十九届亚运会在杭州举办，作为东道主省份，浙江更是汇聚政府、企业和社会各界力量，从基础设施建设到城市形象提升，倾情投入，做足了准备。与之相应，浙江人为举办亚运会做出的巨大努力和准备，以及浙江企业所展现出来的经济实力和科技水准也引起了全球的关注和瞩目。据悉，杭州亚运会赞助企业共 176 家，来自浙江的企业 107 家，占比 60.8%；特许生产企业 64 家，其中浙江的企业 46 家，占比高达 72%。可以说，从亚运会筹备到落幕，从亚运场馆、城市基础设施和环境的建设改造，到公共服务的改善升级，背后都有浙商浙企的身影。

"智能"办赛，这在亚运会历史上还是第一次。作为协办城市，宁波也是国内智慧城市建设的先行者。从亚运火炬"薪火"到主火炬塔"钱江潮涌"，从全省首个为体育赛事打造的灯塔气象站、风廓线雷达、闪电定位仪"三管齐下"做好"百米级、分钟级"风场气象服务到可为场馆应急供电 5 小时的巨型移动充电宝，从黑科技守护"北纬 30°最美海岸线"到打造亚运智能驾驶体验专线，从无轨迹功能训练器材到"无感知、非接触"移动检查站、绿化喷淋灌溉、360 度全景摄像机系统，从实验室到生产线，从竞技赛场到创新之都，透过"智能亚运"可以看到，宁波正在数字化智能化道路上快步向前。

大丰实业是致力于打造集文体旅创新科技和文体旅赋能服务于一体的平台型企业，成立于1991年，最初从电视台、电教馆的接插件起步。1993年至1996年，公司抓住我国电视产业发展机遇，业务转向组合玻璃舞台、公共座椅等影视设备，逐步发展为智能舞台、座椅看台、灯光、音响等文体产业整体集成方案解决商。适逢近二三十年间体育场馆建设如雨后春笋，每一场国际国内大赛都是大丰大显身手的时机。

2004年，雅典奥运会的举办给大丰提供了宝贵契机。大丰在雅典设置机构，并邀请雅典承建方代表赴大丰考察，瞅准时机参与雅典奥运会基建项目的国际投标竞争，并脱颖而出承揽了雅典奥运会奥林匹克举重馆、和平友谊体育馆等7个工程项目。大丰也因此成为唯一一家直接参与雅典奥运场馆建设的中国企业。之后，大丰先后成立体育设备公司、舞台设计研究院、大丰维保公司等，成为文体设施整体集成供应商。2017年，大丰实业在上海证券交易所主板上市。同年开始向内容创意与运营领域转型。作为全球领先的文体产业整体集成方案解决商，大丰实业手握1000多项专利及200多项发明专利。自1999年将主业扩展到舞台机械以来，大丰累计承揽了数百项国内外的大项目，已为100多个国家和地区打造了5000多个经典项目，国内的优秀案例更是不胜枚举，譬如连续25年创制央视春晚的舞台系统，还曾为北京奥运会和冬奥会、上海世博会、G20峰会、金砖峰会、上合峰会、世界杯足球赛等量身定制方案，为其提供核心技术装备与服务。此时，它的身份早就从文体行业的普通参赛选手变成了"领跑者"。目前，大丰已成为全国最大的舞台机械研发生产基地，在国内中高端市场的占有率超过70%，产品入驻美国、俄罗斯、澳大利亚、新加坡等国家的会堂和剧院。

二

在大丰余姚公司五楼展厅，随着工作人员按下控制键，舞台好像活了一样，从地面缓缓升起，旋即，伴随着音乐声响，前后左右有序移动，有央视舞台的等比例还原，也有宁波轨道交通2号线车厢的实景模拟……这里面处处透着神奇，哪怕一把看似普通的剧院座椅也能令人大开眼界——这张座椅融合了十几项研发专利，遇火不会燃烧，只会碳化，座椅下方的送风口将风速严格控制在0.15米/秒，不仅能够保持安静，还能将风之于人的体感调到最舒适状态……

在西侧的车间里，展陈着几个大型舞台的内部升降结构，以供顾客对比。较之国际上常用的法国刚性链和加拿大大螺旋，大丰研发的柔性齿条，有更精确的导向，更低的噪声，还有更稳定的性能。虽然是周六，依然有工人在劳作。一楼的交付中心，有几个年轻人在加班，布告栏里贴着一张奖励通报。对于我们的靠近，他们并没有什么反应，依旧低头工作。

大丰第一次参与央视春晚舞台制作是在1998年。前一年香港正式回归，当年的除夕，一曲《相约一九九八》红遍全国，大丰为央视春晚打造了一个圆形升降舞台，从此开始了和央视春晚长达25年的合作。

2005年，北京。中央电视台电视文化中心舞台机械项目国际招投标。

这个项目,是央视请国外的设计师设计的,落地工程进行国际竞标,国内和国际上一些有资历的公司都来参与。大丰实业总工程师、教授级高工严华锋有丰富的国外工作经历和自己独特的想法,按照建筑设计师的思路出具了一套深化方案,并以设计师的思路分析会产生什么样的效果,以及可能出现的问题,包括安全隐患。

最初设计的方案中,椅子先是藏在地下,然后一个一个展开翻上来。这种效果可以实现,但投入非常庞大,每一个座椅都要单独控制,都需要一个支撑点,工序复杂同时也影响使用年限,风险也倍增。万一其中一把椅子出现问题,整个运行都会停止。大丰设计团队将升降台设计制作成双层,通过气垫台车把椅子藏在夹层中整排往外翻,降低了风险等级,对座椅运动结构也做了优化。

大丰极为用心。动画设计师谢志辉花了整整15天时间,不仅将国外设计师的思路方案以三维动画的形式做出来,同时也将总工严华锋设计的优化方案用三维动画呈现出来,在招标现场展示。设计师看了以后连声称赞,没想到他的设计方案能在中国以三维动画这种直观的形式,把所有原理和内部结构淋漓尽致地呈现出来,并且还做了优化。设计师非常认可,大丰在这次国际竞标中脱颖而出,拿下了这个项目。自此,大丰跻身国际一流舞台设计研发企业行列。大丰创始人丰国勋回来就夸动画设计师谢志辉立了大功。说起谢志辉,他到大丰已经20多年。那年他才读大三,去人才招聘市场了解就业情况,就被大丰总工看中了,不由分说要把人才留住。谢志辉在读大四时就开始拿大丰的工资,一边读书一边拿工资,就这样拿了一年。因为大丰对人才的重视,谢志辉就将青春献给了大丰。

作为春晚的最佳拍档,大丰不断创新。最具突破性的是在2012

年。那一年，大丰设计制作的 304 个高速、高精度、低噪声升降台被应用在央视舞台。在舞台操控指挥中心，只需按下按钮，304 个舞台机械便可瞬间呈现预定图案。盘旋于山脊之上的雄奇险峻的长城，白雪覆盖下的山川，鸥鸟齐飞波涛汹涌的海面，还有那喜庆的灯笼，静谧的荷塘，豪迈的大漠，婉约的江南……纷纷自画面中扑出，朝着人的眼眸奔来。当年春晚舞台，惊艳了全国观众，大家称之为"会跳舞的舞台"。

2013 年春晚，新增了升降云梯、车台和万向车台，将天梯与影像技术结合，在舞台上真实再现中国宇航员从天而降的情景。2014 年春晚，5 块 LED 大屏连着多动作机械臂，演绎出无数变化，像极紧握巨盾的变形金刚。这一技术，为雅加达亚运会接旗仪式上的多自由度"智能舞屏"做了技术铺垫。2017 年，同心五环成为一大亮点。2020 年，三层立体舞台首次登场，营造出 360 度环绕式景观。2021 年的春晚采用云传播、云互动。2022 年，巨幕穹顶设计使观众席与主舞台浑然一体，呈现出无限延伸的视觉效果，实现实景演出与虚拟空间的无缝对接，模糊了虚实的边界，让演员在两个时空自由穿梭，打造出天马行空的沉浸式空间。

在 25 年默契合作的背后，是大丰实业设计研究团队和保障团队的专业、敬业。每年春晚任务重、时间紧，从六七月份开始和春晚导演组对接创意方案，到最终落地安装完成，中间需要耗费大量的精力和时间，真正留给大丰生产和安装设备的时间常常不到 3 个月，甚至不到 1 个月，但无论是设计、制作、安装，还是调试、磨合，每一个环节都轻忽不得，极为考验企业的实力和企业员工的能力和态度。据大丰员工某次接受媒体采访时所述，除夕之前那一个月，节目的排练从早到晚连轴转,大丰的保障团队需要全程跟踪,演员排练结束后还要调试设备、检修机器,忙完通常已是次日凌晨三四点钟,有时实在困得不行了,就两把椅子并排一放,倒头便睡。

有一年,一个演员在表演歌舞类节目时,道具不小心掉落在升降台下的控制设备上,致使设备无法快速运行。现场的导演团队和主持人全都捏了一把冷汗。好在紧随其后的是一个语言类节目,几乎用不到升降台,大丰团队三下五除二,仅用1分钟就将设备更换完毕。每年春晚的零点倒计时,就像是舞台的聚光灯所照之处,备受瞩目。有一年春晚,因某个节目的演员与观众互动时间过长导致超时,为了不影响零点倒计时,需要临时将零点前的一个节目调到零点之后表演,看似只调了一个顺序,实则由于节目时长不一样,舞台设计、节目与节目之间的衔接串联都必须做相应的调整。好在大丰团队有着丰富的实操经验,最终顺利过关,有惊无险。

零点的钟声响起,所有人长长地出了一口气。

所有的有惊无险,背后都是千锤百炼的积淀。

在大丰发展历程展厅中,有陈旧的公章,铁锈中藏着历史的痕迹;有多年来的营业执照,法人从创始人丰国勋变更为丰华,见证家族代际的传承;有泛黄的《大丰月报》,记录了大丰人生动的创业与喜怒哀乐;有工程承包合同书、产品购销合同书、订货单,从几千到几万、十几万、几十万、百万、千万、亿……记录了公司的发展业绩;有公司架构图、宣传册、员工手册和手写的员工一览表,从几十个员工到几千个员工,每一个文字都凝聚大丰人的汗水;有企业更名、迁址的申请,公司股份制(扩股)试行讨论稿;有几个红锈的接插件、大丰经典剧院座椅YH-9600、吊杆控制台、各个项目场馆的模型、第一份出海合同英文版的签字、典型"一带一路"集中项目菲律宾 Kingdome 多功能综艺馆……有奖杯、证书、感谢信，这是大丰的历程，也是大丰人的心血。

三

近几年，政策推动文化数字化与数字艺术发展力度较大。从 2020 年提出"推动数字文化产业高质量发展"到 2021 年将文化数字化战略写入"十四五"规划，我国将培育 100 个以上数字艺术体验场景、建设 200 个以上国家级夜间文化和旅游消费集聚区，在重点领域和场景扩大提升数字艺术展示产品应用。未来，数字艺术市场空间将更加广阔。

"大鹏一日同风起，扶摇直上九万里。"大丰的成功与国家的改革之风息息相关。

当然，大丰的成功并不是一帆风顺的，无锡拈花湾的《拈花一笑》，就是反复失败改进的成功例子，也是文化产业和数艺科技融合的杰作。

"拈花一笑"取自佛教中佛祖拈花一笑的典故，莲花山水，灵山胜会，我自拈花笑，清风徐徐来。无锡的这个小镇以"拈花"为名，镇上景观皆带东方禅意。《拈花一笑》大型动态艺术雕塑也具禅意美感。

随着轻扬的弦乐，八组缀满花瓣的柱子随机变幻着颜色和姿态，时开时合，每一朵花瓣都可以自如地翻转。头戴蓑笠的僧人，甩动黄色的衣袖，20 米高的八根花柱最后合成一个拈花的释迦牟尼，600 架无人机在夜空时而组成笑容，时而组成云朵，时而组成僧人的斗笠，时而变幻出一枝金色婆罗花，一笑花开，一笑花落，无锡的拈花湾，为你花开满城，数艺科技带来了美轮美奂的空灵意境。

国际首创的空间曲线立柱制作技术，30万个零部件；复杂的空间控制技术，一根柱子里面包含机械、控制、灯光等各类传输信号。这么精美的东西，这么高，又是在户外，而且是在水里面，试制七八次全都失败了，到第九次才做成。

2023年8月23日，文化和旅游部产业发展司发布了《关于全国旅游演艺精品名录拟入选项目名单的公示》，无锡拈花湾的《拈花一笑》榜上有名。

第一份文商旅综合体数艺科技项目是海口国际免税城合同。2021年11月，大丰公司中标中免集团海口国际免税城主题中庭施工项目，要求2022年10月对外开放。中免海口国际免税城主题中庭项目的顺利完成，是大丰公司在文旅新消费场景的重大突破。科技数艺、文商旅的融合，充满现代感和想象力的"天际秘林"主题中庭，呈现出时尚而变幻莫测的后现代美学，也为下一步"流浪地球"主题公园的打造做了积淀。

海口国际免税城内的大型主题中庭项目聘请6次获得奥斯卡奖的电影特效大师理查德·泰勒带领的维塔工作室负责创意。在此基础上，大丰数艺科技团队负责深化落地。一座科幻沉浸式森林拔地而起，如通天之树鼎立中庭；由近4000个演艺幻彩灯球组成的"光明树"散发自由的光芒；3棵造型各异的"地面树"与十余项设计一起呈现出绚丽的沉浸式互动空间。

在海口国际免税城，"逛商场"被赋予潘多拉星球历险般的奇幻色彩与全新意义。你是在购物，又是在参观和参演；你似在观演，又不耽误逛街购物。穿梭在流动的剧情中，置身于想象外的奇幻世界，一个童话中的梦幻海南。一次新型商业模式的探索，将免税购物之旅变成一场文旅飨宴，使消费者遨游于绮丽幻境之中。"奇妙的是，当你靠近，艺术雕塑装置会根据你的状态与你互动，有时会变成与你的衣服颜色相同的色系，有时会伴随情节演绎实时与你光影互动。"

如果去海南而没有逛国际免税城，那是不完整的海南之旅。

项目落成后，得到了新西兰总理希普金斯的高度赞赏。希普金斯访华期间专门邀请大丰出席其招待晚宴。自此，大丰开启了与全球顶尖创意团队深度合作的全球化创意产业开拓征程。

沉浸式演艺打破了传统观演形式，与观众展开互动。《又见平遥》于2013年问世，拉开了沉浸式实景演艺的序幕。政策支持是推动我国沉浸式实景演艺产业发展的催化剂。2019年，国务院发布《关于进一步激发文化和旅游消费潜力的意见》，其中对于沉浸式旅游业态有重点提及。根据《"十四五"文化产业发展规划》，我国将支持景区景点、主题公园、园区街区等的建设，运用文化资源建成100个以上沉浸式体验项目，鼓励沉浸式体验与城市综合体、公共空间、旅游景区等相结合。

大丰在文化产业和数艺科技领域积累了大量资源和人才，工程类已做到行业顶级。公司切入演出创作环节，向上游核心环节延伸，往下游后期运营管理，实现全产业链打通。在《今夕共西溪》的打造中,公司的文体装备、数艺科技均运用其中。2021年8月31日,浙江省委文化工作会议提出要打造"宋韵文化传世工程"。大丰实业丰华董事长牵头策划、投资、制作,打造了一台沉浸式实景演出。

《今夕共西溪》以西溪为背景和天然舞台,演绎了南宋一则悲壮又悱恻的故事。

建炎三年(1129),洪皓出使金国,被扣留15年之久,风霜雪雨备尝艰辛,人称"宋之苏武",后封魏国忠宣公,赐第钱塘西湖葛岭,赐田西溪,有八百年"钱塘望族"之说。《今夕共西溪》追溯西溪洪氏家族历史文脉,以西溪实景为舞台,讲述洪皓出使金国,以文止战,妻子沈氏留守家中,秉持家训、教子有方的故事。演出借助电影蒙太奇的叙事方式分为南北线,以夫妻二人的不同视角共同演绎一个完整的故事。整场大戏,不时有古代装扮的女演员持灯引路,人们置身于实景之中,仿佛踏上溯古之路。绿水潺潺,光影流转,还是千年前的山,还是千年前的水;舞姿婆娑,聚散依依,还是千年前的情怀……

明月几时有,把酒问青天。一段宋词,两段人生,也是无数人的人生缩影,有过相逢相遇相知相恋,有过分离分别分散分隔,有过欢愉欢欣欢聚灯火满市井,有过悲伤悲痛悲凉飞雪漫胡天。360度旋转观众席,透视多面屏矩阵,机械飞行仿生装置,升降月亮,花海、云朵、投影,全息全空间多媒体装置的组合运用,再现了空灵的哀而不伤的宋代气韵。一只白鹭飞过,另一只白鹭跟着飞过,翅尖掠过水面,层层涟漪泛起,落下的白羽,漂至指尖。今夕何夕,何日白头共西溪。

《今夕共西溪》运用设备与科技体现了文化和审美,由此也可透视一家企业的内涵与灵魂。

最初，我在朋友圈看到国家版本馆杭州分馆的青瓷扇屏，惊艳莫名，后来才知道这是中国美院的王澍教授设计的。版本馆又称"文润阁"，整体设计融入了宋式美学的"掩映之美"。在文润阁南北两侧，可以看到一扇扇高10余米的青瓷屏扇，屏扇均为智能电脑数控，在国内尚属首次应用，在层叠变化中塑造深邃优雅的视觉感受，也是设计的点睛之处。

251樘，每一樘屏扇门都可以任意角度转动，整体既可以排成一整面平铺的屏风，又可以变为折扇式屏风。一樘樘青瓷屏扇，以龙泉青瓷入屏，淡淡青绿色，纤秀、温润。

这样一扇门重达三四吨，王澍要求机械尽量少，只看到门，每扇门之间缝隙要小，且青瓷易碎，国内外的团队没有一个能做出理想的方案：有的能做出来，门却无法任意角度转动；有的提供了设计方案，费用却高达十几万美金。有人建议王澍教授去大丰看看。了解了设计要求之后，大丰的设计团队在一周之内就出了方案，不到一个月就出了样品，价格还比其他团队低好几成。王澍教授十分满意。

2022年7月23日上午，中国国家版本馆在北京、广州、杭州、西安四地同步举行落成典礼揭牌仪式。杭州国家版本馆以"现代宋韵"为定位，从宋代园林山水画中提炼宋朝建筑特色与宋式美学风韵，是国家"十四五"规划的精品传世工程。除了承揽杭州国家版本馆智能屏扇系统之外，大丰还负责了水榭升降装置、大观阁平移装置及主馆报告厅集成系统。

从远处看，一排青绿入眼，好似一幅徐徐展开的《千里江山图》，黛色的屋顶，木质的飞檐斗拱，青色的屏门，倒映在水中，相映成趣。光影明暗，从青瓷门上移过，温润的反光，晨曦暮色，收于画中。

文化，审美，在大丰的作品中凸显出来。

四

中江边上，丰山为屏。除了余姚，大丰实业还在杭州和上海设有分部。

听丰华谈公司的发展史，时间静止下来，整排开放式的落地窗，窗前是精致的山水景观设置，窗外是秀色入怀。

大丰初创时，主营电源接插件、配电箱等一些小产品，还有铝合金灯架、灯箱之类，创始人丰国勋给公司取名为"余姚市视听器材厂"，后改成"余姚电影电视设备有限公司"。余姚另有一些小厂，生产同类型产品，有的叫余姚市电影电视设备总公司，有的叫总厂，名字雷同。那时资讯不发达，外地的客户只知余姚有个厂专门做这类产品，公司业务单子时常被他人抢占，甚至还有货款被他人误收。某次，丰国勋与丰华去北京参加展览会，展览公司老总姓关，公司叫大关展示。受此启发，公司改叫大丰，也寓意着丰收。

说起公司的标识，也来自一次出差途中父子俩的瞬时灵感。那时丰华还在读大学，随父亲丰国勋出差去深圳东方印刷厂制作公司宣传册。上飞机后，两人想到宣传册设计好了，却没有公司的标识，父子俩在宁波飞深圳的途中画了几稿，待下飞机时已成初稿，到了深圳的旅馆后又做了些加工，算正式定稿。

丰华接管大丰之后，拓展了产业链，致力于公司上市，并在轨道交通等方面做了开拓。2008年的金融危机波及中国，丰华看到周边不少大企业都陷入困境。但余姚有一家公司富达电器，平时挺低调，运营却很好。了解到其是上市公司，银行愿意放贷支持，而其他公司甚至都拿不到救命钱。当时大丰规模不大，效益还算不错，居安思危，丰华想着上市后公司的平台不一样、抗风险能力不一样，就想着推进公司上市去。2009年1月20日，大丰召开一年一度股东大会，丰华提到要推动公司上市，20多位股东都很兴奋，隔日就写了承诺书，保证上市之后3年内不减持，大家共进退。

2017年4月20日，大丰实业在上海证券交易所顺利上市。从发起到敲锣历时整整99个月，九九归一。丰华至今还保留着2017年3月2日前往中国证监会时从杭州到北京的车票。

谈到本次亚运会，丰华认为做得最正确的一件事情，就是成为亚运会的官方供应商。杭州亚组委给予了大丰很大的支持。2022年5月6日，大丰成为杭州2022年第十九届亚运会官方供应商的发布会在杭州举行，当天的签约仪式，亚组委所有部门的部长都来了。亚运会期间，亚组委包括杭州市外办和浙江省外办，组织联络了32个国家的代表团到大丰公司访问交流，这为大丰产业的出海奠定了很好的基础。

我国一向重视与周边国家特别是"一带一路"沿线国家的文化合作，沿线国家的发展为我国建筑类企业和设备制造类企业带来广阔发展空间，文体装备出口与场馆建设业务趁势扬帆，为文化输出搭建桥梁，可说是利己利彼。商务部相关资料显示，2022年，我国对外承包工程新签合同中，"一带一路"国家新签合同额1296亿美元，占比达51.2%，截至2023年1月6日，我国已和151个"一带一路"沿线国家签订合作文件。

在"一带一路"倡议中，基建是最主要的发展方向。由于基建建设周期长、收益低、资金压力大,民营企业大多选择不做或跟随央国企出海。大丰依托在国内文体装备行业多年口碑,获得央国企信任,在"一带一路"国家的业务上与央国企保持着长期良好的合作关系。

大丰实业布局多年。随着海外业务经验不断丰富,公司已逐步开始自行拓展海外业务。丰华说:"我们可以整合其他资源一起去做。"比如日本爱知县名古屋将承办下一届亚运会,已联系大丰进行咨询,大丰马上要派人去对接。比如乌兹别克斯坦要举办亚洲青年运动会,组委会来咨询大丰。乌兹别克斯坦还有2030年远景规划,要建一系列的大剧院、文化中心、体育场、体育馆。中东地区的沙特、阿联酋,要大力发展电竞产业。目前国内最标准的两个电竞场馆——杭州亚运会的电竞馆和西安曲江的电竞中心,都是大丰打造的。今年的杭州亚运会,电子竞技从2018年雅加达亚运会表演项目正式成为比赛项目,一向被人们称作不务正业的"打游戏"也成了一项为国争光的运动。杭州亚运会电竞中心里面所有的集成、灯光音视频、座椅,包括赛事的电竞转播录播系统,都由大丰承接。借此项目,大丰建立了电竞场馆的专业行业标准。

"这届亚运会,把绿色、低碳和可持续理念融入举办全过程。其实,一个大型赛事关乎城市经营和城市建设,杭州亚运会的成功范本可进一步推广。我们可以联合很多中国的好企业、好的合作伙伴一起组团出海。"

当丰华说到"组团出海"的时候,我多看了他几眼。竞争与合作,大局观与共赢,一个新时代企业家的睿智与格局,使得温文平和的他散发出某种光芒。

不禁想到前几日刚见过的雅戈尔董事长李如成,也是平静自然的语气，也是低调沉稳的个性，自然地把一个行业的使命感放在自己肩上。一位"50后"，一位"70后"，浙商甬商的精神具有某种同一性。

大丰的发展，正好赶上中国改革开放发展到这个阶段，人们对美好生活的向往，国家对文化事业的重视，让增强文化自信、推动文化传播的任务日益紧迫，文体旅迎来一个发展的好时代。文体旅出海也是文化发展的必然。

丰华描述着他心中的远景，通过先进文化设备、文化科技的出海来传播文化，首先让人家有体验感，觉得好看好玩，同时把中国文化带出去，这样效果会非常好。比如说以后把《山海经》带出去。

我饶有兴致地琢磨着丰华说的《山海经》。这是我很喜欢的远古文化百科全书，被誉为上古三大奇书之一，充满丰沛的想象力，天地洪荒、奇珍异兽，光怪陆离荒诞不经，饱含来自民间的生命力。在丰华的办公室，办公桌背后的长城画，对面的山水风景画，皆流露出风水画的痕迹。这位出生于70年代初的企业家，他的气质中有一半来自宁波的民间，有一半来自与国际对话。

大丰实业与中央电视台春晚合作25年，见证了赵本山从二人转演员到小品王连续21次亮相春晚之后，被新兴的文艺形式所替代。近年来，春晚中传统文化和中国式审美元素不断增加。比如2023年春晚以"花"为主题符号，在舞美设计上暗含"满庭芳"的理念。满庭芳，原为词牌名，取自柳宗元的诗句"满庭芳草积"。那晚的演播大厅，顶部的艺术装置由四瓣花结构衍化重构而成，据说创意取自6000年至4800年前的庙底沟彩陶标志性的"花瓣纹"。花卉图案可能就是华族（即华夏民族）得名的由来。歌曲舞蹈里也融入了很多"满庭芳"的元素，那首用古典色卡打开的《满庭芳·国色》，汇集42种颜色名，既是根植于中华文明的美学创造，又绽放着现代设计理念的创新呈现。

又如2022年的《只此青绿》。朱唇、远山眉、山峰发髻、青绿长裙……央视虎年春晚，源自宋代名画《千里江山图》的舞蹈诗剧《只此青绿》选段"青绿"一出场，迅速刷屏社交媒体。穿越千年，诗画舞蹈间，呈现一场中式审美的盛宴，更多观众被宋代艺术之美击中。大丰的数字技术助力时空交错的叙事呈现，我们来到千年前王希孟即将完稿之时，舞绘之美，循着"展卷、问篆、唱丝、寻石、习笔、淬墨、入画"的篇章纲目，进入王希孟的绘画世界。锦绣河山……我写这段文字的时候，《只此青绿》刚在慈溪保利大剧院演完两场，场场爆满。孟庆旸和演员们一起返场谢幕了四次，掌声还不肯停下来。如今不缺观众，缺的是好作品。这个好，不再停留在让人哭或让人笑的层面。

2021年，河南卫视因《唐宫夜宴》《敦煌飞跃》《洛神水赋》等策划火爆出圈，元宵奇妙夜、清明奇妙夜、端午奇妙夜等中国节日系列更引发不少年轻观众对中华文明的认同。我们看到主流媒体对文化的定位越来越"文"与"美"，从中国当下民间的娱乐元素提升到中国传统文化中的文人高度。

不是高低之分。随着时代的发展，人们的审美需求也在不断变化。娱乐背后，还有思考、触动与唤醒。

在大丰展厅的企业文化板块，价值观一栏是：诚恳做人，踏实做事。关于企业创办理念，丰华说："企业首先是个营利组织，企业若不赚钱那就活不下去了。但企业更要注重创新，不仅是科技创新，还包括组织的创新、文化的创新、商业模式的创新，创新是永恒的。"丰华并没有虚与委蛇地说些套话，或高调地谈些使命感、社会责任感。他在保障企业生存的前提下致力于创新，恰恰体现出大丰企业文化中的价值观：诚恳与踏实。

五

对于创新，丰华和年轻一代执行董事丰嘉隆的看法一致。新生代的浙商甬商，早已不局限在守父业。这些接受过高等教育的年轻人，这些拥有海外留学经历的新一代青年浙商甬商，更注重研发和新技术的投入，将企业往高端数字化、互联网方向发展。

新科技革命席卷世界，中国前所未有地走近世界舞台的中央，创新成为驱动当下经济发展的核心力量。"对于大丰来说，我们观察到，如今全国的省、市乃至县，建设了一个又一个庞大的公共文化建筑，却没有内容和运营能力去盘活这些设施。这是我这一辈所要做的重要的抉择——将大丰从一家高端制造业公司逐渐转型成为一家软硬兼修，拥有场馆运营服务和新媒体等内容孵化能力的综合型平台公司。"这是丰嘉隆的创新理念。

《今夕共西溪》的项目运营由丰嘉隆带领的团队执行。除了打造"今夕"系列，大丰近年来也在打造属于自己的院线。在网上搜索一下中国有名的院线，国企剧院院线有中演和保利，民营院线就是大丰文化。

新剧院、新剧目，大丰文化为中国院线注入了民营的活力。2019年，浙江演艺集团正式牵手大丰文化。我跟上海越剧院、沪剧院院长吴巍共同参加著名戏剧家徐进百年诞辰活动时，他就提到12月中旬要来杭州大丰演出。

丰嘉隆主张收购《流浪地球》小说的版权，并在打造原创剧目和主题公园上做出新的探索。丰嘉隆从小学毕业就在国外求学,他把在国外的所见所得,年轻人对内容和文化符号的消费需求,与中国演艺市场和消费场景结合起来,带领大丰打造出更高水准的文化全产业链生态,铸造文体产业的新名片。这是丰嘉隆的展望,也是新一代对于未来的梦想。我想象了一下《流浪地球》的剧目,以及可能的主题公园、科幻、人类文明、星系、宇宙空间站、地下城、毁灭、拯救和重生。这是一个与《只此青绿》《今夕共西溪》完全不同的审美元素,也是一套与《山海经》完全不同的装备,却同样有着创世的魔力与拯救人类文明的英雄主义。

"全球化的今天,团结合作才能共赢。特别是海外市场,我们更需要奉行梯子原则,更加重视合作共赢,在竞争中互帮互助,在广阔的市场上携手并进。"

这是大丰高层在创业理念上的一脉相承和迭代升级。年轻一代企业家在成长。望着镜头下温和得体的丰嘉隆,比同龄人更沉稳低调,"90后"的魔力矩阵已经开启,不论他们日后走向何方,此刻,他们背后都有着一轮东方旭日的光芒。

问起丰嘉隆喜欢的书,他说:"很多,刚读完青年学者刘勃的《失败者的春秋》,以通俗的视角讲述春秋战国时代没有被记录在《史记》上的那些边缘人的故事,非常有意思。"我想丰嘉隆办公室里的挂画,肯定不会是风水画吧。

美育是一种信仰

一

人这一生,可能会去很多个地方,经历很多件事情,看很多道风景,但最后能留在人心里久久不忘的只是其中的少数。

一座山,一条河,一方池塘,一栋建筑,一扇天窗……如果它们能够让我们念念不忘,定然有其独特的地方,或是因其美轮美奂的造型,或是因其寄寓的某种理念,或是因其传达的精神内核。位于宁波东钱湖畔的浙江华茂艺术教育博物馆便是一个独特所在。

在过去的两三年里,我已经不止一次听到它的名字,也曾与人相约去探访,但因种种缘由未能成行。不过,通过听来的有限信息,我在脑海里拼凑出了华茂艺术教育博物馆的大致模样——

这是一座以"艺术教育"为核心的主题博物馆,其建筑主体据说是由葡萄牙建筑大师阿尔瓦罗·西扎亲自设计而成,博物馆里收藏了很多中国近现代艺术教育先驱的作品,并对百余年来中国近现代美育的发展脉络进行了系统梳理。它不收门票，免费对外开放，旨在打造一个开放、多元、无围墙的社会美育实践基地，如今已然成为中小学生、时尚青年的周末打卡地之一。而它的落成，是华茂集团徐万茂、徐立勋父子两代人的梦想和心血的结晶。

我亦在网上搜索过与之相关的新闻，对华茂艺术教育博物馆，以及华茂集团两任掌舵者的事迹有了些微的了解。不过，想要了解一个人、一个地方、一栋建筑、一种文化，光靠道听途说和这种隔着距离的看是远远不够的。

从慈溪到华茂艺术教育博物馆的所在地鄞州，约莫一个小时的车程。路不算远，这不远的距离因期许变得越发近了。

抵达华茂艺术教育博物馆，那栋别具一格的建筑果然不负我们所望。优雅、简洁、纯净，传递具有国际范的浪漫气质。澎湃网曾发过一篇《12座重新诠释观者体验的博物馆》，把它列入全球别具一格的博物馆之中。

靠山而立，海浪般的起伏设计悬于地面，令人着迷于其中的优雅与神秘。

整座建筑被波纹铝板覆盖——在环境中整体呈现为较暗的色调，随着光线射入角度及视角的变化，颜色由黑色变至银色，变化不断。金属壳悬于地面，伴随着起伏如波浪的建筑曲线，仿佛悬浮在江南水乡之中。

博物馆的入口不远处有一辆车，还有几个拿着遮光板、探照灯、摄像机的人，好像在拍广告。而徐立勋就在入口处站着，他一边看，一边与身边的同事聊着什么。若不注意，还以为他是导演，或是诸多工作人员里的一位。

他笑着说自己在看热闹。我喜欢这个带着一定戏谑色彩的词语：看热闹，既传达出对新鲜事物的好奇心，又有着恰到好处的距离感。

二

华茂艺术教育博物馆既称博物馆，得博，有物，还需储之于馆。如果说尚未进门时，远远地张望一眼，我们确定了一个"馆"字，那么跟随"导游"参观过后，我们又完成了对"博"和"物"的认证。博物馆里观物博，这是我们对这栋建筑最初也是最深刻的印象。

宽敞的三角形通高空间，中空，天光从顶部的天窗涌入；一条贯穿一楼至四楼的坡道连接起各个楼层与展厅。白色的墙体，简洁，大气，自然光线随日出日落产生明暗变化，又透过具有设计感的窗洞和门洞进入艺术空间内。

曲曲折折、绵延无尽的"走廊"，像雕塑似的，别具美感。光线，流动，曲面，坡道……每一个细节都给人熟悉又新鲜的体验感。它们既有中国传统美学"回环往复、曲径通幽"的内在规律和审美意境，又有西方现代建筑追求动势的造型和设计，让人走着走着就忍不住停住脚步，留下一张张照片，与此同时，脑海里悄无声息地浮出八个大字：须弥芥子，大千一苇。

序厅里有两段汉英两种语言写就的"导语"。导语不长，加上标点，拢共也就600来字，首段文字摘自《论语·述而》，次段文字则高度概括了艺术教育的重要性，以及华茂集团打造华茂艺术教育博物馆的宗旨和所求：

志于道，据于德，依于仁，游于艺！——孔子艺术教育是培养人的感性素质，培养人的创造力、想象力的教育。著名物理学家霍金曾说过"没有艺术，就没有科学，艺术是科学的未来"。艺术赋予人们发现美、感受美和体验美的能力，深刻认知生活中真挚的爱、关心、理解、渴求、希望乃至创造的真正含义，体验生命至高无上的价值。艺术教育旨在铸魂、造梦，让人身心同时发展，理性与感性两翼齐飞，健全人格，增长智慧。智慧就是力量。从知识时代转向智慧时代，加强艺术教育培养智慧型人才是当务之急。艺术教育博物馆的宗旨，就是通过创新艺术教育的方式，借助先进的多媒体技术，营造富有艺术教育氛围的场域，解读古今中外优秀的艺术教育思想、诠释艺术与科学的关系、展示不同艺术领域的典型艺术家和艺术教育家：如音乐家贺绿汀、雕塑家刘开渠、油画家罗工柳的作品和艺术教育理念，告知人们到这里来不是为了看看（looking）而是为了看见（seeing），引导人们从"看什么"转向"怎么看"，以达到激发人的审美力和创造力，从而达到"举一反三"的艺术感悟与心智收获。通过艺术教育之旅，阅读伟大的艺术之书，让我们在艺术与教育之光，艺术与科学之光的世界里，在感性与理性浑然一体的境界中，与艺术展开丰富的互动，感受到艺术对全人类无限的创造力，进而更好地理解历史，塑造身心，启迪心智，达到艺术教育的最美好之境……华茂艺术教育博物馆恰是为了打造一座面向全社会的公益性博物馆，打造一座公众可以获得终身美育的艺术空间。

这两段导语就像导游词，为往来其间的游客指引着方向。它指引着游客参观序厅、启示厅、音乐厅、油画厅、雕塑厅、书法国画厅、互动体验厅，让游客在200多件高质量的藏品里尽情感受，又在互动中加深印象；在"艺术与教育之光""艺术与科学之光"展厅里，游客追光而行，从西方到东方，从古代到现代，一览中西方美术史和美育发展的历程；当走到致敬大国艺匠的3个个案馆时，节奏突然放慢，在一件件雕塑，一幅幅版画、油画，以及一段段文字介绍里，得见新中国雕塑教育的奠基人刘开渠的代表作品和艺术教育生涯，杰出的人民音乐家、著名的作曲家和音乐评论家、中国民族音乐的先行者贺绿汀的艺术教育思想，以及新中国油画教育奠基人罗工柳"激情燃烧的人生"及其教育思想，使人们在潜移默化中发现美、感受美、体验美，并为创造美打下基础，从而真正实现教育的传承。

华茂艺术教育博物馆里展陈的诸多名家名作，单独拎出来都可以写上三五千言。任伯年、赵之谦、吴昌硕、徐悲鸿、潘天寿、刘海粟、颜文樑……把他们聚拢在一起，由作品及人，成为美育教育课件的一部分，足可看出华茂集团为打造这个博物馆的投入之大、用心之深。

我于艺术是门外汉，对于真伪和市值，全然不懂，但觉好看。说出口时颠来倒去就只一句"真了不起"，只恨自己闲时没多读些书，以至于有词穷之困。

除了近现代作品，博物馆里还有一些清代名家的真迹，如王时敏的《山水扇镜片》，朱耷的《柳树四禽图》，郑板桥的《竹石图》等。当我瞧见一幅《墨竹图》的落款是金农时，连忙拍与朋友分享。此友是一位书家，甚爱金农，潜心钻研多年，写下许多研究文章，想必看到金农的真迹，他的心里定然是十分欢喜的。出乎意料的是，发过去五六分钟，他竟然没有回复。想着他可能在忙，我便自顾自地向前走了。

待我穿过2个展厅之后，他忽然发来信息，先是道谢，表示这幅字自己是第一次见，然后问我是否方便分段拍几张局部的特写给他。于是，我又折返回去。他越看越欢喜，问我地址在哪里，自己也想到现场来看上一看。

想起英国当代著名艺术批评家、作家、画家约翰·伯格描述人们在博物馆时的心理状态的一段话："我就站在这幅名画面前。我可以看到它。这幅画出自达·芬奇之手，和世界上其他作品都不同。大英博物馆这幅是真迹。如果我再仔细一点观察，我一定能感受到某种真迹的力量。因为它是达·芬奇的真迹，所以它是美丽的。"

华茂艺术教育博物馆在一定程度上满足了人们对于美的期许。参观的过程就如同一次对话之旅，仿佛与一个人、一幅字画、一段历史对谈，谈艺术追求，谈人生理想，谈对于美丑的理解。谈着谈着，就如同飞雪穿庭、落花满身，施施然心有所悟。除了字体古朴稚拙、富于金石之风的《墨竹图》，博物馆里还有不少珍贵藏品，想来许多同好者都能有所收获。

与关起门来孤芳自赏不同，艺术与美，共享才有意义。徐立勋一手打造的华茂艺术教育博物馆，对公众免费开放，赢得诸多赞赏。

他前几日恰又发来信息，称现有姜宸英展，系明末清初慈溪书法家。

三

时间有限，并不能久作停留。这种感觉，就像行至一处险峰，本该徒步上山，却坐了缆车。虽然坐缆车也能体会"会当凌绝顶，一览众山小"的感觉，但总觉得那种感觉像是偷来的，不久便会被收回。

当我们在工作人员的指引下,来到博物馆顶楼的露台,徐立勋正与手底下的人交代工作事项,隐约能听见几个关键词——美育、创意、点子、想法……

为避免打扰到他们,我们在露台的边沿站了一会儿。俯瞰前方,不远处便是东钱湖,清风徐来,水波不兴,静谧之境;湖的对岸是山,山前是水,水中有雾,仿若名家笔下之水墨。站在露台看远方,眼里是江南风华、锦绣河山,料想站在远处看这里也是一般,从某种意义上来说,华茂艺术教育博物馆本身就是一道独特的风景。

徐立勋谈完工作,嘱工作人员倒了两杯咖啡,不紧不慢地和我们聊起来。听徐立勋聊他的父亲徐万茂以及徐家的家风家训;聊他在接班守业过程中曾承受的压力,以及利用投资在公司面临转型的紧要关口逆风翻盘;聊他对儿子徐钰程的培养,尤其是审美上的灌输;聊他与员工之间的沟通方式,"要引导他们看到他们所没看到的东西……"徐立勋用笔在纸上画了一个箭头,仿佛这个箭头就是突破之口;聊得最多的是华茂艺术教育博物馆。

聊到华茂,就不得不提创始人徐万茂老先生。

老先生出生于四明山麓的横街镇。20世纪70年代,社队企业和乡镇企业盛行之际,他担任乡里一家工艺竹编厂的厂长,带领乡亲们做工艺竹编,发家致富,让大伙儿看到生活的奔头。一次偶然的机会,他在报纸上看到一则消息,大意是中国留学生动手能力和创造能力不如美国学生,必须从中小学抓起,加强劳技教育。为了实现提高学生动手能力、推动国家教育发展和给企业创造更大生存空间的共赢局面,他将竹编厂转型为文教科技器材厂,开始进军教育界。他创立了七色花品牌,让小学生动手动脑,帮助他们开发智力,获得了联合国教科文组织儿童智能开发金奖。

查阅教育部网站《素质教育大事记》，1985年，邓小平在改革开放后召开的第一次全国教育工作会议上的讲话奠定了素质教育实践的思想基础，90年代，中共中央、国务院制定发布的《中国教育改革和发展纲要》，要求基础教育从"应试教育"转向全面提高国民素质教育的轨道上来，1998年，国家教委提出《关于推进素质教育调整中小学教育教学内容、加强教学过程管理的意见》，并于次年明确提出"跨世纪素质教育工作"。

1998年，有着教育梦想的徐万茂决意办一所学校，给新兴的素质教育一个实施的舞台。是年，华茂集团联合华东师范大学创办了集小学、初中、高中为一体的宁波华茂外国语学校。学校坚持"承认差异，提供选择，开发潜能，多元发展"的办学理念，重视因材施教和发挥学生的个性及特长。

徐万茂认为"教育的核心是美育"，美育要走到民众教育中去才有生命力，于是，华茂美术馆应运而生。华茂集团邀请知名建筑设计师中国美术学院教授王澍设计。宁波人熟悉王澍教授，2008年竣工的宁波博物馆的设计就出自他之手。宁波博物馆外墙使用了大量宁波老建筑拆下来的旧砖瓦，有些断面还保留着当年烧制时留下的符号，这些印记与元素拉近了人们与建筑的感情。华茂美术馆也体现着他的新乡土主义，朴素的立面吸收了江南民居的元素，融合中国传统花窗的美学风格，垒石掘湖，有水环绕，曲径几折，营造了富有江南风韵的园林，与宁波本地的"天一阁"藏书楼遥相呼应，表达华茂人"书藏天一阁，画集华茂堂"的文化愿景。华茂美术馆是我国第一家民办教育领域里的校园美术馆。

《触龙说赵太后》里有言："父母之爱子，则为之计深远。"徐万茂对于教育，也是有"预谋"的，他把自己创办的教育事业视作另一个孩子。以艺术品的收藏为例，从一开始，他就怀有为民众教育而收藏的长远之心。他聘请中国美术学院油画系教授、著名油画家全山石为总顾问，收藏古往今来的东西方艺术佳作。华茂美术馆建成后，徐万茂拿出了自己收集的2000多幅名画作为馆藏展陈，以便华茂外国语学校的师生以及热爱艺术的大众观赏。

2010年2月，由华茂集团投资兴建的中国首家以教育为主题的国际性论坛——东钱湖教育论坛在东钱湖畔奠基。根据规划，这个论坛将由会议中心、教育博物馆、五星级会议酒店、机构会所群等构筑而成。

这是徐万茂的新理想，他要在美丽的东钱湖边打造一个"教育界的达沃斯论坛"——一个能推动国内外教育和文化交流的国际教育论坛，让它更好地服务于宁波和宁波的未来，乃至中国的教育事业。

这个构想早在2002年就已在徐万茂心中萌芽，然而它从构想变为现实，却用了整整18年时间。在这18年间，徐万茂同儿子徐立勋一直在策划、碰撞、筹建中循环往复。2020年，由徐氏父子联合发起的首届"东钱湖教育论坛"成功举办，国内外政界、教育界、艺术界专家济济一堂，在宁波共同研讨中国教育的未来。

山明水秀的东钱湖畔，不只有东钱湖教育论坛，还有与之匹配的22座世界建筑大师工作室，有早已成为宁波美育地标的华茂艺术教育博物馆。这个占地270亩的片区，由徐立勋亲手打造而成，也是他到目前为止最为满意的作品。对徐立勋而言，这些作品作为东钱湖教育论坛愿景实体的"化身"，包含了"父亲的情怀，自己的智慧"。

相比于父亲，在对美育教育的执着上，徐立勋一点也不逊色。

教育是国之大计。党的二十大报告指出，落实立德树人根本任务，培养德智体美劳全面发展的社会主义建设者和接班人，加快建设高质量教育体系，发展素质教育，促进教育公平。徐立勋对此十分认同，他说，过去我们的教育只重视德育、智育，体育、美育跟劳动课常常被其他学科所取代，这对孩子的健康成长是十分不利的。

"我们做美育的想法其实很简单，就是让人能够懂得美、欣赏美、发现美。我们相信，我们把这颗种子播下去以后，它会伴随一个人的成长而成长。"在徐立勋看来，生活中的美是无处不在的，关键在于如何去发现它。美育教育的目的就是帮助一个人提升辨别美、欣赏美的能力。这种提升不是指具体的技能，不是非得去学会画画、跳舞、唱歌，而是让你有能力捕捉到身边的美，进而通过美育触发人生的思考。

这个论断像极了丰子恺先生在《图画与人生》中所述："人生不一定要画苹果、香蕉、花瓶、茶壶。原不过要借这种研究来训练人的眼睛，使眼睛正确而又敏感，真而又美。然后拿这真和美来应用在人的物质生活上，使衣食住行都美化起来；应用在人的精神生活上，使人生的趣味丰富起来。这就是所谓'艺术的陶冶'。图画原不过是'看看'的。但因为眼睛是精神的嘴巴，美术是精神的粮食，图画是美术的本位，故'看看'这件事在人生竟有了这般重大的意义。"

"艺术美育对人的影响是终身的，它跟所有的学科都是相通的。"徐立勋如是说。他还同我们举了几个例子，比如我国的第一首小提琴曲是地质学家李四光谱的，享誉海内外的著名农业科学家袁隆平音乐细胞丰富，小提琴伴随他在田间地头……当伽利略、达·芬奇等人物的故事从他口中一一说出的时候，似乎已经说明了一个问题：

艺术与科技并不对立，甚至二者还能互相成就。

正因为深知美育的重要性，徐立勋才斥如此巨资、花如此精力，打造以华茂艺术教育博物馆为代表的整个东钱湖板块。如今，华茂美术馆和华茂艺术教育博物馆，宛如华茂集团的两颗明珠，镶嵌在华茂的艺术教育版图上。双珠的光华流溢，也明亮了一方水土。美术馆和博物馆对华茂集团来说，都不是一笔盈利的买卖，更像是公益输出。文化和美对于一座城市的意义，却是潜移默化的。

当被问到如何在公益和盈利之间做一个平衡时，徐立勋笑了，他说"平衡不了"。博物馆也好，美术馆也好，现在每年的运营都是贴钱的状态。旋即他又表示，东钱湖板块是一个整体，博物馆与其他的平台之间可以互相融合，比如博物馆是亏钱的，但只要其他平台是盈利的，就没关系，博物馆在一定程度上能够起到吸引人气的作用。下一步，华茂会把美育产业加进来。至于这块产业究竟怎么来做，他坦言尚未有成熟的规划。等板块里的所有平台建设完善，亏钱的现象会好一些，但要想完全平衡，近些年或许不能。

而他心中，还藏着另一个更宏伟的目标——把东钱湖板块打造成世界美育的一个中心。他说这个目标他这一代可能无法实现，但还有华茂的下一代。

在世俗的印象中，企业家大多比较急功近利，做事常常以盈利为目的。然而徐立勋和华茂集团所做的事情，却充满了人文情怀。虽然交谈的过程中徐立勋一直表示有情怀的是他的父亲，他只是帮父亲来落实，但当他说出"美育是一种信仰"时，我们同样看到了他的情怀。

美育是一种信仰，所以在美育的传承和发展方面，华茂不是以"年"为单位，而是以"代"为单位去计划去执行的。"每一代人都有每一代人擅长和不擅长的东西，比如数字化这块我有点跟不上，因此博物馆的数字化建设交给了第三代，让他去做规划、搭团队、去建设和落实。""00后"的徐钰程，就读于纽约大学，爱好广泛，对艺术和哲学都有浓厚兴趣，还喜欢音响、摄影、钢笔、香水等，并思索这些东西背后的内在逻辑。

据某家公众号报道，徐钰程小时候，和爷爷徐万茂在书房里摊开一幅画，嘀嘀咕咕讨论很久。在徐家，徐钰程是唯一一个可以从小在爷爷收藏的美术作品上赤脚行走的人。爷孙俩游历欧洲，30天走了34座美术馆和博物馆。家族的艺术教育，提升了徐钰程的艺术品位。相比现在流行的当代艺术、潮流艺术，钰程更欣赏中国古代绘画和欧洲的巴比松画派。"除了对艺术品本身的审美习惯，更多的是因为每一幅画背后有很值得去探索的一个故事。"

在东钱湖畔，展望一下华茂的代际传承。未来，凭借大师级的建筑、丰富的展览与藏品、多功能的设施及面向社会免费开放的公益属性，华茂艺术教育博物馆在内的诸多美育平台的辐射力和吸聚效应将持续放大，成为宁波及宁波以外更多地方的人们接受美育教育的"第二课堂"和精神家园。

对此，徐立勋也有自己的理解。他说，美育的概念很广，华茂只是一家民营企业，不可能覆盖所有领域。推广美育教育也不是一家企业的事情，而是全社会有能力的人共同的事情，需要政府等各方力量的参与。

"全社会有这份心的人看到华茂在做这样一件事情，他们也想去做，那样我们的目的就达到了。而不是说所有事情都由华茂来做。就像我们做公益一样，譬如彩虹计划，我们的目的很明确，就是从小给孩子播下一颗公益的种子,激起他们对公益的热爱,让他们有能力的时候可以回馈这个社会。也许将来有一天他会变成一个社会工作者,专业从事慈善公益;也许将来有一天他有了一定的成就,会去帮助更需要帮助的人。之前有人跟我说现在很多人都在模仿我们。我的回答是这很好啊,如果别的企业或者个人有需要,我们甚至可以把华茂彩虹计划的整套资料、教材都无偿地提供给他。美育教育也需要更多人的加入。"

四

徐立勋关于美育的理念让我想起了华茂集团于2021年设立的全球首个美育大奖——华茂美堉奖。想来很多人如我一般,第一眼看到这个奖项的名字,会觉得奇怪,甚至下意识地以为是自己看花了眼,又或者是新闻报道里出现了错别字。但仔细咀嚼回味,我们便不难发现主办方的用意。

只有走进乡间田埂,才能嗅到泥土芬芳。"堉"字之所以有土字旁,或许是因为蕴含了"美育要接地气"的寓意吧。美育奖只有扎根大地,才能从社会实践中为美育的推广与流行觅得"源头活水",才能让它走近更多人身边,落到人们的心坎里去,进而提升人们认识美、理解美、欣赏美、创作美的能力。

如今,华茂美堉奖已颁发三届。第一届的获奖者是中国著名油画家全山石和葡萄牙建筑大师阿尔瓦罗·西扎,第二届的获奖者是中国马兰花儿童声合唱团、澳大利亚教育机构 The Song Room。第三届的获奖者则是中央歌剧院终身荣誉指挥郑小瑛,美国大都会歌剧院签约歌唱家田浩江。同时还设立了10个提名奖。奖励那些在绘画、音乐、舞蹈、雕塑、建筑、文学、戏剧、电影等领域取得杰出成就并热心美育事业的艺术家、文学家、工艺大师,或是那些辛勤耕耘、坚守美育一线的教育工作者。

值得一提的还有"美埔灌溉计划"。该计划是为外卖小哥、快递小哥、环卫工人、垃圾分类工作者、建筑工人、卡车司机等群体的孩子们进行系统性的美育科普,让美育的种子在孩子们幼小的心田里扎下根来,以此向那些为宁波城市发展做出贡献的普通的建设者们致敬。某次经过慈溪金山社区时,我看到一个由集装箱改装而成的"时代楷模"钱海军劳模服务站·"累了么"驿站,为人们提供避暑歇脚的服务。这个由钱海军志愿服务中心和慈溪市浒山街道联合设立的驿站从某种意义上来说,与华茂所做的事情虽不同,用意却殊途同归。如果说,"累了么"驿站让外卖小哥、快递小哥等新业态劳动者有了夏日避暑、冬日取暖、累了歇脚的"家",那么"美埔灌溉计划"则给了他们的孩子一个公平接受美学教育、得到更多成长支持的机会。

从博物馆出来,我们沿原路返回慈溪。途中,我将一张拍自博物馆走廊的照片发在朋友圈,有人一眼就认了出来,笃定地留言"华茂艺术教育博物馆";更多的人则纷纷留言问我照片里的地方在哪里,周末的时候也想带着家人一起去看上一看。向我咨询的人,有宁波的,也有宁波以外的;有懂艺术的,也有与我一般腹内草莽但同样喜欢美好事物的。由此约略可以推断,不管懂与不懂,不管生在哪一个地方,人们对于美的亲近之感,都是一样的。

艺术与生活本就密不可分。正如博物馆门口那条路的名字一样——连心路,艺术与心相连,心与生活相连,心与心相连。美育便是连接那此与彼的路。

一生中的两次痛哭

一

在年少的时候,我们并不知道,没有退路,也是一条路。直到后来,我们在荒芜中闯出了新路,才发现从艰辛中汲取力量更具有英雄主义色彩。

1987年9月1日,大雨。越溪乡下对村,宁海县沿海的一个小村子。30多户人家,近200口人。村子的一侧是海涂,还没涨潮,裸露着黑色的滩涂,雨水汇入海沟,往低处流去。岸边搁着几艘脱了漆的渔船,有渔网往海涂深处潜去。远处的海水,泥黄色,起伏着,慢慢逼近海岸。没有咆哮没有奔腾,沉默而缓慢,却又不可抗拒,仿佛携来某种暗喻。村子的另一侧是田地,晚稻刚刚开始成熟,田埂上的草还是青的。雨水把泥路泡软了,一脚踩下去,泥泞从脚趾缝里冒出来,走两步,脚下打个滑。

这是新学期开学第一天。早上,村里的女人早早起来,给孩子做早饭,叮嘱孩子上学要认真,要听老师的话。孩子们一边不耐烦地应着,一边兴冲冲地邀三约五地往七市小学跑去。新的学期,仿佛一切都是新的。几个调皮的孩子完全不顾下雨,用两个手掌遮在头上当雨伞,在雨中嬉闹。家境好一点的孩子,穿着雨鞋,故意去踩水洼,惹得女同学尖叫躲避,又笑着跑开。童年,即便在偏远的贫困的小村子里,也同样洋溢着憧憬和喜悦。

七市小学简陋的教室里,学生们兴奋地翻看新书。一个男孩子在讲台边耷拉着头。班主任不悦地说:"你想拿书是吧?那就回家让你父母先把学费交上!"男孩子发亮的眼睛迅速黯淡下来。

那个时候,油条是三分一根,冰棍是五分,一学期的书学费是九元五毛。男孩家里有六口人,父亲,母亲,一个哥哥,两个姐姐。四兄妹都只相差一岁,母亲身子骨弱,四张嗷嗷待哺的嘴巴都靠父亲一个人在几亩薄田上耕耘,家里的生活常常捉襟见肘。父亲沉默寡言,但勤劳朴素,人缘很好。农忙之余,靠打鱼补贴点家用。每逢开学,四个孩子一下子要交四份书学费,这对于一个贫困乡贫困村的贫困户来说,是一种巨大的压力。

男孩沮丧地回到家。父亲正趁着雨天修锄头。他立即跑过去,哭着嚷着要上学。父亲骂了一句"讨债鬼",但对上儿子渴望的眼神,心一下子软了。吃过没有知识的亏,又怎忍心让孩子读书的梦想破灭?他缓缓地起身,拿来两只蛇皮袋,又拖过一条长凳,一踩,光脚跳进储存稻谷的仓柜里。仓柜里的存粮那么少,像条快要干涸的小溪,浅浅的,几乎一眼就能望到底。可再少再浅,父亲还是默默地将袋子装满,扛到手拉车上,拉去附近的粮站卖钱。

雨很大。这世上悲伤的事情仿佛总发生在雨天。父亲在前面拉车,男孩在后面推。被雨泡软的泥泞路,受不住两麻袋粮食的重量,车轮陷在了泥里。父亲不停地使劲,头上戴着的斗笠歪了,身上穿着的雨披被风吹开了,他浑然不觉,手紧紧拽着手拉车的木把子,整个人往前倾着,仿佛被不知名的东西压弯了腰。天上的雨,地上的泥,父亲负重而无力的背影,像闪电一样,划开了一个少年的混沌。他浑身湿透地站着,泪水和着雨水,流进他的嘴里。他尝到苦的味道。

那一年,他9岁。那个一下子长大的男孩子,叫吴友旺。

不只是吴友旺。听他讲述时,浮现在我眼前的,是我童年时的家徒四壁,是同样屋漏偏逢连夜雨的窘困,是同样交不上学费的自卑。他说就是从那时起,他暗下决心,以后一定要赚好多钱,让一家人都过上好日子。就是这个朴素的愿望,化为无穷的力量,支撑吴友旺走过20多年创业路,即使面临绝境,也从没想过放弃。他说:"走投无路,有时也是一条路。"在那时的农村,有多少这样的父亲负重前行,有多少瘦弱的少年在艰辛中体悟着生活之苦,生发出不屈的力量。时代向前,两代人在奋斗中,走出了新的道路。

二

大学毕业之后,他没有选择留校,也没有选择在医药厂上班,而是瞒着家人偷偷创业。因为他要挣钱,要告别贫穷,要像父亲一样,成为家庭的脊梁。他最初的设想很简单,就是去义乌的小商品市场进点体育用品拿到宁波来卖,从中赚取差价。为此,他带着借来的2万元钱踏上了前往义乌小商品集散中心的掘金之路。但是抵达之后,他发现大家都在这里进货,就决定另谋出路。说来也巧,一次偶然的机会，他从别人遗落的报纸上看到一篇描述国外人力资源公司发展情况的文章，心中一动。对于没有丰厚资金作为投资成本的大学生，人力资源信息的整合咨询对接，无疑是"借船出海"的好路子。回到宿舍，吴友旺与另两位同学一拍即合，决定开始创业。在组建公司和开展业务之前，有一个很重要的环节，那就是给公司取名。通常，公司的名字也寄寓了创业者的某种情怀。

"拼搏人力资源"是吴友旺公司最早的名字，这个名字寄托着创业三人组青春无畏的决心。但人力资源服务这一块业务当时几乎是由人社局垄断的，这样一个名不见经传的小公司，根本无人问津。他们跑市场，跑学校，发宣传单，一家一户地往门缝里塞小广告。遭了几多白眼，吃了无数闭门羹，个中辛酸，只有他们自己知道。这是一个新兴的行业，在当时没有可供参考的经验，吴友旺和他的两位合伙人摸着石头过河，走过不少弯路，吃过不少罚单，被举报，被阻止，被干扰。面对现实的挫折，三个原本雄心勃勃的年轻人有时也难免沮丧，他们坐在一起无助且不甘地说："要不散了吧？"不过，更多的时候他们互相打气，互相扶持。2001年，互联网泡沫的破裂，把连续2年颗粒无收的公司逼入了绝境。当时，他们每人每月的工资仅有300元。其中一位合伙人，因即将结婚，仅靠这点收入难以维持家用，不得不遗憾退出。没过多久，另一位合伙人也退出了。原本三个人的队伍，只剩下吴友旺踽踽独行。资金的压力，市场的不成熟，看不到路的前方，吴友旺又该何去何从？这个问题，多年以后，吴友旺给出了自己的回答："当别人坚持不下去的时候，你再坚持一下，说不定就过去了。"而在当时，他能做的只有行动。2003年SARS来袭，再一次对中国的经济造成了冲击。吴友旺依然没有被吓退，他始终保持着冷静、清醒的头脑,在逆境中寻找突破,在危机中寻找机会。一次又一次的困境,一次又一次的坚持。多少山穷水尽,多少柳暗花明。皇天不负苦心人。互联网经济回暖后,吴友旺试着将公司定位于提供招聘外包服务。就是这次尝试,让他一下子敲开了通向成功的大门,50万元的利润,让吴友旺在宁波站稳了脚跟。

2006年,公司已经改名为中聘,在温州设有分公司。中聘温州人力资源有限公司在《温州商报》做了一整版的广告,拟在皇朝大酒店组织一次大规模大学生招聘会。为了这个活动,团队准备了一个多月,已有200多家企业报名参加这次招聘会,每家企业缴纳800元咨询费。广告周一登报,吴友旺当天就接到温州市公安局下辖派出所的通知,要求于次日登报声明取消本次活动。周二,吴友旺去公安局解释无果。周三,20多个人分头想办法也无济于事。周四,他们还硬扛着,没有登报取消活动,派出所又来了通知,如果周日不停办,将派出警力去现场遣散企业和大学生。那个下午,20多个年轻人聚在工作室鸦雀无声。人说车到山前必有路,然而他们把能走的路都试遍了,却走不通。怎么办? 停办,退款? 这不仅意味着经济损失,意味着团队策划许久的心血付诸东流,更重要的是公司的声誉会因此受损,公司未来的发展也会受到影响。一屋子人情绪都很低落,过了良久,温州本地的一个女孩子翻着《温州商报》犹豫地说:"要不我们问问报社吧? 他们经验丰富,好歹我们也花了2万多广告费啊。"只要有一线希望,都要试一试。吴友旺赶紧跑到报社,不承想还真找对了人。和他对接工作的一位主任说,正好今天下午温州市公安局分管治安的副局长来报社开现场会,他可以帮忙在开会前拦住副局长让吴友旺反映这个情况。开会前的走道里,最多只有5分钟时间,吴友旺完全没有把握把事情解释清楚并且说服这个副局长，但他必须把握这最后的机会。没想到副局长已经了解了这件事，是人社局举报中聘超范围经营和大规模招聘活动有安全隐患，公安局必须有所举措。看到年轻人求助的眼神，副局长出了个折中方法，招聘会可以搞，但必须增加安保力量，加强现场安保管理，确保现场安全。事情兜兜转转，终于有了转圜的余地，吴友旺的心情激动万分。回去之后，吴友旺立即叫人着手落实此事。他们从保安公司雇了40个保安，部署好酒店的秩序维护工作。周日，大学生招聘会如期在皇朝大酒店举行。然而因为之前发生的那段插曲，他们后期不敢推进宣传，传播有限，前来参加招聘会的大学生也很有限，整体而言，这次活动的效果并不理想。他们跟入场的200多家企业一家家解释其中原因，还做好了退还部分咨询费的打算。不过，大多数企业都表示理解他们。其中一家说："不用退款，你们不容易。因为你们的存在，人社局的服务才会更好。"

喧哗散尽，大家筋疲力尽地收拾现场。散落的资料、打印的名签、登记的号码、喝了一半的茶水……不知是谁先哽咽出声，20多个年轻人哭成了一团。多少欲说还休、百味杂陈都在这呜咽中尽情释放。和庞大的体制与惯性思维争夺资源和市场，太难了，但他们没有放弃。这些年轻人擦干眼泪，脸上的线条变得更为坚毅。

创业有艰辛，也有温暖。吴友旺的个人魅力和经营企业的情怀感动了许多人。宁波一位素不相识的老企业家就是其中之一，在报上看到他们陷入困境后，他给了吴友旺5万元做周转。对方告诉吴友旺："看着你，我想起以前自己做企业的时候。拿着这笔钱，你日后亏了也没关系。"这是老浙商的情怀，这情怀背后，更有"相逢何必曾相识"的惺惺相惜。

2007年，已经在市场中慢慢打响品牌的中聘获得了1亿元的外商投资。这个机会，吴友旺足足等待了7年，但他并没有因此忘乎所以。在外商资本注入之前，为了掌握控制权，双方经历了11个月的漫长交锋，甚至一度"差点儿谈崩"。当时外资方曾提出只要吴友旺让出CEO的位置，他们愿意额外补偿900万元人民币。但吴友旺认为人才网在中国的地位非常特殊，人才资源关系到中国未来的发展，绝对不能被国际资本控制。最终经过博弈，达成了由中方与投资方各占股50%的共识。同是在这一年，公司的业务稳步提升，销售额达到了6000万元，未来前景可期。

2009年，中聘实现线上市场就业25万人，线下市场就业12万人，服务的企业数以万计。它仿佛一艘传递信息和输送人才的巨轮，在企业与人才之间来回摆渡，让人才有用武之地，让企业蓬勃发展，产生巨大经济效益和社会效益的同时也使自己的影响日益深远。如今中聘集团的年产值高达百亿，销售额保持在60多亿，它还率先完成股份制改造，开了国内人力资源业务流程外包（HRBPO）企业的先河。

20年，从最初频繁被举报被罚款，到如今的百亿企业，中聘的成长见证了中国人力资源市场的逐步公开透明。国家人力资源和社会保障部毕雪融司长在中聘公司考察时，赞赏中聘推动了人才产业化发展和中国人才市场机制的变化。而今，人力资源产业已经进入国家重点支持发展的产业目录，人社部对人力资源产业的发展持明确的鼓励意见。

三

作为一家超大型人力资源名企，需要把财富分配好，找到合适的人，合适的团队，将他们放到合适的岗位上。中聘的核心制度有合伙人股份制度和宽带薪酬体系。中聘有股东38位，分公司总经理40多名。他们中的每一个人都是吴友旺亲自找来的，是切切实实喜欢干这份事业的——这也是吴友旺选才任能的一项重要标准。与之相应，吴友旺在公司内部建立的薪酬体系也力求公平公正。在中聘，级别低的员工工资有可能比级别高的员工高。比如集团副总裁的工资就比董事长吴友旺高，突破了按职级定薪的局限性。"集团这样做能够留住人才。我们采取宽带政策，是因为我们认可每一位为集团付出的员工的价值。"吴友旺如是说。

2012年，吴友旺荣获共青团中央"中华儿女年度人物"殊荣。吴友旺的获奖理由是中聘10多年坚持不懈地输送了10多万大学生就业，并且解决了许多下岗工人再就业的问题。除此之外，他还曾先后获得"浙江省优秀新生代企业家""中国长三角十大杰出新锐青商""最美浙江人——青春领袖"等诸多荣誉。荣誉多，上台领奖的次数也多，他说他最喜欢和莫言同台的那次。

吴友旺告诉我们，"中聘股份"是国内首家完成股份制改造的涵盖人力资源业务全流程外包的国家高新技术企业，也是浙江省重点服务业百强企业、中国人才服务外包产业最具竞争力品牌企业、全国人力资源百强优秀服务单位。作为一家线上、线下相结合的专业性人力资源外包和现代服务业企业，中聘将人力资源服务与互联网（含移动互联网)等IT技术有机结合,在全国范围内为广大企事业单位提供一站式现代人力资源外包服务,成功建设了一套支持全国协同工作的行业领先的HRO(Human Resource Outsourcing,人力资源外包)运营管理系统,通过直营方式为大型、全国性企业提供一站式人力资源服务。经过20多年的积累,中聘在总部以外,于上海浦东、杭州下沙、宁波高新区、徐州鼓楼四大区域性结算中心设立37家分(子)公司,组成了专业服务网络。客户涵盖码头交通、政府事业、电力电子、批发和零售业、软件和信息技术服务业、金融业、物流业等多个行业,形成辐射长三角及覆盖全中国的战略格局和具有核心竞争力的人力资源外包、互联网金融(工资)结算、大健康服务(后勤外包)、产业园区(众创空间)运营四大单元业务体系。当初那位伸出援手的老企业家,也成为集团第四大股东。集团现有外派员工10万多人,党员1000多人,年产值100多亿元,在全国同行业名列前茅。

2015年集团年会上,董事局对外宣布,集团做出战略布局,实施"双主业""双总部"发展,旗下主营现代人力资源服务外包单元(杭州总部)、大文旅单元(宁波总部)。开启以互联网+人才+科技+创意的经营模式,跨界人力资源外包、服务外包、业务外包、商业地产、酒店文旅、休闲电竞等多个领域。

2018年,吴友旺卸任中聘集团CEO,仅保留集团主席职务。此后,他将更多的精力放在了宁波的城市发展上。在他的推动下,宁波市重点工程项目、浙江省扩大有效投资重大项目——最宁波·ZNB不夜城(醉宁波·滨海时尚小镇)的建设提上了议程。小镇位于梅山岛,以"元宇宙+沉浸式+美食+文旅"为特色,内设文旅、文体、文化、文创四大社区,总投资额10亿元,总面积约10万平方米,是梅山湾第一个文旅商业综合体，是全国首个沉浸式戏剧商业广场和主题式文旅众创空间。

当时决定投资这个项目，吴友旺遭到过企业内部的阻力。在股东会表决的时候，中聘38位股东，36位是反对的，还一位股东弃权，只有吴友旺一人坚持投资。因为总投入高达10个亿，且梅山的地理位置有点远，投资风险过高。但最后，吴友旺还是拍板定项。五六年过去了，现在所有股东认为，这个投资非常正确。这个项目的环境价值已经大大提升，现在这里既是自贸区，又是大学城，还是滨海的旅游景区……游客很多，年轻人很多，学生也很多。吴友旺认为，投资需要情怀，更要有前瞻性，要有魄力，而且要果断，要强势。这也为36位反对的股东上了很好的一课。吴友旺说这些的时候，我想起海伦钢琴的陈朝峰，同样是创二代企业家，陈朝峰说："甬商精神的特质就是看准了就锲而不舍。"他们都给出了关键词：看准、锲而不舍。做准确的判断，坚持做下去，这是甬商精神的传承和发展。

为了打造好这个项目，吴友旺更是将中科院、宁波国际海洋生态科技城管委会与中聘集团聚拢到一起，成立了宁波众创国际互联网广场开发有限公司。小镇建成后，将汇集"文创交流平台""文艺人才基地""国际滨海旅游文化中心"功能于一身。三个功能，都有一个"文"字，由此约略可以推断，于文化，吴友旺始终是倾心的。

说起最喜欢的书，他喜欢读《成功一定有方法，失败一定有原因》《富爸爸穷爸爸》，他说：这两本书都是毕业后看的，《成功一定有方法，失败一定有原因》是一本励志的书，讲述一个人在创业之路上会碰到各种各样的困难和逆境，怎样奋起搏斗，怎样让自己的人生事业变成一场长跑，能够笑到最后，跑到终点。《富爸爸穷爸爸》谈到对财务自由以及人情世故的看法,能对个人的理财能力和情商产生影响。一本是中国人写的,一本是外国人写的,都有一些观点令人触动。

我喜欢他谈到书和谈及莫言时的语气,哪怕他未必读过莫言的文章。一个成功的青年企业家,没有把财富与成就挂在嘴上,而是以与文学家同台领奖为荣,他的内心装着对文化的敬畏。或许这也是这代人的特点,我们追求的是事业,不仅是财富;我们热爱的是情怀,不仅是利益。

和他初次见面那天,宁波已经下了很久的冬雨。但恰如久违的阳光,他热切而健谈。我看到一个同龄人,拥有和我相似的童年,却走出一条与我完全不同的道路。四十五年家国,四十五年风雨,我们都过了不惑之年。回首走过的道路,在老一代企业家身上体现为忍耐的东西在我们这一代体现为突破,无论经历多少的磨难,遭遇多少次挫败,我们依然是阳光的。

人生中的那两次痛哭,一次由贫困而立志,一次因抗衡而推动进步;一次是在农耕为主的乡村,一次是在新兴的沿海城市,这两次痛哭成为某种坐标,悄悄记录下南方的变化。

当我们谈成功的时候,心里是敞亮的。他在艰难时获得的无偿支持,他在等待7年之后获得的天使投资,互联网经济的兴起使他在坚持20年之后所获得的成功,得益于个人的坚持、企业的机制,得益于浙江这片土壤及宁波帮帮宁波的情怀,更得益于这个伟大的时代。一个又一个吴友旺,以自身的坚韧开拓,推动着时代的进步,而时代又以进步成全了更多有思想有情怀的人。

在冬雨之外,有更为辽阔的天空,那片蔚蓝触手可及。

百年合盛，千里跬步

一

石头这个东西，路边花坛里，乡间马路上，溪流河滩边……到处都能觅得它的踪影，故而只能算是寻常物。不过，石头虽不起眼，生活中很多时候都离它不得。

"花如解语还多事，石不能言最可人。"对于石头的偏爱，自古已有。四大名著中，就有两部作品与石头有关。合盛人也偏爱石头，硅者，石之圭也。硅自石头中来，从某种意义上来说，合盛硅业的故事也与石头有关。他们的产业从硅石开始，遍布世界各地。

我们认识合盛硅业，是从一个展厅开始的。

这个展厅就像一张导览图，让初次造访的我们对这个企业有了大致的了解。

进门之前，在廊道的尽头处可以看到一面玻璃，玻璃的前面摆放着一个由合盛硅业自己生产的工业硅打造而成的艺术品。之所以称其为艺术品，是因为它真的很好看，简洁大方，让人忍不住想要与之合影。一块块硅石在线绳的串联下，宛如挂件呈现于我们面前，仔细看，竟拼成了 Si 的字样，而 Si 正是硅的化学符号。恍惚觉得，它是一张天然的名片，表明了企业的身份，看到它，你就知道合盛硅业是做什么的。

在参观的过程中，两名工作人员为我们介绍了合盛硅业一路走来的经历。合盛是一家"百年老店"，品牌的名字承袭自董事长罗立国的爷爷创办的商行，清末就已存在。他们说，发展至今，合盛硅业已成为全球最完整硅基全产业链公司，也是业内唯一同时具备工业硅、有机硅、多晶硅、光伏组件等生产能力的高新技术企业；他们说，合盛硅业在新疆、浙江、四川、云南、黑龙江等地设有数字化智造基地，在上海和海南拥有高新技术研发中心，凭借全产业链与规模协同优势，公司工业硅、有机硅产能均处于世界第一，且是多项国家、行业标准的主要起草单位；他们还说，合盛硅业聚力科技创新，不断推动新时代民营经济实现新飞跃，为现代化先行和共同富裕示范贡献合盛力量，把打造绿色循环硅基全产业链的梦想植入新疆大地，植入黑龙江、内蒙古、四川和云南等地。

走完整个展厅，我们对合盛硅业的发展脉络有了一个大概的了解。与董事长罗立国的访谈让这种了解更加深入。

在很多人的眼里，罗立国就是一个商界传奇。他现任民建中央企业委员会委员、中国有色金属工业协会硅业分会副会长，先后获得浙江省民营经济杰出企业家、中国经营大师、2015 十大功勋甬商、

2021年度风云浙商、中国氟硅行业终身成就奖等荣誉。因合盛在黑龙江和新疆投资新材料产业，助力共同富裕，罗立国还是黑龙江省人大代表、新疆维吾尔自治区工商联执委。

传奇人物想来是与平常人有距离的。但与之对话，我们发现他也有血有肉，偶尔还会说几句玩笑话，这使我们的对谈变得更加轻松活泼。作为我国仅有的工业硅和有机硅双龙头企业、全球产业链最为完整的硅基公司的掌舵者，从下海卖草帽成为"草帽大王"，到多元发展进入楼市扩大创业资本，再到布局硅产业成为"世界硅王"，成功的秘诀是什么？

罗立国用了一句非常正能量的回答："对我们做企业的人来说，一定要响应党和国家的号召。"顿了顿，他又补充道，"党号召我们做什么，国家号召我们做什么，我们就调动自身能量去做什么。"

遵循着这样的原则，在过去的30多年里，罗立国进行了3次创业。就像是得到命运眷顾的"天选之子"，他的每一次创业都很成功：第一次创业，草帽飞向全世界；第二次创业，引领硅基新材料行业；第三次创业，全面进军光伏新能源领域。

二

1956年出生的罗立国，童年时代和少年时代都在浙江慈溪的长河镇度过，这个镇子曾以编织草帽闻名。从清代乾隆年间开始，草编就已经成为当地妇女一项重要的家庭副业。起初，她们编了草帽，以赶庙会、走街串巷、集市设摊等方式自产自销，后来有了草帽行，她们就把草帽卖给帽行，再从商人那里进购原料。长河的十里长街，很早以前就是草帽经营的集散中心。关于这段历史,地方志书里亦有所记载:"草帽俗名凉帽,女工所制。曲塘、庙后桥、潮塘、长河市皆有凉帽行,以长河市出品为盛。土凉帽行销于嵊、甬、绍等处。"

与市集的繁荣景象相匹配的,是长河兴盛的编织图景。因为销售行情良好,需求倒逼产能,农闲时节,或者忙完一天的活计以后,长河及周边人家家里的男女老少都会坐在门口编织草帽,尤以妇女居多,故有"十里长街无闲女,家家都是编帽人"的说法。民间流传的歌谣里更是将草帽、盐和棉花并称为"三宝",道是:"姚北(今慈溪长河、杭州湾庵东一带)三件宝,棉花、白盐、草凉帽。"借助这朗朗上口的民谣,今天的人们可以想见草帽业在当时是怎样兴盛。长河草帽不只深入当地人的心中,也曾将外国人的内心搅乱。民国四年(1915),长河草帽在首届巴拿马太平洋万国博览会上惊艳四座,获得三等奖,从此走出国门,引得洋人争相购买。在这样的时代背景下,罗立国的爷爷就曾经做过草帽买卖的营生。

清末民初,在国家危急之际,无数的有识之士为救亡图存,纷纷走上实业救国的道路。他们以振兴民族经济为目标,或从手工业起家,或投资航运业、金融业、工业等新兴领域,积极参与激烈的海内外商贸竞争。在宁波,罗立国的爷爷一如同时代的甬商,投身时代潮流,一手创办了"合盛商行",名取"合则聚力,万象方可兴盛"之意。在他的带领下,家族上下齐心协力,收购当地的金丝草帽并卖给上海的洋行。每次草帽收齐之后,一担一担挑到庵东下船,船过杭州湾,直奔对江乍浦,上岸以后再雇脚夫挑到上海洋行卖掉换成银圆,因为路上不太平,为了避免财物被抢,回来的时候还要雇上几个保镖。遗憾的是,爷爷在新中国成立前就过世了,合盛商行也没有留传下来。但罗立国小的时候，经常听奶奶说起爷爷和合盛商行的故事，这在他心里埋下了经商、爱国的种子。当然，编草帽的技能他也掌握得非常熟练。

小学毕业后，罗立国就在镇上干农活。他插过秧、耕过地、打过麦子、摇过船，什么都会干，什么都干过。1974年，19岁的罗立国靠着自己的努力，找了一份国企的工作，端起了人人羡慕的"铁饭碗"。

1983年，原劳动人事部、国家经济委员会联合下发《关于企业职工要求"停薪留职"问题的通知》，以"保留铁饭碗"的优惠条件鼓励国有企事业单位人员"下海"经商。从1984年起，"下海"这个词像是生有双翼，飞跃东西南北，迅速在中国大地上流行起来。20世纪80年代末，在国营企业干了15年的罗立国响应国家搞活经济、解决老百姓就业问题的号召，主动辞去了稳定的工作，选择下海经商。他东拼西凑借来2万元钱，租了几间农民房，成立了一家工艺品厂，领着8个农民就地取材，编起了草帽，开始了他的创业之路。

都说"万事开头难"，那时是真的难啊。创业之初，因为没有可供调配的资金，他只能收购成品，卖给上海的帽店，从中赚取一些差价。收购、运送、交货，他经常连续几天顾不上睡觉，奔波在路上。

那时，从慈溪到上海没有跨海大桥，也没有高速公路，用罗立国的话说，要到对岸，就必须从杭州"转圈"，而且路是难行的沙子路，只单趟就要10多个小时。罗立国白天将帽子收来、打包装车，晚饭后连夜赶往上海。为了避免司机路上打瞌睡，每次罗立国都坐副驾驶押车，等车子到达上海仓库，通常已是次日清晨五六点钟，对方还没上班，他们就在附近吃早点，等候卸货。那时年轻，精力旺盛，连抬几箱货罗立国也不觉得累。卸完货，司机开着车子跑到宜山路的停车场等候，稍事休息。罗立国则拿着进仓单到对方单位的办公室去签字，等领导审批完，然后到财务处开支票，一切妥当之后，拿着支票跑到宜山路停车场，原车返回。"当时一分钱掰成两半用，不可能再去另外乘车的。"这是谈及往事时罗立国的补白。一夜奔波，第二天继续装货接着跑。也不知道是不是因为吃过太多旅途上"转圈"的苦，2002年杭州湾跨海大桥建设启动时，罗立国果断出资2.5亿元，与其他几位心怀家乡建设的企业家一起，参与到民营资本投资建设大桥的历史课题中。这是题外话。

在业务开拓的初期，加快周转、积累资金是当务之急。曾经有一次，为了尽快卖货回款，他足足三个晚上没有合眼，到第四天终于扛不住倒下了，那时候，罗立国才发现，这么熬下去，不是长久之计，于是，他想到了通过向银行贷款的方式筹措资金。

但是向银行贷款需要有担保单位。罗立国想起父亲曾经当过乡镇的农会主席，便找到父亲，问是不是可以请他出面，找人帮帮忙，向银行贷5万块钱。没承想父亲却当头给他浇了一盆冷水："有本事自己干，不要去求人。做人做人，是要靠自己做出来的，不是靠别人帮出来的，你给我自己长志气！"父亲的当头棒喝，震醒了罗立国，也成了他记忆的一部分。"这么多年，我从没有忘记父亲的教诲。自己经营，自己造血，有多少钱办多少事情。我向银行贷款，也都是到期全部还掉，从来不欠一分钱。"

资金短缺、人手不足，他便从几间民房开始，身兼数职，既当厂长，又当工人，还兼销售人员，公司要干的活全都自己带头干。很快他就把自己修炼成了草帽界的全能高手。从手编到织造到成型到磨模，再到新产品的开发、客源的开拓和寻找，没有一样能难住他。功夫不负有心人，时间给予了罗立国应有的回馈。在工艺品厂成立的第一年，罗立国就把产值做到了震惊业界的260万元，后来更是以每年翻番的速度增长。

说起草帽，颇有些百感交集。我家离长河镇不远，我儿时的寒暑假和节假日都消耗在编草帽的营生中。每到暑假，父亲就下了任务，要求我们自己赚学费。长河的草帽厂，几乎影响了慈溪西部那一整片农村妇女的农余生活。除了当年被称为老板娘的女性，家家户户都有人编草帽。记忆里，每天放学回家，吃完饭，母亲就开始编草帽，冬天是织毛衣。一到晚上，或节假日，妇女们三三两两聚在一起，在某家大嫂的屋子里，一边唠嗑，一边编草帽。母亲们带着自己的孩子，暗暗地比赛谁家的女儿编草帽又快又好。我编草帽不算快，一天勉强能编3顶，可以卖得四五元。好些年，我的学费就是这样挣来了。从某种意义上来说，合盛的草帽业务，也带动了周边乡人的致富梦。

进入90年代，罗立国已成功打开销路，合盛帽业每天能销售上万顶草帽。当时，"与国际接轨"的口号成为时代最强音，引用英国《金融时报》的话说："中国经济的命运正在慢慢脱胎换骨，与国际游戏规则的共同语言日益投机，渐而接轨上路"。罗立国的草帽也借此东风，走出国门，走向国际。针对彼时国内市场帽子质量、外观、工艺等参差不齐的现象，罗立国利用出国考察的契机，了解国际市场行情，并从国外引进先进技术和理念，自主研发了一套集"漂、磨、蒸、烘、烫"于一体的自动化操作设备，填补了当时国内专业生产高档帽子的技术空白，据说合盛帽业的产品款式时尚，质量一流，远销美国、日本、英国等30多个国家和地区，就连英国女王、日本皇室成员也成了合盛的粉丝，GUCCI等国际品牌更是纷纷折腰，请合盛来做代工。当时国际上说起帽子，大家都会提到合盛。昔日立下的豪言"要让长河人编的帽子飞向全世界"至此变成现实,罗立国也成了名副其实的"草帽大王"。

1996年,合盛的草帽产值达到一个多亿,几乎已是这个小众产品的天花板。正当所有人都以为罗立国会把自己的"草帽王国"越做越大时,预知到瓶颈的他及时更换赛道,进入了硅基材料行业。

其实早在1995年,罗立国就已初涉有机硅下游加工。说起来,他与有机硅的结缘也很偶然。在草帽生产的过程中,他接触到了硅基材料,那个时候硅基材料在国际上的应用已经十分普遍,但在中国才刚起步不久,鲜有人知道它的用途。

有机硅号称"工业味精",具有耐高低温、抗氧化、耐辐射、介电性能好等特点,是重要的工业基础原材料,更是新能源、新材料产业发展不可或缺的宝藏原料。当然,那时候罗立国还没有新能源的概念,但他知道这种新材料对环境十分友好,应用十分广泛,符合可持续发展的理念。罗立国前瞻性地看到了硅基材料广阔的发展前景,迅速投入到有机硅的前期研发中。

三

就像是一种历史的呼应。2005年,罗立国带领团队跑到当年爷爷运送金丝草帽登陆的嘉兴乍浦,在那里建起了有机硅制造基地。作为我国第一家进入有机硅产业的民营企业,合盛硅业仅用短短一年多的时间,就实现了业内最大单套装置的一次性成功投产,创造了业界的"合盛奇迹"。与此同时,他以浙江嘉兴为根据地,开始了上下游全产业链布局的发展之路。

有机硅的主要原材料是工业硅，而工业硅的提纯过程能耗较高，电价对生产来说是一笔不小的支出。罗立国在全国各地园区内寻找，终于找到了黑龙江黑河的俄电园区，来自俄罗斯的低价水电，为黑河生产基地的顺利发展创造了优势。2006年，黑河工业硅投产，合盛硅业初具全产业链生态布局；2007年，嘉兴有机硅投产，合盛硅业自主掌握上下游产业链……

从东海之滨、江南水乡到雪域高原、沙漠戈壁，从西南少数民族聚居区到东北林海雪原……自1993年以来，浙江与新疆、青海、四川等多个地区建立了对口支援、东西部扶贫协作和对口合作关系。合盛产业援疆是其中一个生动的故事。

2009年发生的"7·5"事件对新疆的旅游、投资、涉外经济、消费各个领域产生负面影响。这次事件平息以后，怀着对新疆各族人民的深厚感情，中央号召全国支援新疆，鼓励各地企业家去新疆开办企业，助力新疆经济社会实现跨越式发展、促进新疆长治久安。民建中央倡议各省的民建会员去新疆考察、支援，浙江共有3人报名，罗立国即为其中之一。新疆有丰富的煤炭能源资源，允许企业建设自备电厂，十分适合发展有机硅这样的高耗能产业。援建新疆，共同富裕，罗立国说："合盛硅业是全国第一个进疆的民营企业。"

合盛人将石河子作为进疆的第一站。当地人都说，石河子原是玛纳斯河冲流而过的一条卵石沟，举目所见，除了石头就是石子。新中国成立后，天山南北掀起开垦荒地、兴修水利的热潮。50年代末，诗人艾青在这里生活了6年，目睹荒凉戈壁上崛起一座军垦新城，提笔写下那首脍炙人口的诗篇《年轻的城》："我到过许多地方／数这个城市最年轻／它是这样漂亮／令人一见倾心／不是瀚海蜃楼／不是蓬莱仙境/它的一草一木/都由血汗凝成……"

时隔数十年，石河子再次热闹起来：机器轰鸣，塔吊林立，弧光闪烁，焊花飞舞，铁锤的叮当声，工人的劳动号子声，此起彼伏；从公路远方到施工工地，运输车辆往来穿梭，到处都是热火朝天的忙碌景象……

罗立国利用新疆丰富的自然资源，在石河子投资建设占地近4000亩的"煤电硅"一体化绿色循环经济产业园。生产过程中的所有原材料与耗材都将得到循环利用，实现效益最大化。这是合盛硅业充分利用天时、地利首创的一种模式：从热电工厂提供电力，到终端硅基产品生产，从能源和原料的垂直供应，到自产自足互相赋能，各大产业形成覆盖上下游的完整生态系统。

起笔不凡，也为后续的发展打下了良好的基础。2015年，罗立国又跑到吐鲁番，投资200多亿，将这一绿色循环发展模式复制到鄯善县，在那里打造了"煤电硅"一体化绿色循环经济产业园的2.0版本，这个2.0版本规模更大、设施更完备、产业链也更完整，在已有产业链的基础上拓展了硅氧烷和下游深加工项目。同一时间，他厉兵秣马，收购四川硅峰有机硅，逐步完善了西南布局。

之后，合盛硅业的发展进入快车道。2017年，合盛硅业在上海证券交易所主板成功上市，进一步提升了品牌知名度；2018年，收到"乡贤回乡，慈商回归"的呼唤，罗立国又带领团队，在家乡建设第三代半导体SiC研发智造基地，提高SiC国产化率，实现进口替代，用中国人自己研发的"芯片"突破封锁，完成对欧美国家在半导体领域的弯道超车；2019年，合盛硅业利用云南昭通丰富的水利资源，建设"绿电硅"循环经济产业园，与碧水清波交相辉映，该项目作为全国工业硅冶炼业脱硫脱硝示范工程，让合盛成为世界绿色硅产业制造的引领者；2022年，合盛硅业上海高新技术研发中心成立，开始打造上海碳化硅晶圆和有机硅产业生态圈……

早上8点，天还是黑的，手机闹铃发出清脆的响声，来自新疆喀什的姑娘帕提古丽·阿卜杜艾尼起床刷牙，拉开窗帘，穿上工装之后去到合盛鄯善园区有机硅二期，开始一天的忙碌，中午用餐时她与同事谈论着古尔邦节要准备什么节目……《这就是合盛人》第一期，讲述了合盛军官团第二期优秀学员帕提古丽作为一名中控操作员进入公司850天来的日常，以及新疆鄯善园区举办民族团结一家亲晚会其乐融融的故事。

一辆白色的车子飞驰在柯克亚路上。维吾尔族小伙艾克然载着妻子，妻子手腕翻动，活泼泼地做着几个新疆舞蹈的动作，一路欢声笑语。路两边是平整的土地，近处铁塔矗立，导线穿云，远处绿植并肩，串成一线。柯克亚路早前坑坑洼洼，泥泞不堪，是合盛捐资400万，联合爱心企业对道路进行修补，让老路换新颜，并通过植树造林，为戈壁荒漠披上绿衣。夫妻俩原来以种植葡萄和养殖牛羊为生，收入没有保障。2019年6月，合盛在茫茫戈壁滩上建立起世界领先的绿色循环经济产业园，他们通过招工进入合盛。从对工艺流程不太了解，到艾克然升任车间班长，在同事和领导的帮助下，融入这个温暖的大家庭，工作与生活也逐渐有了改善。

这就是合盛人。如今，合盛在疆员工2万余人，少数民族占一半多，民族数量超过40个，当地的就业环境获得改善。

为尊重少数民族文化，合盛硅业还设立民族事务管理委员会，采取让民族同胞帮助民族同胞的治理模式，以构建和谐包容的多民族劳动关系,也因此多次荣获"民族团结典范企业"荣誉称号……

四

"用科技创新的力量改变世界,让世界看到中国的富强,这是我的个人梦想,也是我奋斗的方向。"这是罗立国的豪言。

如今的合盛硅业坐拥 500 多项关键核心技术授权专利,打破国外的技术垄断,还起草了 40 多项国家、行业或团体标准的修改制定,在与美国道康宁、德国瓦克等传统大佬的竞争中取得胜利,将工业硅、有机硅的产能做到了全球最大,也让中国的硅基材料有了自己的话语权。

成功的背后是不为人知的故事。比如在硅基材料研发技术被国外企业垄断的情况下,他联合中科院、浙江大学及许多大专院校,想方设法引进高端技术人才,自己培养科研团队,坚持技术创新、科技研发,从基层原材料开始做大做强,并通过全产业链发展巩固自己的优势。

随着罗立国创业创富、功成名就,很多人都觉得他或许会歇下来,做一名颐养天年的邻家老翁,看儿孙绕膝,满足而欢愉,然而罗立国却没有。因为基地分布在新疆、四川、浙江、上海、黑龙江等多个地区,他每隔一个礼拜就要飞一次。一年下来,飞行里程足可绕地球好几圈。但他忙并快乐着。直到现在,他依然每天工作 10 多个小时,很少缺勤。

正如他在一次接受媒体采访时所说:"我们要通过创新,研发出新的产品。每突破一项,都是令人欣慰的。一个新产品开发或者一个原材料的提纯问题解决了,能不开心吗?在发展过程中只要做成功的,都是最开心的。所以很多人见到我都说,你身体很好啊,我说我是很好啊,我天天工作,但是不觉得很累,因为在这过程中,我可以找到成功的喜悦。"

在我们对话过程中,不时有电话打进来,他有时会接,有时则会摁掉。从他与电话那头的交流中,我们发现他竟忘了当天是周末,不觉莞尔,也有淡淡的辛酸。

近年来,罗立国又响应国家"碳达峰""碳中和"政策,借助前期积累的硅基材料制造优势,挥师新能源,从多晶硅、单晶切片、电池到组件等,全数投入,发力光伏新赛道,并不断进行产业延伸和技术拓展,进而向全产业链合拢,为中国实现光伏新能源产业革命贡献合盛智慧和力量。

地处亚洲大陆地理位置中心的乌鲁木齐,是丝绸之路经济带的要塞。2023年10月,合盛硅业位于乌鲁木齐甘泉堡的光伏一体化全产业链园区实现全线贯通,首片光伏组件产品正式下线。这也意味着全球首个世界级的光伏硅基新材料产业集群、中国光伏硅基新材料基地正式显露真容。

博格达峰下广袤的土地上,厂房、库房、楼房,合盛的创业硅谷。绿色的树木,橘色的墙体,恍若荒漠中的绿洲,点亮人们的眼睛。新建中的人才公寓与宿舍楼,园区中平整的道路上来往的车辆,给沉默的山川大地带来动感。

"浙疆"情深,山有所呼,海有所应。一个是诗画江南、活力浙江,改革开放先行的中国革命红船启航地,一个是历史厚重、辽阔壮美,古今丝绸之路要道上的璀璨明珠,跨越山海,东西协作,谱写科技创新、共同致富的新篇章。

有人说，这是合盛硅业产业发展中的标志性事件，从凭借对市场的敏锐嗅觉初涉硅基新材料领域，到站稳脚跟成为行业新贵，再到成为领军者，一跃成为一家综合性的硅基全产业链一体化国际性厂商，合盛硅业生产的产品被广泛应用于航天军工、电子通信、医疗健康、汽车制造等行业，2022年，合盛硅业蝉联中国民营企业500强、胡润中国500强、中国新经济企业500强等。2023年，合盛硅业入选全球新能源企业500强、全球有机硅行业TOP 10名单并蝉联中国氟硅行业领军企业。

2022年，浙江电视台经济生活频道《风云浙商面对面》节目在采访罗立国时，有这样一段评语："33岁创业，33年跨越式发展，从草帽、房地产到硅基材料，再到下一步的碳基材料，罗立国的每一步发展，都踩准了时代的步伐。有初心，有定力，有眼光，更有拼搏，才有了合盛硅业今天的成就。"

创业从来就不是一个人的英雄故事，而是一群人一起拼命的史诗。从某种意义上来说，罗立国是一个念旧的人。就营收而言，合盛帽业于如今的合盛集团而言，已不算一个增量，但帽子依然还在做着。罗立国说："虽然不挣钱，但是能给这帮老工人一个去处，也挺好。"

五

罗立国有一双儿女，女儿名叫罗燚，"80后"，英国埃克塞特大学金融经济学硕士；儿子名叫罗烨栋，"90后"，澳大利亚留学归来，两人目前均在公司担任重要职务。

近年来，世界变局与技术更迭不断叠加演进，市场竞争迈入后疫情时代。面对挑战，合盛硅业积极谋求数字化转型，坚持向更高水平推进，不断提速创新，自我变革，着力打造可持续发展能力强劲的高质量经营体系，并且逐步显露成效。而在这个过程中，罗燚和罗烨栋表现出新生代企业家的良好品质。

"我们以前叫忆苦思甜，你吃过苦，才知道甜是什么味道。"为了让罗燚和罗烨栋能够把所学的知识与企业的实践深度融合，罗立国把他们下放到车间接受锻炼，让他们跟着基层一线工作人员一起干活，"你只有到工厂基层工作过，才能知道工人是怎么干活的，心里是怎么想的，工厂内部管理和周围的环境是怎么样的，这对你以后成为管理者至关重要。如果你没有系统性地、实际性地去研究过操作过，就没法拥有自己的判断，再好的工厂也会垮掉。"下基层，让他们知其然，更能知其所以然，这是罗立国培养子女接班的第一步。

2007年，罗燚大学毕业，进入合盛硅业成为一名销售人员。罗燚刚进公司时，正值黑河工业硅生产基地投产，24岁的她独自前往气温低于零下20℃的黑河基地。冬天的黑河如同一座冰雪王国，雪很大，雪期很长，就像南方的梅雨一样。呵出的气，马上就会冻成雾。若是洗了头未及时吹干，不多时就会霜雪满头。天再冷些，寒冰封江，大大小小的冰絮冰块顺江而下，绵延数里。天寒地冻，罗燚坚持每天按时到生产现场熟悉工艺流程，从不喊苦喊累、迟到早退。

在来黑河前，罗燚只在地理、历史教科书中读到过这个地名。中国地理的重要分界线胡焕庸线，另一个名字就是"黑河 — 腾冲线"。与求学时浪漫的英国西海岸相比，与霓虹闪烁街市繁华的宁波相比，冬日的黑河，肃穆，荒芜。罗燚有时也是沉默的。从温柔江南，来到这朔风如刀、僻远荒寒的北国，她不是人们眼中的白富美，她是坚韧不拔的创业青年。夜里，窗外的风携着折断枯枝的威势，无限放大着身处异乡的孤寂。

熟悉了企业的流程和运营以后，为了补足短板，学习更多先进的企业管理理念，罗燚赴英国读研，并以优异成绩获得荣誉学位。2009年学成归国后，她协助父亲共同擘画"硅基材料王国"的蓝图，并学以致用，对企业管理进行创新改革，导入现代企业管理制度，坚持把控好运营管理的每个环节。

"想都是问题，做才是答案，我喜欢不断挑战新鲜事物，因为善进者，无止境。"罗燚坦言，很多人都把自己称为"创二代"，但"创二代"也是平凡人，也有自己的梦想和追求，在自家企业拼搏事业可以最大化地将个人想法付诸实践。经过持之以恒的探索和实践，她在提升企业整体管理水平的同时，也让自己迅速强大起来。如今的她是浙江省新生代企业家联谊会副会长，担任合盛硅业副董事长、董事多年，已然成为父亲的左膀右臂。

我曾在慈溪政协的活动中遇到过罗燚，短发，绿色的小西服，白色衬衣，干净、利落，巾帼不让须眉的英姿焕发，一条丝巾偏又增加几许知识女性的妩媚。合盛硅业的员工说起这位"大小姐"，言语间充满敬重。做好本职工作之余，她在公益慈善、员工关怀等方面也花了不少心思。她亲自担任合盛慈善基金会理事长，围绕"助学奖优、敬老爱幼、救灾扶困、乡村振兴、低碳环保"等方面开展公益实践，比如，她坚守父亲的意愿，每月向慈溪长河镇宁丰村年满80周岁的老人发放生活补助金，组织"孝心暖重阳"敬老活动，让老人们老有所依、老有所乐……这些活动使员工感到温暖，使得到帮助的人感到温暖，同时也提升了企业在社会公众眼里的形象。

弟弟罗烨栋比罗燚小9岁，2016年大学一毕业就被父亲派去了基层。"干活去！"罗立国大手一挥，罗烨栋就来到了生产一线。这一干，就是3个月。3个月，说长不长，说短不短，罗烨栋厘清了公司产供销运作管控的流程体系。

等到业务流程全都掌握了，罗立国才让他从理论转向实践，参与到企业管理中来。初次接触，难免生疏，刚开始的时候，罗烨栋经常跑到父亲的办公室或者打电话向他求助，但罗立国通常都不会直接给出他想要的答案，而是反问他"你觉得该怎么做"。

第一年罗烨栋问得多，第二年罗烨栋想得多，第三年罗烨栋就开始形成自己的管理观念和方式方法。现在，他处理问题得心应手。作为合盛硅业的董事、总经理，这些年，罗烨栋以"稳生产抓管理"为主线，坚持"增强上游、延伸下游、完善产业配套和能源补链"的战略方针，在新疆、浙江、四川等合盛生产基地积极进行全产业链数字化改革，积极统筹内外部资源，努力实现合盛硅业从"高速发展阶段"到"高质量发展阶段"的美好跨越，带领企业持续稳固硅基新材料行业龙头地位。如今，他基本无需请教罗立国，反而常能提出一些有利于企业可持续发展的建设性意见和建议，而且这些意见和建议远远超出罗立国的预期。

浙江的钱江潮为什么能被称为天下奇观？就是因为它"后浪赶前浪，一层更比一层高"。企业想要走得远，也要后续有力。

"现在，公司交由姐弟俩在管理，我只负责新项目的投资。"说起儿女，罗立国相信他们的才能，"我今年68岁了，不过我可以告诉你们，对于合盛的未来我很放心。"

"改革""良性管理""文化管人，制度管事""用数据说话""对标一流先进企业，提升供应链管理能力"……那天，在那个不算很大的会客厅里，罗立国同我们梳理了他的创业历程，还分享了许多管理上的见解，其中有不少想法就是他与儿女交流之后萌生的。经营企业就像高手弈棋，他的心态始终很稳。

临走时，我们带走了合盛硅业的宣传册。宣传册上抢眼的地方有从2005年到2023年的发展历程，采用绵延的群山作为象征，山体之上标记着合盛硅业发展过程中几个关键的年份和事件，并依次呈阶梯上升趋势，几个点串联起来，就是一条西南—东北走向的斜线。落入眼中，如同人登山的轨迹。

介绍文体活动的笔墨极简，总共加起来也就6行，充其量也就百十来字，却用超过整个板块四分之三的篇幅展示了合盛硅业的一个卡通人物形象——石猴大盛。他们把它做成了不同的形象，有戴安全帽的，有着工装的，有看显微镜的，有坐车坐船坐飞机的，还为它设计了一份简历——

姓名：大盛

种族：石猴

释义：大盛，取自"齐天大圣"的谐音，也和"合盛"的盛相映成趣。大盛和大圣都是从石而出，来源自然。大圣会七十二变，大盛同样拥有千变万化的能力，因为合盛的硅基产品广泛应用于各行各业，在生活中处处可见。

性格：别看大盛是只圆乎乎的可爱石猴，但是圆圆的脑袋拥有大大的智慧，他将绿色自然之力化为铠甲，他聪明伶俐、想象力丰富，勇于打败各类发展道路上的"妖魔鬼怪"，无论有多少挫折和挑战，大盛总是百折不挠,勇往直前。

这是罗燚于2008年设计的玩偶。这个卡通形象,表情俏皮、呆萌、充满童趣,让人爱不释手,常被印于书包、宣传册页,送给那些他们帮助的孩子,参展时也会作为伴手礼赠予客户。多年来,它成为合盛的文化符号,也折射出罗燚爽利严谨形象背后的另一面。

在过去的近20年里,合盛人就像齐天大圣孙悟空一样,在硅基材料行业这个天宫里热热闹闹地闹了一场,让业内人士为之瞩目。未来,用车尔尼雪夫斯基的话来说,"是光明而美丽的,爱它吧,向它突进,为它工作,迎接它,尽可能地使它成为现实吧!"

为国造器

世间万物向光而生。茫茫宇宙,浩瀚星辰,藏着多少秘密?

古人对星象的观测最早可以追溯到上古时代,在尧舜时期,就有关于羲和、羲仲在河洛地区观察日月星辰以定四时的传说。夸父逐日,嫦娥奔月,同样体现了古代人民对宇宙初步的认识和无限的想象。

其实《兰亭序》里的文字正暗合永新光学的研究方向:"仰观宇宙之大,俯察品类之盛。"永新光学生产的光学显微镜广泛应用于生命科学和工业检测,也充分应用于日常生活,为物联网、自动驾驶、工业自动化、人工智能和专业影像设备等产业提供精密光学元组件,年产10万余台光学显微镜和数千万件精密光学元组件。

在永新光学,光学的元素随处可见。

南广场的草坪之上有一个日晷,那是中国古代人民利用太阳的投影方向来测定并划分时刻的一种工具,也是最原始的光学仪器之一,已被人类沿用数千年。永新光学的英文标识NOVEL,所代表的正是企业永远求新的理念。英文下的线条,乍一看,像是人的眼眸微张,又像是一片横卧的凸透镜。

整个公司都散发着光学企业的特点。外墙、内室顶部以及四周，基本都由透明的玻璃组成，通道隔断处可见圆拱门，在顶部和底端留了两个"柄"状缝隙，整体宛若一柄放大镜。透过这个镜片可以看到对面的办公楼，以及楼前的一个水池。陪同我们参观的永新人毕业于清华大学，他说，如果从上往下看，那个水池就是光学史上一个最经典的相机镜头结构——三片式柯克镜头。之所以将其摆在中庭位置，既有致敬之意，同时也寓意着重要光学部件是永新光学的核心产品。

打开永新光学的官网，最先跳出来的是永新光学的两大主营业务，一个是光学部件，另一个则是生命科学仪器。紧跟着，网页的中心出现一个圆圈，标尺按顺时针滑动，每转一圈，背景里的照片就切换一张。由模糊到对焦，就好像有人在转动细准焦螺旋，使视线变得清晰。

一

昔日王之涣登鹳雀楼，见黄河向着大海汹涌奔流，夕阳傍山，自视野尽头缓缓消失，发出了"欲穷千里目，更上一层楼"的感叹。登高虽可望远，但"欲穷千里目"明显是用了夸张的修辞手法。即使诗人形容的都是真的，那么欲穷万里、十万里、百万里，甚至光年计呢？显然没有那么高的楼，这便需要借助科技的力量，譬如光学仪器。

宁波永新光学股份有限公司是一家从事光学显微镜和精密光学元组件研发、生产和销售的企业，它与舜宇光学科技（集团）有限公司在宁波40余家规模以上光学电子企业中并称"双子星",是国家级制造业单项冠军示范企业、中国仪器仪表行业协会副理事长单位、光学仪器分会理事长单位和光学显微镜国家标准制定单位,主导ISO 9345显微镜国际标准制定。

永新光学的履历无疑是极为出色的。公司建有国家级企业技术中心和博士后科研工作站,与国内多所著名高校建立了稳定的产学研合作关系,与浙江大学共建浙大宁波研究院光电分院,还多次参与国家重大工程和项目,承制的我国首台"太空显微实验仪"入驻中国空间站,为"嫦娥"工程制造多款光学镜头,并曾主导"十三五""十四五"国家重大科学仪器专项,获得国家技术发明二等奖。

要讲述永新光学的历史,就不得不提到它的创始人,著名的宁波帮人士曹光彪先生。曹先生是一位传奇商人,被尊为"香港毛纺界的元老""世界毛纺大王"。20世纪三四十年代,他逆长江而上,将传自父亲的上海"鸿祥"布店在南京、重庆等地设立分店,又南下香港、台北组建分号。移居香港后,曹光彪投资创办了香港首家毛纺厂——太平毛纺厂,经过多年发展,成为当时世界最大的毛衣生产商——永新企业有限公司,业务遍及全球,并在亚非欧多国建厂。

1978年,十一届三中全会尚未召开,曹光彪已敏锐地感知到即将到来的"春江水暖"。他提出在内地创办一家私人工厂的设想:"由我们公司提供机器设备,提供原料,厂房亦由我们设计,所有装置包括一块玻璃、一枚洋针、一只灯泡都由我们从国外购入,而产品则由我们负责全部出口,几年后收回投资,工厂就归国家所有。"计划书交到中央,不到一个月,就得到了批准。11月,新中国成立以来第一家由港商投资的企业香洲毛纺厂在广东珠海建成,开创了"来料加工""来件装配""来样加工""补偿贸易"等一系列先河。

由于香洲毛纺厂的示范效应,第二年,国务院就颁布了《开展对外加工装配和中小型补偿贸易办法》,补偿贸易正式在全国推广。"三来一补"为中国沿海地区的发展积累了宝贵的原始资金。其后,曹光彪又在内地陆续投资了30多个项目。

20世纪80年代,中共中央和国务院决定进一步开放宁波、大连、青岛等14个沿海城市。90年代以前,港资约占内地吸收外资的80%。1993年之后,内地赴港招商,南呼北应,香港投资内地再掀热潮。月是故乡明。宁波帮素来有桑梓情怀。曹光彪年少的时候非常喜欢读书,但因为遭逢家庭变故,不得不在高二那年辍学从商,接掌祖业。他深知教育的重要性,从八九十年代开始,多次出资,修建了以其曾祖父曹宗华名字命名的小学、幼儿园、中学,之后,又为宁波大学、清华大学、浙江大学等高校捐资建楼,并设立各种基金,奖励优秀师生。

1997年,这个祖籍鄞县的宁波人再次回到故乡。90年代中后期,国有企业的处境艰难,曾经风光无限的乡镇企业,也陷入走向的迷惘。在短短几年内,90%以上的乡镇企业改制,与同时代的个体户、私营企业一起,共同汇入民营企业的洪流。此时,曹光彪把目光投向了生产显微镜的宁波光学仪器厂。宁波光学仪器厂是一家集体企业,其前身是成立于1958年的宁波勤俭眼镜厂,从做眼镜镜片起家,只能生产传统教学用显微镜。经过协商,曹光彪出资1050万元,宁波光学仪器厂以厂房、生产设备等作价700万元,双方共同设立"宁波永新光学仪器有限公司"。

成立之初,永新光学经营管理困难重重,存在设备陈旧、技术落后、管理混乱、员工素质不高等问题。当时曹先生已 78 岁高龄,此前从未涉猎光学行业,他迫切地想要寻找一位职业经理人,帮助自己打理这寄托了报乡情怀的新公司。

这一年,刚好是浙江大学建校百年,曹光彪先生捐赠了 6000 万元人民币,并应邀出席校庆活动。其间,他委请浙大光仪系的老师们帮他物色专业管理人才。曹先生的要求有三点:一是懂技术,二是具有国际视野,三是必须是有活力的年轻人。很快,一个叫毛磊的青年才俊就进入了他的视线。

在浙大的老师们看来,作为杰出校友受邀参加校庆的毛磊无疑是符合曹光彪需要的绝佳人选。时年 36 岁的他,已经从事显微镜设计工作 15 年,是南京江南光学仪器厂的总工程师,手底下管着 100 多名工程师。在校方的牵线搭桥下,两个忘年交有了第一次会面。

多年以后,毛磊回忆起那时那景,依然历历在目。

"宁波帮,帮宁波。20 世纪 80 年代,邓小平号召把全世界的'宁波帮'都动员起来,建设宁波。这件事情在当时影响特别大,我在江苏都知道。"毛磊说,在中国近代史上,宁波帮的地位无人可及。宁波帮敢为天下先的胆气、艰苦勤奋、不事张扬的作风,都让他心怀景仰。与曹光彪交谈之后,曹的低调务实及故土情结打动了他。谈到对于未来的规划,毛磊说:"如果加入永新,产品我会去开发,钱我会去努力挣,但挣来的钱想先用于发展企业。"曹光彪对此很是支持,承诺企业的经营管理,全权交由他来决定,双方从一开始就奠定了互相信任与支持的良好基础。

毛磊之前在江苏国有企业江南光学仪器厂发展得顺风顺水,29 岁时就已是高级职称的评委,拥有大好前途。放弃铁饭碗到转制后的宁波永新，这个选择是具有挑战性的。正在踌躇之际，有一天领导找毛磊谈话，要把他调到仪表局。这意味着他将离开本职岗位去走另外一条路。行政和科研，不同的两个方向，鱼与熊掌不可兼得。如何选择？

毛磊决定选择理想。相比于从政，他更喜欢从事科研工作。半年之后，毛磊提着一只皮箱只身来到宁波。望京路2号，彼时的永新光学才诞生数月，就赶上亚洲金融风暴来袭，产品滞销，入不敷出，技术人员跑的跑散的散，工人们三天两头闹情绪，劳资纠纷引发的罢工事件时有发生。

其时，艰难前行的不只有永新光学。改革开放20多年后，浙江有不少企业都在经历着成长的阵痛期。面对资源要素紧缺、环保压力大、产品技术含量不高、附加值低、市场行情不乐观、转型升级困难等"成长的烦恼"，"依靠创新，主动求变"是事成之后的经验总结，身处困境中时，谁也不知道一子落下，是死局还是"满盘活"。每一步都是滚石上山，爬坡过坎。

据媒体报道，当初推荐毛磊跳槽来永新的导师与爱徒见面时，看到破败的工厂、无序的管理不禁连连摇头，心中不免感到一丝为难，临走前再三叮嘱："你要是真的干不好，就回到浙大国家光学工程中心来。"

董事长曹光彪对毛磊十分信任，将他聘为永新光学的总经理兼总工程师，把指挥权移交到他的手上，让他尽管放手去干。曹先生说，自己只有一个要求，要善待员工，不管企业遇到多大的困难，都不能裁员。那些老员工都曾为宁波光学仪器厂的昨天付出过青春和汗水，他不希望因为自己的接手，导致他们丢掉饭碗。和过去在江南光学专职技术不同,毛磊担起了公司经营的责任,担起了技术和管理的双重压力。

"不抛弃,不放弃",这也是毛磊的观点。但要在不裁员、不进行组织换血的前提下改变永新光学的命运,谈何容易?特别是1998年亚洲金融风暴进入第二阶段,永新光学的东南亚市场十去其三,最困难的时候,工厂一个月的销售额不足80万元,但员工的工资支出却要50多万元。捉襟见肘,焦头烂额……好像最坏的形容词都不足以形容永新当时的境况。员工们担心被裁员,根本无心生产,一时间,内外交困。后来忆苦思甜,毛磊如此形容自己那时的状态:"每天上班就像上战场一样,腿仿佛灌了铅般沉重。"

为了渡过难关,曹光彪自掏腰包拿出2000万元。同时,永新光学的管理层就企业现状的破局和未来发展的规划召开紧急会议,经过激烈的观点碰撞,大家一致认为,永新光学有一定技术基础,但要获得生存空间,就必须"造血",开发出利润相对较高的中高档生物显微镜和光学元件,把产品销往欧美等发达国家,同时加快技术工艺改革和内部管理制度的改革。

一枚鸡蛋,从外面打破是食物,从里面打破是生命。改革和重造,带来的是机遇。永新光学打破只生产传统光学显微镜的局面,逐步由单一的传统光学显微镜生产向与光学、电子厂商配套的核心光学部件拓展,并成立信息光学元件事业部,将永新从传统光学带入电子信息产业领域。

二

远山初见疑无路,曲径徐行渐有村。1998年底,永新光学的发展迎来转机。当时,美国Symbol公司想在中国找一家专业的企业,帮他们生产激光读取镜头,以更高性价比取代原先的飞利浦同类产品。负责此项工作的光学CTO(首席技术官)拿着图纸四处打探,从南到北、从东到西,找了半个多月,也没有觅得一个心仪的合作对象。偶然间,经人推荐,与永新光学连上了线。

数日后,这位CTO造访永新,打算与毛磊面对面讨论生产激光读取镜头的事宜。由于没有拿得出手的交通工具,永新人开着装货的皮卡车将美国客人从机场接了来。车子抵达时,工人正闹罢工。现场闹嚷嚷一片,到处都是站着的、蹲着的人,空气中充斥着抗议声、吵骂声,这尴尬的一幕被客户尽收眼底。毛磊没有隐瞒与掩饰,而是据实相告。这位CTO也很坦诚,不仅表示理解,并说这在美国也很正常。

几个人来到毛磊那间设施简陋的办公室,落座,沏茶,随后,在袅袅的热气和氤氲的茶香里开始了业务的交流和商谈——这一谈,大有相见恨晚之感。永新虽然没有生产这一类光学镜头的经验,但知识是相通的,技术出身的毛磊基于江南光学早前和尼康合作的成功案例,以及自己的专业技术能力,对样品与图纸展开分析:如果完全按照图纸生产,在当时,国内尚无一家企业有这个实力,但是结合永新现有的工艺技术能力,通过改进设计,完全可以做出新产品,满足客户所需。这一提议获得了美国公司的认可。从上午9点到下午3点,主客双方越聊越投机,直到沟通结束,大家才猛然想起都还没有吃午饭。于是，毛磊安排了便饭，把午饭和晚饭并一餐了。吃饭时，对方要求他们尽快拿出合作计划。

毛磊顾不得身体的疲惫，召集技术工程师通宵奋战，对产品进行图纸设计。在吊线灯和日光灯的监督下，他们跟黑夜抢时间，最终数易其稿，敲定了颇具可行性的设计和生产方案。第二天，Symbol公司的CTO刚用过早餐，他们就将这份方案拿了出来。客户一边惊讶于他们的效率，一边迫不及待地翻看起来。

忐忑，希冀，毛磊和那位光学工程师目不转睛地盯着客人的表情。当看到美国人忽然微微颔首，露出满意的笑容，他们悬着的心这才落了下来。那一刻，心底的声音挣脱理性的束缚，狂奔高喊："有戏！这下，公司可以起死回生了，工人们的工资也有着落了！"

如他们所料，客人对方案十分满意，评估之后，第一时间向永新光学订购了50万元的产品。这50万元像一场"及时雨"，解了永新光学的燃眉之急，也给了永新人信心。第一年的合作非常成功，首批加工的上万只镜头合格率为100%，永新光学生产的激光条码读取镜头不仅性价比高，质量也丝毫不逊色于世界级大公司的同类产品。第二年，Symbol公司遂将订单增加至700多万元。就这样，Symbol公司成为永新光学稳定且可靠的重要客户。时至今日，20多年过去了，客户的大股东从Symbol到Motorola再到Zebra，几经变更，但永新光学第一供应商的地位从没有变过。

与Symbol公司的合作，帮助永新光学度过危机，开启永新人的代工之路。其后数年，永新光学拓展欧美市场，相继开展了与尼康、徕卡、蔡司、捷普等跨国巨头的合作。显微镜和光学元组件具有高精度、多品种、小批量的特点，永新人"以销定产"，根据客户需求提供产品制造的工艺方案，并进行加工生产，这种私人定制式的代加工，使其获得了充裕资金，生产工艺和管理水平也通过"干中学"得到稳步提升。为了适应企业管理需求，填补精密仪器制造方面人才的空缺，毛磊还"三顾茅庐"，从广东台资企业请来了批量生产型人才和管理团队，为企业后续快速成长奠定了基础。

三

有关国企改制的文学作品很多，例如张洁的《沉重的翅膀》、张平的《抉择》、李铁的《锦绣》等。从改革的初期，到改革的深水区，每一次改革大潮来临，都要经历复杂而艰巨的斗争。人们常说，文学来源于现实又高于现实，实则现实往往比小说更精彩、更复杂。

2005年，江苏省出台《关于2005年推进国有经济布局结构调整和国有企业改革的意见》，深入推进国企改革。宁波永新借助这一机会，通过其在香港的母公司，与有"中国光学摇篮"之称的江南光学进行了合资。

江南光学的改革和其他国企一样，仿佛进行了一场大型手术。部分员工放不下对老厂的感情，又担心改革会打破原有的"铁饭碗"，产生了抵触情绪，造成大规模的停工停产，40位中层干部也被锁在厂区。白热化的僵持，整整持续了6天5夜，最后在各方的努力下才得以解除。其时，永新光学董事长的指挥棒已经交到了曹光彪的幼子曹其东手上。为了让员工们有信心，他从香港赶赴南京协调处理，并在现场承诺："我们尊重江南光学仪器厂的员工与过去的历史，并且会对所有员工承担我们的责任。"历时3年，整体并购完成，两家企业开始融合发展，显微镜的一些关键性技术处于国内领先，主机性能达到国际同步。由于巨量的富余人员所占薪酬成本的比例较大，永新光学不得不推迟上市计划。10年后的2018年，永新光学在上海证券交易所成功上市。企业兑现了承诺，从未主动解雇一位江南光学仪器厂的老员工。

四

中国人自古以来就有飞天的梦想。从乘槎泛天河到牛郎织女、嫦娥奔月，从木鸢、木鹊、相风乌、孔明灯、竹蜻蜓到火箭，都可见人们对"逐梦九天"的热衷。如今，中国已经有了自己的空间站，相关命名蕴含了中国的文化元素。"天和"一词，最早出自《庄子·知北游》。中国空间站叫"天宫"，核心舱叫"天和"，实验舱叫"问天""梦天"，每个名字都是从五千年的历史长河中走来，尽显中国古典意蕴与现代科技相结合的绝世美感。

2021年4月29日11时23分，海南文昌航天发射场，晴空寂寂，万里无云。随着"五、四、三、二、一"的倒计时喊声响起，中国空间站天和核心舱搭乘长征五号B遥二运载火箭发射升空，直上云霄。现场的轰鸣声震耳欲聋，在几公里外都能听得清清楚楚。震耳欲聋的轰鸣声还未去远，紧跟着又响起此起彼伏的欢呼声。这些欢呼声自人们的口中发出，更好似自人们的心底和潜意识里发出，像大潮过境，一浪高过一浪。

毛磊和研究团队一行四人也受邀参加了现场发射观礼，因为与万千目光聚焦、无数人魂牵梦绕的天和核心舱一起上天的还有一台永新光学承制的医学样本显微观察记录装置，这也是中国自主设计与制造的第一台太空显微实验仪。它将入驻中国空间站，帮助人类在太空微重力的特殊环境中探索更多生命的奇迹。那天，毛磊系了一条红色的领带，正式而庄重。

助力中国航天航空事业发展，是永新光学老董事长曹光彪和所有永新人共同的梦想。就在天和核心舱飞天前一个多月，在人世间走过了一个世纪的曹先生于香港离世。毛磊出发前往文昌航天发射中心的时候，特地带了一张他的照片，"带着照片，就是想让先生看一看，他的梦变成现实了"。

这既是曹光彪的终身理想，也是毛磊的理想。作为一家港资参股企业，永新光学资方与管理层的合作关系融洽，很大程度上助力了企业发展。联想柳传志和倪光南，因科研走到一起，又因为科研为重还是经营为重的理念分歧而分道扬镳，王石公开不欢迎宝能系，合盛前总经理的黯淡离场……这样的事例不胜枚举。从某种意义上来说，毛磊是幸运的。他曾在访问德国魏玛时有感而发，谈到歌德与席勒，德国文学史上公认的两位伟大作家，相差10岁的他们是一生挚友，曾用纸笔一起奋战10年，互相启发，共同创作，创造了世界文学的丰富宝藏，构筑了德国文学难以逾越的巍巍高峰，死后也葬在一起。一对忘年交，一对并肩奋斗的知音，也是毛磊与曹光彪的写照。毛磊在科研与管理的双重岗位上得心应手，并且获得董事会的信任、支持和倚重，这对科学家来说，是一件幸福的事，对企业来说，也是一件幸事。

后来接棒的董事长曹其东，也对毛磊给予充分的信任和支持。祖父和父亲的选择同时也影响着"创三代"曹志欣，为了来宁波发展，他放弃了到上海创业或者去海外投行工作的机会。他的加入，给永新光学注入了更多的活力。他利用自己在海外生活过的背景和法学专业的优势，不仅发展海外客户时如鱼得水，还给公司在管理方面带来国际化理念和做法。

火箭升空的刹那，毛磊难以抑制激动的心情，从椅子上跳了起来，左手高举曹先生的照片，右手拳头紧握，用力地挥舞，就像小时候第一次考满分。继而，团队的几个人紧紧地抱在一起转圈。种种难以言表的情绪从他们的眉眼间逸散开来，有苦尽甘来的欢喜，有夙愿得偿的释然，有被中国航天事业飞速发展激发的自豪感，亦有能够参与其中的"与有荣焉"。

工欲善其事，必先利其器。作为空间站最基础、最重要的科研仪器之一，太空显微实验仪就像科学家的眼睛，对于后期的研究，意义非凡。由于没有先例，为了造出国内首台太空显微实验仪，永新人摸着石头过河，整整研究了5年。太空微重力的特殊环境，决定了其对显微镜结构、重量、制造工艺的高要求，尤其核心部件需要在克服强加速度和各种极端变化后依然保持高精度和灵敏度，更是一个不小的挑战。核心零部件以外，各种各样大大小小的零件加在一起足有上百个。有一次，永新人花了大量的时间与人力，设法采购到一个零部件，谁知根本不能适用，当整个团队无路可走时，事情又出现转机。在至暗与至明之间来回切换，步步惊心，一波三折。

除了装置本身，其他要考虑的问题还有很多，譬如电源，譬如包装。太空显微实验仪是分装发射的，未来还需要宇航员在太空完成组装。换言之，天和核心舱成功发射，但永新人的大考还未结束。

6月17日，神舟十二号载人飞船在甘肃酒泉卫星发射中心点火，朝发夕至，将3名宇航员送入天和核心舱。画面中，宇航员向全国人民敬礼致意。在以白色为主色调的核心舱里,他们身旁那面鲜艳的五星红旗格外抢眼。红旗覆盖着的,就是永新光学研制的太空显微实验仪,"医学样本显微观察记录装置"几个大字显得十分醒目。

7月,航天员对太空显微实验仪进行安装调试;10月,永新光学收到来自中国航天员中心传来的一条信息——"在太空已经完成了第一次实验的图像拍摄,白光、荧光的图片和视频都拍了,产品表现完美!"

完美始于无数次不完美的尝试。回望过去,想起那些失败的经历,想起那些"险象环生"的瞬间,毛磊的眼眶不禁有些湿润:"在研发太空显微实验仪的那五年,我不止一次地在脑海中构想这个最美的画面。也是它,给我们力量和信念,支撑着我们在遇到各种困难险阻时依然坚持。"

12月9日,"天宫课堂"第一课正式开讲。神舟十三号的3位航天员化身太空教师,在中国空间站以天地互动方式进行实时授课和交流。他们飘浮到空间站内不同区域,介绍着各自在太空中工作和生活的场景。航天员叶光富还展示了失重条件下"心肌细胞在显微镜下的跳动",用的正是永新光学制造的那台太空显微实验仪。

这场公开课,全球有约7200万人观看,大家既是观众,也是评委。在大河奔流浇灌出不同文明的亚细亚洲,在阳光灼热充满神秘的阿非利加洲,在西风湿润海岸曲折的欧罗巴洲,在充满异域风情曾被称为"新大陆"的北亚美利加洲和南亚美利加洲,在既跨东西半球又跨南北半球的未至之境大洋洲,都有人在观看直播。他们惊叹于中国航天工业的发展,也惊叹于教具的日新月异。

此刻,在距离核心舱发射地2000多千米外的宁波和南京,永新光学的员工也围坐在屏幕之前。激荡，澎湃，喜悦，鼓舞。

这不是"永新制造"第一次上天，此前永新人已先后承担了"嫦娥二号""嫦娥三号""嫦娥四号"探月卫星光学相机镜头的制造。每一次，都备历艰辛，每一次，终是圆满完成。比如为了"嫦娥二号"的四个镜头和"嫦娥三号"的一个降落镜头，永新人用了5年时间，5年里，他们联合浙江大学做了100多只镜头，记录了每个零件、每道工序的详细数据，积累了上万套资料和数据。

永新光学企业宣传片中有这样一段文字："探索光的奥秘，是我们永恒的追求。从生命起源到浩瀚太空，我们为人类开拓视野的极限。"苍茫宇宙、东升旭日、清风明月、星辰大海，自古以来就是文人墨客在创作中不可或缺的一部分。《博物志》中传说：银河和海相通，有个住在海边的人，想要乘坐"槎"（仙人所用的木筏）登天，木槎化火箭。永新人把古人畅游浩渺海天的愿望付诸实践。他们研制的显微镜，不只用于飞天，也用于潜水。2014年12月至2015年1月，中国自行设计、自主集成研制的"蛟龙号"载人潜水器首次赴印度洋下潜，探索从未有人类涉足的一片黑烟弥漫的神秘海底。科考船上，用于观察"蛟龙号"潜海所采集样品的体视显微镜也来自永新光学。

在永新光学的展厅里，有两排用于体外诊断的显微镜，还有用于医学和车载激光雷达等日常仪器的，最萌的是一款仿小恐龙形状的儿童显微镜，尺寸要比寻常的显微镜小上一些，镜筒和镜座通体绿色，目镜和压片夹为黑色，载物台和顶部位置则是黄色的，色彩鲜艳，外观高萌，非常潮，打破了人们对专业光学技术的固有印象，适合向小朋友科普时使用。

五

初见毛磊，是在永新光学三楼的会议室里。毛磊中等个头，面庞方正，侧偏发型，戴一副边框眼镜，精干而随和，比实际年龄显得年轻。那天他着一身灰蓝色工装，朴素，干净。他说话声调不高，我们问他问题的时候，他也适时地问我们一些问题，甚至问得更加深入。

听毛磊讲曹光彪先生创建永新的历程，讲自己与永新的结缘，讲国企改革和并购南京江南光学的曲折，讲永新承接的重大项目和他所留意的一些细节。他还郑重地向我们推荐了永新光学的企业文化手册和报纸。册子的装帧设计简洁干净，封面上印着永新光学的汉字和英文名，右下角有一台显微镜。扉页用的是跨页大图，题为"太空中的一抹中国红"。序言由毛磊所写，第一段开宗明义："纵观古今中外，一个企业无论是规模、技术还是产品，都有可能被超越；唯有它拥有的企业文化，是不能被复制和模仿的。因为，文化是一个企业的灵魂和根脉，是深深融入血液中的基因传承，也是企业赖以持续发展的源动力、凝聚力和创造力。"正文分为10个篇章，选取永新光学成立以来17个最具代表性的故事，将企业形象深植于人的心里。这些故事大多充满画面感。报纸以公司简称为名，每月一期，至今已刊行190多期。新闻事件、理论文章、副刊闲笔，上头的内容看得见，摸得着，折射出永新人对于文化的态度。

毛磊回忆往事时，会忽然停下来，对着坐在身旁的两位下属交代一番。这两位下属一个"80后"，一个"90后"，年轻，高学历。他会指出他们的不足，温和，但直截了当。下属反驳他，他亦不恼。他还盼咐办公室负责人帮我们整理一些资料。总经理办公室"90后"的小曹，已在永新工作10多年，习惯了毛磊这种直接的工作方式。

一次偶然的机会，读到《远航：运河尽头，是出发时就认定的远方》，才知毛磊是常州人，家在古运河畔的江南名士第一巷——青果巷。常州星象聚文昌，历史上这里出过很多名人，萧统、恽格、瞿秋白、张太雷、吕思勉、华罗庚、周有光……被誉为"中国实业之父""中国商父""中国高等教育之父"的盛宣怀是常州人，我很喜欢的一位诗人黄仲则也来自常州。"中有黄滔今李白，看潮七古冠钱塘。"

比之先贤，毛磊的身上也有很多光环，享受国务院政府特殊津贴工程技术专家、国家重点研发计划项目负责人、中国机械工业青年科技专家、中国机械电子工业部"优秀科技青年"和宁波市优秀企业家，熠熠生辉。此外，他还担任中国仪器仪表行业协会副理事长、光学仪器分会理事长、中国光学显微镜标准技术委员会（ISO/TC 172/SC5）副主任委员、全国医用光学和仪器标准化分技术委员会委员。荣誉俱是身外物，毛磊说，企业有一天能成为真正值得信赖与尊重的全球知名企业，是他每天工作的动力和毕生的愿景。时至今日，他依然脚踏实地、全身心投入在光学仪器研究与企业精细化管理中。

问毛磊，最喜欢看的书是哪一本？他的回答是："相对印象深刻的是《细节决定成败》，因为我们从事的行业和专业需要精细化管理作为基础。"这个答案在情理之中，但又好像在意料之外。

毛磊的朋友圈很多是与工作相关的内容，开会、论坛、获奖、研究、走访……也会发一些生活的小碎片，旅途所见，故乡山水，父母亲人，办公室的空景，与同事的日常，甚至还会发自拍。自拍照里，眼睛很大，用时下网上流行的话说，"萌萌哒"。与他的忙碌光鲜形成对比的是他发的故乡图片。在他的朋友圈，偶尔出现的故乡常州，一副黑瓦白墙的清秀模样。石板路，夕光，一堵写着"故乡"两个字的墙，一碗百年老店的迎桂馒头。有一张照片，是毛磊陪着父亲坐在路边的木椅上，父亲正翻出手机的照片给他看，而他就那样看着父亲，地上黄叶满地。叶落归根，哪个游子不思乡？触动人心。

这个集科学家与企业家于一身的人，这个常州的宁波人，宁波的常州人，在宁波20多年，把才华和热血付诸这方土地，成为甬江大地上的精英、浙江省优秀共产党员。永新光学的意义，不仅在于单项冠军和科技创新，也在于它完整地记录了改革开放45年来所经历的港商投资、乡镇企业改制、国企改革、企业上市以及异地创业等丰富的历程，是具有时代特征的企业案例。一个个这样的企业组成了波澜壮阔的地方改革史。

特别喜欢"永新吧"，为公司员工提供的一个休闲和时尚的交流平台。他们的杯子很有意思，杯托的一边写着"Novel Coffee"，一边则是"I love tea"，下面是"认识你之后 / 人生苦短 / 甜长"。

中国心，中国琴

我的名字和爱国之心，与中国钢琴事业的荣誉紧密相连。我个人的荣誉，融入每一台海伦钢琴的品质。

—— 陈海伦

与海伦钢琴股份有限公司总经理陈朝峰相见是在9月中下旬。此前也曾约过数次，不过因其工作繁忙，几经改期，最终定在宁波老外滩边上会面。

那一日，我们从慈溪出发，在宁波美术馆附近找好停车位，然后沿外马路步行前往。

时已入秋，天气却并不凉爽。等我们走入那家名为"外滩十七号"的餐厅时，陈朝峰也恰好抵达。他选的座位在临江的窗边，稍微抬一抬头，即可将旖旎的甬江风光尽收眼底。

一边是三江汇聚，大江缓缓东去，于平静中蕴含着不可倒流的力量与决心；一边是万家灯火，暖风徐徐，珍馐美食杯觥交错。我们的聊天很随意，不设提纲，我们静静地听陈朝峰讲述他对于钢琴和艺术的理解，讲海伦钢琴的过去和现在，讲这些年的发展历程，包括取得的成绩和面临的困难，还有他对于未来的规划和畅想。

作为听众，我们有这样一种深切的感受：他在讲述这些的时候，十分从容，甚至于谈到近几年遭遇的"滑铁卢"式困境也不曾慌乱，而是对未来充满信心。他的淡定，他的包容，他的自信，都让人分外安心。可能这就是宁波"创二代"的风姿吧。

海伦钢琴的历史沿革和发展历程，不少宁波人都知道，而陈朝峰的娓娓道来还是让我们耳目一新，原本模糊的印象变得清晰、深刻和鲜活。好比一张速写，寥寥几笔，勾勒出海伦钢琴的轮廓和大概，而今加了细节，添了色彩，还由静态图变成了动态的 GIF。

一

海伦钢琴的创始人是陈朝峰的父亲陈海伦先生，高级经济师，全国乐器标准化技术委员会会员，获得过宁波市科学技术进步奖、宁波市十大甬商卓越奖。陈海伦既是这家企业的创始人，同时也是为这一民族品牌赋名的人。2003年，陈海伦以自己的名字注册了"海伦HAILUN"钢琴品牌。为什么要把自己的名字用作企业、产品的名字？关于这个问题，陈海伦曾多次在采访中提到过："我用信誉来担保产品的质量，我的名字是企业的名字，也是产品的名字。我的产品做得不好，人家肯定会骂我，陈海伦人品不好，产品质量这么差，偷工减料，欺骗消费者。这个产品有我自己的信誉在里面。"

对陈海伦而言，海伦钢琴不仅仅是一份事业，也是理想。20世纪

70年代,他当过模具工,后来跑供销,与钢琴制造隔着山与海的距离。80年代担任厂长后,开始为上海钢琴厂等各大钢琴企业生产五金配件,这才接触钢琴行业,用10多年时间把钢琴配件做到了全国领先。后来,他创建海伦钢琴,生产以钢琴为主的乐器。中国第一架进入维也纳金色大厅的演奏钢琴,2008年北京奥运会倒计时一周年庆祝晚会上郎朗和瑞典钢琴家威尔斯演奏用的钢琴,都是海伦钢琴。

红色九尺演奏会专用三角钢琴,琴身上有奥运会标志。两位知名钢琴家,一位身穿白色上衣,一位身着红色上衣,与海伦钢琴呼应,背景是天安门城楼。景观灯烘托出古老建筑和广场的金碧辉煌。中国红,中国琴,成为晚会引人注目的亮点。

回看陈海伦的经历,我们仿佛踩在时代的脉搏上。1955年陈海伦出生于北仑,像那个时代大多数人一样,小的时候家庭条件非常艰苦,也像那个时代大多数少年一样,经历了贫穷的岁月和辛苦的劳作。他十几岁开始就跟着村里人去围海塘,"开弓取土,拨泥传送",现在的年轻人听了,或许会觉得新鲜、有趣,但亲历其事的人则完全不是这样的感受。那时生产力低下,围塘都是手工劳动。绵延数公里的海塘,所需土石少说也要几十万立方米,而这一切全靠手拉肩扛,其艰辛可想而知。特别到了冬天,雪花飘飘,湿冷的空气能把穿着厚棉袄的人冻得直打哆嗦,而围海塘的人还要从海里边把泥土挖上来,冻得手都开裂了,一用劲,血还会从口子里流出来。

20世纪70年代末,十一届三中全会的召开,吹响了中国改革开放的号角。春雷乍响,在党中央政策的鼓舞下,全国各地纷纷建立起自己的乡镇企业,一向以敢为人先、敢闯敢试著称的宁波人更是发扬骨子里的创新精神,小型乡镇企业如雨后春笋悄然生发,许多年轻人纷纷选择进厂做工。那时，刚刚20出头的陈海伦为了摆脱困境，也在时代潮流的裹挟下，懵懵懂懂地进入当地的一家模具企业做学徒，想要求得一技傍身。

因为吃过生活的苦，陈海伦进入工厂以后，非常珍惜这来之不易的机会，他的工作态度用"敬业"一词已不足以形容。那个时候，其他工人每天干8个小时的活，而他12个小时打底，哪怕休息时也不闲着。吃中饭时，他总是囫囵扒拉两口，然后蹲在一边静静地看人家干活，光明正大地学人家的技术。"不服输、爱较真、肯钻研、能吃苦"，那是模具厂领导和陈海伦的师傅对他共同的评价，而陈海伦也是凭借着这股劲头，在模具制造业一干就是十几年，练就了一身模具制造的好本领。模具厂的领导对陈海伦十分器重，把他当作接班人培养。

1986年，陈海伦接棒担任宁波北仑钢琴配套厂厂长，带领企业员工为上海钢琴厂等国内钢琴品牌生产琴槌、制音器等五金配件，一做10余年，从此与钢琴结下不解之缘，把钢琴配件做到了全国第一。其间，中国改革开放进入深水区，政府在全国范围内推行乡镇企业改制，以此推动全民所有制工业企业进入市场，激活民营资本力量。1994年，宁波北仑钢琴配套厂也转制给陈海伦个人。

刚接手工厂时，陈海伦着实有些焦头烂额，人员多、负担重、设备落后等各种问题层出不穷，做配件加工不仅利润薄，还要仰仗别人，企业发展困难重重，拿陈海伦的话说就是"企业家的生活就是在火上烤"。

"山重水复疑无路"之后，往往是"柳暗花明又一村"。90年代中后期，眼看生产钢琴五金件所获得的利润已经渐趋瓶颈，陈海伦趁着受邀参加德国法兰克福国际乐器展的机会，考察了欧洲的市场行情。这一考察，着实把陈海伦吓了一跳：欧洲的钢琴价格是真高啊！当时国产钢琴一台只卖 1 万元,而欧洲钢琴的价格是国产钢琴的 10 倍;陈海伦工厂生产的钢螺丝售价每颗仅 0.4 元,欧洲生产的同类配件则是 4 元。这一发现让陈海伦欣喜若狂,心想欧洲有这么多的钢琴厂,只要找到几家进行合作,不就"重回巅峰"了吗?陈海伦兴奋地与国外采购商攀谈起来,却被当场泼了一盆冷水。面对陈海伦递来的名片和展示的产品配件,那些外国采购商语带轻蔑,表示"Made in China"就是在浪费资源,"你们中国的东西,包括钢琴,包括其他乐器,价格是非常便宜,但质量很差,我们不要。""China,No!"一次次拒绝,将陈海伦拉回残酷的现实。老外们那些嘲讽的话语和表情更是深深地刻入了他的心里,他暗暗发誓:终有一天,要造出中国最好的钢琴,把"China,No"变成"China No.1"。

听这段经历时,我想到那一代企业家共同的经历,因为起步晚、质量差,中国制造曾经在国际市场上抬不起头。这种痛和屈辱,同时代的企业家也体会过;这种紧迫感和迎难而上的决心,同时代的企业家也生发过;这种拼搏和超越的誓愿,也是浙商甬商精神的一部分。天生密封件的励行根曾经因为美国对"C 形密封环"的垄断而暗下决心突破,如意公司的储吉旺曾因欧美市场对中国产品的压价而奋起创新,陈海伦也如此。童年、少年和青年时期的各种困境和磨炼,铸就了改革开放后第一代企业家身上激流拼搏的毅力和勇气。

二

从欧洲回来后,陈海伦做了一个令许多人为之瞠目的大胆决定:生产钢琴的核心部件——马克。

钢琴主要由5个部分组成,分别是弦列共鸣系统、键盘、击弦系统、外壳和踏板。而马克,指的就是钢琴的弦列共鸣系统,包括了音板、钢板、琴弦、肋木、码桥、挂弦钉、别弦钉、压弦条、弦轴板等。弦列共鸣系统的好坏决定了钢琴音质的好坏,而音质则是衡量一架钢琴好坏最重要的因素。换言之,马克是核心里的核心,在钢琴诸多部件中的地位,相当于人的心脏、汽车的发动机,它的技术含量颇高,放眼当时,国内极少有厂商能造出质量好的马克。

制造业发展破局,自主创新是出路,人才资源是关键。专业的事让专业的人来做,2001年陈海伦成立海伦乐器配件有限公司(即海伦钢琴前身),聘请具有丰富钢琴制作经验的曾兴华担任技术开发总工程师,进行马克的研发和生产。民谚有云:"织衣织裤,贵在开头;编筐编篓,重在收口。"为了啃下"硬骨头",通宵达旦地加班是海伦人那段日子里的常态。失败,重来;再失败,再重来;改进,继续改进……终于,在1000多个日夜的辛勤劳动之后,马克制作的第一张技术图纸就此诞生。但马克作为高精度产品,对生产线要求高,以海伦钢琴当时的技术和设备,远远无法达到生产马克所需的条件。怎么办?

陈海伦斥巨资从日本东洋铁工所引进了专用设备,并联合设备厂家一起开发了双工位数控钻孔设备,设计建立了从打孔机、背架、铣背刀到最终装配的全套数控系统,保障钢琴整体的稳定和标准化。4000万元投资下来,国际先进、国内一流水平的"马克"生产流水线就此诞生。2002年,海伦乐器配件有限公司成功研发出第一台马克。

为了打开销售市场,陈海伦提前跑起了业务。2003年,在德国法兰克福国际乐器展览会上,海伦乐器配件有限公司的马克一经推出,就以其精细的做工、优良的品质、实惠的价格得到了包括百年钢琴品牌文德隆在内的众多欧洲顶尖钢琴制造商的关注和认可,拿下多个大单。曾经在这里遭受嘲讽,如今在同一个地方得到认可,马克产品在海外市场的热销让海伦公司迎来华丽转身,一举奠定其在国内钢琴关键部件行业中的领先地位。展会结束后,珠江、上海施特劳斯,营口诺的斯卡几家钢琴品牌的老总纷纷北上或南下,跑到陈海伦的工厂来参观学习。

马克的热卖不只初步构建起海伦公司的核心竞争力,也为海伦钢琴后续与文德隆的深入合作、为后来海伦钢琴的扬帆起航打下了坚实的基础。若干年后,陈海伦曾就此说过这样一句话:"海伦钢琴能在短短10余年赶超具有百年历史的欧洲钢琴,离不开马克生产的突破。"

三

如果把海伦的发展比作交响乐,马克的自主研发是第一乐章里的奏鸣曲式。后面还有第二乐章、第三乐章、第四乐章,它们或为变奏曲、复三部曲式,或为小步舞曲、谐谑曲,或为回旋曲式、回旋奏鸣曲式,疾疾徐徐,让听众不由自主地产生共鸣。

始创于1910年的文德隆是欧洲老牌钢琴制造企业,历经100余年的岁月沉淀、四代家族制琴技术传承,在维也纳音乐专业领域久负盛名,得到几代音乐大师的推崇。文德隆第四代传人、从小接受家族熏陶的钢琴制造大师彼得·维莱茨基打从第一次试用海伦钢琴生产的马克起就对其情有独钟。随着时间的推移、了解的深入,他与陈海伦由生意上的合作伙伴变成了好朋友。在一次交流中,他问陈海伦:"你的企业既然能生产出这么好的马克，为什么不能生产组装出高品质的钢琴呢？"一语点醒梦中人，彼得的话叩开陈海伦心头那扇虚掩的门。

很快，我国钢琴品牌里仅有的以创始人名字命名的"海伦HAILUN"钢琴品牌应运而生，个人信誉与公司信誉"捆绑"的传奇故事就此启幕。陈海伦乘着"马克"研制成功的东风，创办钢琴制造工程技术研究中心，并将公司年营业收入的5%以上投入钢琴制造技术研发。在陈海伦看来，钢琴品质的提升，离不开精细化的研究，而研究就要投入。"两块木材的联结，你以为用螺丝旋紧就行了？也许刚做好时是可以的，但时间长了，由于热胀冷缩就会产生缝隙，就会有杂音，欧洲的工艺是在两块木材之间粘一层呢垫，每一个细小的部件都很讲究。我们就采用欧洲整体的加工工艺，绝不偷工减料。"

2003年底，海伦品牌的第一个自有钢琴型号——HL121立式钢琴研制成功。当时的海伦公司，不缺先进的加工设备，也不缺钢琴开发的核心技术，唯独缺少整琴组装人才。陈海伦特地邀请彼得·维莱茨基前来指导组装工艺，并与文德隆公司达成战略合作——海伦钢琴以海伦·文德隆联合品牌在欧洲市场销售。2004年，海伦钢琴正式牵手文德隆，进军整琴制造市场。也是这一年，HG178三角钢琴的研发与生产被纳入计划。由此，海伦公司进入系列钢琴的生产研发阶段。

科技是第一生产力、人才是第一资源、创新是第一动力。海伦钢琴集结世界钢琴行业人才的智慧，构建"外脑"——海伦钢琴的总技术顾问是来自维也纳的传承了家族百年造琴技术经验的钢琴制作大师彼得·维莱茨基，总设计师是具有丰富钢琴整琴设计经验的美国钢琴工业研发设计大师乔治·弗兰克·爱姆森，整音调音总指导是曾在世界名琴品牌贝森朵夫工作20多年的奥地利整音与调音权威大师兹拉科维奇·斯宾,整音顾问是曾先后效力于卡瓦依、朝日的日本钢琴专家江间茂……这些专家无论是在钢琴设计还是组装方面都拥有十分丰富的经验,某种程度上也代表了全球钢琴行业的尖端水平,他们的加入让海伦钢琴实现了现代高新科技与欧洲传统钢琴制造工艺的结合。除了外聘人才,陈海伦还经常从合作伙伴捷克佩卓夫、德国贝希斯坦、奥地利文德隆、日本朝日等钢琴公司邀请专家到海伦公司交流技术。

党的二十大报告中也指出:聚天下英才而用之。这些专家之所以加入海伦钢琴,与海伦钢琴对人才的重视、在人才聘用上的魄力以及真情实感是分不开的。这一点,乔治·弗兰克·爱姆森便是最好的例子。其他专家都是退休后来到海伦的,而爱姆森却不是。他本是美国一家著名钢琴生产企业的总工程师,有一次他受老板委派,到海伦公司采购配件,突发阑尾炎。陈海伦赶紧把他送到医院。住院期间,陈海伦让妹妹和侄子一个白天一个晚上,轮流照顾,自己也每天去探望,让爱姆森感动万分。八天后出院,陈海伦亲自接他,爱姆森紧紧握住陈海伦的手,动情地说:"陈总,以后我跟你们公司的中国人一样,就是海伦的人了。"赤诚相待,情动于衷,没过多久,他真的跳槽到海伦公司来了,就此扎根宁波,再也没有离开。他还荣获2008年度中国政府"友谊奖",时任国务院总理温家宝亲自为他颁奖。为了爱姆森,海伦公司丢掉了原本每年可赚100多万的美国的配件生意,但陈海伦并不后悔,能重选,他还是会这样选择,不仅是抢人才,也因为真交情。顶级专家的加入,保证了海伦钢琴的技术研发实力。

有过硬的质量,还有合作伙伴文德隆的技术和销售渠道,海伦公司在制造整琴的首年就迎来了开门红。2004年,海伦公司生产的500台立式钢琴全部销往欧洲市场,引起了不小的反响。之后,海伦钢琴迅速打入美洲市场和日本市场。

讲至此处,陈朝峰顿了顿,特地加了一句"在海伦钢琴创品牌的阶段,政府对我们的帮助非常大"。海伦公司聘请的那些外国专家放眼全球都属于顶尖一列,他们的薪酬对海伦公司来说是一笔不小的开支。"刚开始的时候,我们一年的钢琴产量只有500架,按1万块钱一架算,一年的产值也就500万。外国专家的年薪每一个都在10万美元左右,按当时汇率也就是将近100万元,而我们请了6个外国专家,算一算,一年下来,这些外国专家的工资比钢琴的产值还高。"陈朝峰笑着说,"虽然除了制造钢琴,当时海伦还做其他配件方面的生意,甚至供应配件已经做到全国第一,但形势并不乐观。因为一听说海伦要做钢琴,很多客户直接代入了'竞争对手'的角色,表示今后不再合作,一下子断了好多生意,逼得海伦公司只能向银行贷款用来支付外国专家们的工资。"

那时候陈朝峰还在读书,陈海伦偶尔也会和他聊起公司里的事情。中国的父母多是"报喜不报忧"的,但陈朝峰还是能从父亲不经意的语气里感受到那种艰难,以至于他同我们讲述的时候也一连说了好多次"困难"——"这是转型里最困难的""那时候真的很困难""的确很困难"。"不成功便成仁。钢琴做成功了就做成功了,如果做不成功,以后连配件生意都没得做了。"

随着欧洲市场的打开,海伦钢琴的知名度越来越高,销售区域也越来越广。很快,海伦钢琴迎来它的高光时刻。别人的高光时刻或许只是某一个瞬间、某一个片段,但海伦钢琴的高光时刻持续了很久,就像一场精彩的演讲持续进行,掌声经久不息。

2005年,央视《新闻联播》就海伦钢琴成功打开欧洲市场一事进行了专门报道,随后奥地利格拉茨音乐学院、比利时布鲁塞尔皇家音乐学院、法国巴黎公立艺术学院、英国伦敦亨利·伍德大礼堂、维也纳音乐协会、维也纳音乐艺术家联盟相继使用海伦公司生产的钢琴。也是在这一年,海伦钢琴亮相被誉为国际"音乐圣殿"的维也纳金色大厅,并被授予留驻权,成为亚洲首例。

时任浙江省委书记习近平曾到海伦公司参观,给予他们肯定和鼓励。2009年,宁波在全国率先出台《宁波市鼓励企业引进"海外工程师"暂行办法》,以灵活多样的引才模式,吸引外国专家扎根宁波、服务宁波。说起这个奖励政策,陈朝峰说是及时雨。海外高层次人才工资的50%的奖励,对成长中的海伦公司来说无疑是一个利好消息,切切实实地帮助企业省下不少成本。而省下的这些资金,则可投入设备和技术研发。

在此期间,以及之后,海伦钢琴的荣誉榜一直在刷新,从未停止。

2006年,海伦钢琴被丹麦王室选为御用钢琴,知名度进一步提升;与此同时,国家质检总局认定海伦钢琴生产的HAILUN牌钢琴为名牌产品,对其多年来取得的成绩给予充分肯定。2006至2007年,海伦钢琴接受全国乐器标准化中心委托,起草修订《钢琴》国家标准(GB/T 10159-2008),该标准于2009年开始实施。

2001年,海伦乐器配件有限公司成立。同年,北京申奥成功。人们守在电视机前,听到国际奥委会主席萨马兰奇说出"Beijing"时,心中热血澎湃。憧憬着2008年,遥远又期待。

海伦钢琴被选为2008年奥运会演出用琴,出现在鸟巢。此间7年,海伦钢琴创造了自己的速度,创造了中国钢琴的速度。

2009年4月,海伦乐器配件有限公司正式更名为海伦钢琴股份有限公司。2012年,海伦钢琴成功登陆深圳证券交易所创业板,成为首家上市的民营钢琴生产企业。此后,海伦钢琴连续三年蝉联全球钢琴行业的"奥斯卡金奖"——北美MMR钢琴声学大奖,并在2015年荣获MMR终身成就奖,入驻"名琴堂",成为亚洲首家获此殊荣的钢琴制造企业……

2016年11月21日,"尚彼得奖"花落陈海伦先生与夫人金海芬女士,该奖旨在表彰在经济、经济学研究和经济政治领域具有开拓创新精神,并引领未来导向的杰出人物,这是"尚彼得奖"设立以来首次颁奖给音乐文化领域的产业,也是第一次颁发给来自中国的获奖人。

杨绛先生说:"生活,没有一滴汗是白流的,没有一段路是白走的。"从生产零配件到核心部件再到整琴制造,从代工贴牌到打造自有品牌,产品从一个系列到多个系列,从白手起家到成功上市,从追赶到并肩,再到部分领航、坐拥79项专利,海伦钢琴书写了一个行业的传奇。传奇的背后,凝聚着"一代人的情怀,两代人的奋斗"。

四

2008年,陈朝峰从加拿大留学回来,父亲陈海伦就问了他一个问题:"这个企业你愿不愿意接班?"父子俩推心置腹地交流了一场,交流的结果是陈朝峰同意接班。当时的陈朝峰对钢琴所知甚少,除了能分辨三角琴、立式琴，就连著名的钢琴品牌有哪些都不知道，更不要说制作的技术和流程了。他进入海伦公司的第一件事情就是下车间学习。"我既然回来了，既然打算接手这个企业，就要先去了解它。"在车间学习了半年之后，陈朝峰对流程和细节已经了然于胸。紧跟着，更大的挑战来临。

2009年海伦钢琴筹备上市，陈朝峰负责协助保荐机构整理企业资料、做上市招股说明书，之后，盖新厂房的任务也落到了他头上。一个接一个的挑战，让这位初出茅庐的"小陈总"有些猝不及防，直言"人生好痛苦"。好在所有的经历都变成了弥足珍贵的财富。慢慢地，他从父亲手中接过了企业的接力棒。

当下，中国许多的企业都面临着交班和传承的问题。交班，交什么？传承，传什么？

从小耳濡目染，陈朝峰得到父亲陈海伦的商道传承，与此同时他又具备新的眼界和学识，所处的时代和拥有的创业环境较之从前更是不可同日而语。陈朝峰不是人们刻板印象里的"富二代"，而是一名妥妥的"创二代"。

海伦钢琴的未来该走向何方？又该怎么走？

2013年，陈朝峰向董事会提出将海伦钢琴品牌向海伦教育品牌延伸的双融合发展战略，进而推动海伦由传统制造业向互联、智能、共享的现代制造服务业转型升级。他的提议得到了董事会的支持，并被委以重任。

于是，海伦钢琴继品牌打造之后，迎来了它的第二次转型升级。在陈朝峰的推动下，现代企业管理新思维、新方法融入企业，企业由传统制造向服务型制造、智能化制造转型。

比如应用视觉系统，用智能化解放人工，提升效率和精准度，再比如加快信息化、数字化建设的步伐。钢琴的零部件管理一直是令整个行业都深感头疼的事情。作为规模世界第四、中国第一的民营钢琴制造企业，海伦钢琴型号达到100多个，而每架钢琴又有9000多个零部件。这会产生多少种排列组合？光是把这么多零件自动送到各个工位上就很难，更不要说全方位、全流程的数字化了。陈朝峰说："甬商精神的特质就是看准了就锲而不舍。"他有信心让海伦钢琴持续走在钢琴行业数字化的最前沿，不只是在中国，而是在世界的最前沿。

有一次，一个经销商找到陈朝峰，火急火燎地问他要一架钢琴。那一年，海伦钢琴的生意特别火爆，排在这个经销商订单之前的还有约100架钢琴。已经3个月没有拿到货的经销商听说后差点哭了。原来，从他那里订琴的客户已经等得不耐烦了，吵着嚷着要退钱，就差把他告了。当时仓库里已经没有存货，陈朝峰答应他去生产线上找找。这不找还好，一找，轮到陈朝峰快哭了。他跑到生产车间，报出型号，问当班的师傅，这架琴还要几天，得到的答复是——"不知道"，再问琴放在哪里，答案还是三个字——"找不到"。当时车间的生产线上足足有五六千架钢琴，找起来谈何容易？正是这件事情，坚定了陈朝峰做智能仓的决心。

为了实现仓储物流的精细化管理，陈朝峰投入2000万元，建立了两个恒温恒湿的智能仓库，还专门组建IT团队，负责ERP管理系统软件的开发。有了这两个智能仓库，可以省下空间，缓解了钢琴遇潮变形的沉疴，零部件查找起来也变得方便快捷。钢琴的所有部件都有二维码标签，质检流程都通过手机实现，输入型号，它是由谁制作的、由谁检测的、坏了由谁负责来修、放在哪个地方，一目了然。

这不禁让人联想到一个词和一个奇迹，这个词就是"工匠精神"，而这个奇迹就是覆埋于三秦大地的秦始皇兵马俑。到过兵马俑博物馆的人想必都听导游讲过，按照秦朝的"物勒其名"制度，每一尊兵马俑身上都镌刻着制作者的名字，自陶俑成形之日起就由其终身负责。匠人留名，不只体现了匠人的自信，更体现了手艺人的一种使命和担当。陈朝峰说，海伦钢琴现在已经实现了 30% 的智能化，未来还有很多事情要做。

五

陈海伦是一个有情怀的人。奥地利的一位市长曾经同他说过一句话："一家钢琴企业，对整个社会经济提升来说，可能效益不大，但对整个城市文化品位提升有非常大的意义。"陈海伦曾在多次采访中提到自己的夙愿："我就两句话，第一句是让更多的孩子喜欢上乐器，第二句是让更多的孩子学得起乐器。"

听了陈海伦的这句话，我想到海通集团的陈龙海。在这本纪实文学写作过程中，我们不是独立地写一个企业或企业家，而是着力找到他们的共通之处。陈龙海谈到美术馆时曾感慨地说："我们有这么多员工，他们都忙于工作，我真希望海通美术馆能给他们带来新的体验，希望他们在工作之余，能够停一下，抬起头多看几眼，希望有更多的人来思考人生的意义和美的意义……"两位陈先生的夙愿有着异曲同工之意。回顾他们的人生经历，有童年的艰苦，有少年的迷惘，有青年时期遇到改革开放，有中年的拼搏与成功。改革开放给了他们机遇，他们对国对家对身边的人都有深厚的情怀。随着改革的深入，他们不仅创业，而且反哺，不仅是为了自身成功，更为了社会价值。

这种使命感在浙江在宁波很多年轻一代企业家身上得到了延续。

让更多的孩子喜欢上乐器，让更多的孩子学得起乐器。"互联网+教育"的模式悄然萌芽。互联网互动教育成为未来艺术培训发展的重要方向。在陈朝峰看来，钢琴不只是一件乐器，还是共享教育的载体。海伦钢琴还以智能钢琴研发、钢琴艺术教育为突破口，开发新产品、发展新业态、探索新模式。2019年海伦钢琴和中央音乐学院、维也纳音乐与表演艺术大学等深度合作，引入维也纳EMP音乐启蒙课程，再结合传统钢琴教学法，打造"海伦智能钢琴教室"，极大地降低了钢琴学习的成本。

陈朝峰对艺术有自己的理解。他非常认可这样一种观点，那就是学钢琴、弹钢琴的目的不是为了成为大师，而是让更多的人得到艺术熏陶。比如在一些公众场合，面对别人的盛情相邀，你能不怯场，落落大方地弹上几首世界名曲；人家在演奏的时候，你能够一耳朵听出他弹的是肖邦的还是贝多芬的，这是学养的一部分。

他还关心着每年度的出生率，今年的出生率影响着5年之后的钢琴市场。是啊，改革开放45年以来，人们的生活得到了翻天覆地的变化，生活稳定之后，对于文化的追求，对孩子教育的投入，中国家长是非常有前瞻性的。海伦钢琴曾经计划在2028年实现年度7万台的产销。虽然现在需求不足，人口出生率也在下降，但中国的钢琴普及率和发达国家相比还很低，内需肯定会起来，消费肯定会升级，只是时间问题。

当我们又问陈朝峰父子两代人在理念上有何不同时，他认真地想了想,郑重地回答:"相同点在于我们都想把海伦钢琴的品牌做好,给客户最好的体验,让大家爱上乐器,爱上艺术,这是一脉相承的;不同点在于我父亲那时处在创业初期,更重视整体的品质,比如音质啊,手感啊,以实现功能为主,但是一些角角落落的细节可能照顾不到,难免会存在一些小瑕疵,等我加入的时候,海伦钢琴的整体品质已经过关了,所以我更在意的是细节,管理上也更加精细化。"

他又紧跟一句"老爷子要是不支持,事情也做不了"。

六

海伦钢琴对于钢琴制造的投入之大在业界是出了名的。从陈海伦创业,到陈朝峰接班,为了将民族品牌推向世界,海伦钢琴在先进技术和设备的引进及研发上始终毫不手软,国内钢琴行业里不少首台、首例都诞生自海伦钢琴。不知不觉间,海伦已然成了这个行业的风向标。等到国内的设备厂商技术提升以后,跟海伦公司合作的也不在少数。有时,他们也会向其他钢琴制造企业兜售这些设备:"海伦刚刚跟我们一起开发了一个设备,你要不要买一台?"到后来,都不需要设备厂商吆喝,其他钢琴制造企业隔段时间就会主动前来问询:"海伦最近有没有跟你们合作制造什么新的设备?"

"不管怎么样,只要那些设备对他们有用就好,可以让钢琴制造这个相对小众的行业整体得到提升。虽然现在钢琴市场的竞争呈现白热化,企业互相挖客户,甚至打价格战,压力非常大,但我们从未把国内的企业当成对手。海伦钢琴欢迎同行参观,甚至一些中小企业的老板来,我都会亲自带他们去——当然,图纸是商业机密。"陈朝峰说得自在坦荡，显出宁波新一代企业家的心胸，"80后"的眼界。他从父亲手中接过责任，除了关注企业自身和产品品质的细节，还把目光放在国内整个钢琴行业，愿意让整个产业同气连枝共同进步。共享教育之外，海伦钢琴还适度地共享技术。

近些年，受疫情、经济和"双减"政策等影响，海伦钢琴的发展受到一定冲击，订单量下滑非常厉害。一来，欧美市场钢琴保有量已经很高，特别是二手钢琴的流转更是大大降低了人们购买新琴的欲望；二来，国内消费者"非紧要开支"收缩，也使得钢琴的需求量锐减；三来，"双减"之后的延时服务，让适龄琴童放学后很难再有时间继续参加校外艺术培训。

由于市场销售的压力，海伦钢琴的库存也增加了。而钢琴放久了又容易出现一些问题，要重新调校、维护、翻新。海伦舍不得裁员，培养一个好乐工不容易。后来，公司实行"上四休三"的工作制度，让员工有更多自由空间，又留住员工"慢工出细活，品质上下功夫"。为了缩减开支，应对危机，连月来，陈朝峰正忙着"并厂"、忙着开拓市场，用他自己的话说，"每天忙成狗"。原本打算退休的陈海伦也暂缓了退休的脚步，他像一个老船长，选择继续为企业护航。

从出口欧洲到出口美国，再到转战国内。陈朝峰将海伦钢琴能有今天的发展归功于中国社会的稳定，他说："稳定太重要了。只有国家稳定，老百姓无病无灾，人们的追求才会从物质生活走向精神生活，从解决温饱到对美好生活的向往。看看全世界，从营商环境来讲，中国从改革开放以后一直都是最好的。"

"前几年我们做的战略计划比较乐观，想扩产，现在则要控制一下节奏。"陈朝峰的话很笃定。相比于老一代的吃苦耐劳，年轻一代企业家的积极乐观是另一番风姿。

他的态度是阳光的。

位于北仑的海伦钢琴总部,那个钢琴王国就在距离我们不远的地方。生产车间、智能仓库,随处可见各色三角琴、立式琴以及其他种类的乐器。木质的清香,水晶的反光,优美的曲线,精致的徽章,工业与艺术的完美结合……打开琴盖,黑键与白键泛出淡淡的光泽,手指从琴键上拂过,悦耳的声响便会在耳畔流淌与回响,这是在车间,在仓库,又因为这乐音而把尘世摒弃于外,一架钢琴仿佛自带一个小磁场,营造出一个祥和优雅的世界。成百上千架钢琴,静静地陈列着,它们的静,汇成一种新时代的旋律,一直传播到远方。

不知什么时候下起雨,雨点落在老外滩的石板路上,滴滴答答,滴滴答答,仿佛我们心里也有一架钢琴。

记得CCTV老故事频道《感悟中国》节目曾对陈海伦和海伦钢琴有过这样一段评价:"对品质的极致追求,成就了海伦钢琴的世界品牌之梦,海伦钢琴从一家年产值不足1000万的钢琴配件生产企业,发展到如今的世界钢琴品牌,陈海伦和他的海伦钢琴演奏了一曲华美的中国式发展变奏曲,为中国改革开放的历史画卷增添了浓墨重彩的一笔。"

地球上的乐歌

见项乐宏前，我们已先在抖音上"认识"了他。他是一位大V博主，他的账号"乐歌项董说"上传了500多条作品，拥有超过200万粉丝。为了能对他有更多了解，一有闲暇，我们就会拿出手机点开抖音界面，刷上几条他的视频。

解析"乐歌项董说"，"乐歌"是企业的名字，全称"乐歌人体工学科技股份有限公司"；"项董"是项乐宏的身份，他是乐歌股份创始人、董事长、首席产品官兼营销官；而"说"就是说话、讲述的意思，是一种表现形式。

传统的甬商大多习惯闷声发财，低调儒雅的偏多，但项乐宏是个例外。看他的抖音，你会深切地觉得，他很另类，口若悬河，侃侃而谈，好似恨不得把自己的半生经历和创业经验统统分享给广大网友，以及正在寻觅方向、渴望在事业上有所突破的创业者。这倒与古人"不必藏于己"的思想不谋而合。

他在视频里大讲特讲自己的创业故事，企业的经营理念，投资的几个原则,讲定增、倾销与反倾销的定义,讲从仓库的租金看海外仓的可持续发展……当你看过几十条后,你会发现,专业仅占一部分,他还讲落水的急救知识,讲国庆节来宁波吃什么,讲以色列的建国史,讲洛杉矶市中心沿街的流浪汉……内容广泛,包罗万象。

项乐宏深得比兴之妙。他在论证观点时喜欢摆事实、打比方。视频里的他口齿清晰,表达流利,逻辑缜密,"哈哈哈"的笑声还特别魔性。"正片"开始前,他还会双掌互击,发出"啪"的声响,好似旧时说书先生用的惊堂木,让人自觉地把游弋的思绪收回来,将注意力集中在他的身上。他讲话,语言幽默诙谐,没有丁点的架子,调侃起自己来亦是毫不留情,很难想象这是一家上市公司的董事长。

我们一度认为他的台本是由助理或秘书,甚至专业团队打造的。直到我们亲眼见他来了一段即兴的录播。项乐宏办公室门侧有一个直播台。台子上放着两个支架一盏灯,支架旁还有厚厚六摞半的书。书很杂,有跟企业管理相关的,也有文史哲方面的,还有不常见的地方刊物。我们小声议论,许是别人送与他的,他未必看。项乐宏耳尖,忽然较真起来:"什么话,这都是我自己买的!"他说,自己每年有一半时间在国外,来来回回倒时差,醒来总是很早,就随手翻一翻书。"要是不多看点书,肚里没货,录制视频时就讲不出东西来。我不只看,还画线做笔记呢。"我们想请他现场演示一下。他爽快地说:"那就录一条吧。"

几个呼吸之后,熟悉的声音响起。"乐歌项董说,说营销,说管理,说财经,今天我们来继续聊聊投资的几个原则……"进入状态的项乐宏旁若无人,6分多钟的录制张口即来,谈赋能与利他,引经据典一气呵成。

一

金东大厦的 15 楼到 19 楼是乐歌公司的总部。大健康智慧体验馆在 19 楼，场馆内陈列着智能升降家居桌、智能升降办公桌、电动升降学习桌、电动床、升降床、健身椅等，我们还欣赏了一段特殊的"舞蹈"表演。

"舞蹈演员"都是身着素衣的乐歌升降桌线性驱动立柱。它们站在体验馆进门处的右手边，或立于地面之上，或倒立于天花板上。随着工作人员按下控制按钮，这些"会跳舞的桌腿"开始有秩序地上升与下降，像是海浪，像是音符，高高低低，如乐如歌。

同大多数上市公司的掌舵者一样，项乐宏很忙。未见其人，先闻其声，在走廊里远远就听见了项乐宏那充满激情的声音。我们的访谈不设提纲，都是企业家自己谈，想谈什么就谈什么，而企业家的选择点也是我们观察他的一个切入点。项乐宏健谈，各种话题均能侃侃而谈。在我们闲聊的过程中，他还有一个现场认证工作。他的助手拿来几份资料，找他签字。他们打开手机与对方连线，几份文件一一确认，扫脸，然后助手在他身侧举着手机，使他的签字环节全程在对方的视域之中。授权和认证大约用了 5 分钟，他们时而用英文时而用中文交流，完全不避讳我们这几个外人在侧。许多在从前显得严肃而烦琐的事项，在互联网时代显得便捷而轻松。

项乐宏的办公室不似常规布局，他的工作台就是一张升降茶桌，背景是一幅书法，写着"客户第一 用户第一"。茶桌一侧立着两个一两米宽的大屏幕，与手机和电脑联网，方便查阅资料。屏幕的支架也是乐歌的产品。靠近窗户是一组沙发,沙发背后是跑步机。靠近门口是一架朱红偏暗的钢琴,翻开的曲谱是一首流行曲《其实都没有》,这里是直播台,周围还有观赏鱼缸。当项乐宏即兴直播时,我站在鱼缸的一侧拍了一段他的视频。几尾血鹦鹉也叫发财鱼,在透明的水箱里游动,从不同角度穿过他的侧面,立体交错的空间,动静相参,混沌而有层次。

"孤独站在这舞台,听到掌声响起来,我的心中有无限感慨。多少青春不再,多少情怀已更改,我还拥有你的爱……"在经典老歌的歌声中,我们观看了他做的PPT,一个宁波人在外面闯荡的故事就此拉开帷幕。

开拓与闯荡,从来就不是容易的事情。"我跟你们说,这个世界的成功,除了沧桑,还是沧桑。"项乐宏一边点击PPT,一边为我们充当解说员。

项乐宏双学士毕业后,1995年至1998年,在央企地方公司上班,创建国际合作部,从事劳务输出工作,当时被戏称为"卖人"。

1998年,国家给宁波政策,在保税区开公司,可以有外汇账户。他敏锐地意识到这是一个全新的机遇。他连续问我们两遍:"公司可以有外汇账户,意味着什么你知道吗?"在此之前,对外进出口基本属于国企垄断,私营企业可以拥有外汇账户是改革开放的一大举措,意味着个人可以做外贸了!他毫不犹豫地放弃铁饭碗,为此还退还公司100多平方米福利房,选择白手创业。"70后"的项乐宏显示出与"60后"稳扎稳打不同的风格,阮立平夫妇辞职时,他们经历了一人先停薪留职后辞职、另一人留职再辞职的过程,是缓慢地分阶段地切断与铁饭碗的关系,也是对体制的留恋和对风险的防范,而项乐宏有着

"70后"一代敢于挑战的闯劲。

从电视机、电脑支架到智能家居，从贴牌外贸到跨境电商、公共海外仓，他较时量力，谋划了多次产品转型和商业模式转型，围绕线性驱动核心技术，探索出一条属于乐歌的高质量发展之路。

二

项乐宏的成长史，用简单几个字概括，就是"时代造就英雄，知识改变命运"。

1971年的冬天，项乐宏出生于宁波鄞县一个叫项家的自然村。村庄很小，全部加起来大概也就百来户人家。村头发生点什么事情，不消半天工夫，村尾就会一清二楚。如今，鄞县成了鄞州区，项家也已被拆掉，变成了高速公路宁波东出口。项乐宏开玩笑说，以后哪天我要是成名了，想搞个故里都没得搞。

在项乐宏的记忆里，自己的童年是很苦的。每年三四月间的凌晨两点，当项乐宏美梦正酣，母亲的喊声就会在他的耳边炸响。无奈，他只得拿着小板凳，迷迷糊糊地跟在大人身后。到了秧田，将板凳往水里一放，屁股坐到上面，拔秧、绑绳，伴随着"咕咚咕咚"的水声，弹奏起春播的序曲。拔完秧，还要把它们种到田里。多年以后，许多细节项乐宏已记不清，但每每想起脚上吸满蚂蟥的画面，依然忍不住起一身鸡皮疙瘩。

7月谷物成熟时，差不多是一年中最热的时候，知了疯狂地在枝头喊着"热啊热啊"，一家子还得去收割。到了8月中，又得插晚稻。彼时有个人人耳熟能详的名词——"双抢"，指的是农村在夏天抢收庄稼和抢种庄稼。

完成脱粒的谷子被装入麻袋，村人用手拉车、拖拉机带回家里晾晒，晒干后部分装进谷柜留待将来碾米食用，部分交给国家，俗称"交公粮"。这个千年古制，以2006年国家取消农业税为终止标志。当时交粮是用船载着去的，手摇船，人摇动橹柄，"欸乃"的橹声、"哗哗"的水声便会响作一片。上船下船的那段路，需要人挑着粮走。"我的天哪，那时真的是苦极了。我的腰椎间盘突出就是小时候挑粮挑的。"

小学一二年级时，项乐宏还不懂事，贪玩，成绩也不算好，常常气得父亲想要把碗筷摔在他面前。让项乐宏干农活，也是想让他知道劳作的辛苦，好用功读书。在项乐宏累得气喘吁吁时，父亲总是会适时地吓唬他："你看，下辈子你要做农民吗？"项乐宏脱口而出："别说下辈子，这辈子都不想做农民。"父亲就会接上说："那你就好好读书，有本事考上大学，考不上大学，考个中专也行。"

项乐宏的中考成绩不太理想，最后借读于宁波七中。高中三年，城乡的差距，对项乐宏的触动很大。城里的环境真干净啊，不像自己家里鸡粪鸭粪到处都是；城里的同学衬衫真新真亮啊，不像自己的衣服早已洗得发白泛黄；城里的条件是真好啊，不仅有电话，还有抽水马桶，进屋之后还要脱鞋，而农村里那时连电风扇都还没有；特别是夏天，当项乐宏在忙着"双抢"的时候，城里的同学却在喝茶喝冷饮……落差宛如一条鞭子抽在他的心上，也越发坚定他通过读书改变命运的决心。

高考后项乐宏被宁波师范学院物理系录取，开始了他的大学生活。"我觉得自己现在像个'百搭'，跟那几年的学习是有一定关系的。"得益于高中英语老师的鼓励和宁波外贸风气的盛行，项乐宏对英语表现出浓厚的兴趣，第一年就顺利通过了四级考试，第二年又通过了六级考级，还辅修了日语。

同时，他还获得了成都电子科技大学管理学院工业外贸专业的第二学历。工业外贸的课程更侧重于商学和管理学，这些都为他之后创业做了知识上的铺垫。学习之余，地域的差异也给项乐宏留下了许多深刻的回忆。四川话与浙江话分属两个语系，四川的饮食习惯也与浙江的大不相同。刚到成都时，因为语言不通，鸡同鸭讲的事情没少发生，四川的同学打饭只用一个饭缸，不似江南一带，饭是饭，菜是菜，碗要好几个。更绝的是菜的味道，沿海地区的人偏好咸鲜，于辣味的接受能力略有不足，这也使得项乐宏在入乡随俗的过程中经受了不小的挑战。川菜的麻辣味自舌尖蔓延开来，直冲脑门，顷刻间就变成了额头上涔涔而下的汗珠。

2年时间一晃而过。1995年7月，项乐宏进入中国电子进出口宁波公司，也是在这里，他认识了妻子姜艺。这是一家央企的地方公司，主要从事电子零配件的进出口，办公地点在宁波火车站附近。

翻阅资料可知，中国外贸企业的发展大致分为三个阶段：20世纪50年代至70年代末期是起步阶段，外贸企业应运而生，主要以国营为主，开展商品出口业务；80年代至90年代末期开始转型，外贸企业数量激增，出现私营企业，并逐步走向市场化、多元化和国际化，同时开始涉足服务贸易；第三阶段是全球化阶段，21世纪初至今，中国外贸企业不断加速国际化进程，企业数量和规模日益扩大，涉足领域也愈加广泛，如跨境电商、技术贸易等，国有企业、民营企业、外资企业并存。1995年，中国外贸企业的发展正处于转型阶段，商品出口的同时，燃起了服务贸易的星火。

在国家政策的号召下，不少外贸公司纷纷做起了对外承包工程和劳务合作，项乐宏所在的公司也想试水劳务输出业务。某天，领导把项乐宏叫到办公室，让他尝试劳务输出业务。项乐宏跑到北京总部学习了1个月。回来以后开始着手搭建业务板块，成立了"国际合作部"。整个部门只有项乐宏一个人，装备也很差，一部内线电话，两张破桌子，便是全部的家当。1995年到1998年，国际合作部年年盈利，从无亏损，人员也从原来的一个光杆司令变成了六七个人。3年时间的历练，让项乐宏开发业务和管理队伍的能力得到锻炼，还获得了宁波"外经开拓奖"。

1998年，是项乐宏人生的一个重要节点。国家出台了一个利好政策。国家外汇管理局针对宁波等多个沿海港口城市的保税区下发了《关于保税区外汇管理有关问题的通知》，通知的第二条内容就是"保税区内企业的经常项目外汇收入根据需要可以开立外汇结算账户，区内企业的资本项目外汇收入可以开立外汇专用账户"。当个人命运与改革交织在一起，同频共振，便有了更多畅想。

一个选择，就是人生的一场博弈，有得有失。为了表彰项乐宏3年来给企业做出的贡献，公司分了他一套105平方米的房子。房子总价27万元，公司出了24万元，项乐宏自己贴了3万元。如果要辞职，就得把房子退还。当时妻子已经怀孕，并不是离职的好时机。岳母坚决不同意女婿的决定："这么好的企业，这么难进去，你怎么能走呢？你是要饿死我女儿啊！"但妻子对项乐宏却很支持，选择了与丈夫一起离职。

三

1998年12月，项乐宏注册成立了宁波丽晶电子有限公司，即乐歌前身。他的创业之路，正式迈出了第一步。他认为，做事情要有逻辑，做产品要有技术。他将逻辑和技术的英语单词部分地结合在一起，给公司取了个英文名字——Logitek，翻译成中文即丽晶。

丽晶电子刚成立时，做的都是小件产品，诸如电器接插件、线缆等。项乐宏租用了朋友的场地来办公，空间非常狭窄，人也很少，全部加起来只有4个人，凑不齐一个巴掌。这4个人，分别是项乐宏以及他的妻子、岳母和妹妹。项乐宏和妻子担任外贸员，岳母管理财务，妹妹负责煮饭、打杂。初创阶段，创业者亲力亲为，由家人掌管钱财、控制成本，这好像是很多企业都走过的路。

1999年4月，大女儿出生，项乐宏变得更忙了。一会儿跑医院，一会儿跑公司，很少有机会能睡上整觉。10月，他们去参加中国香港电子展，将6个月大的女儿也抱去了。他们与外商交谈的时候，就把女儿交给岳母照顾，谈完一场，赶紧回来喂奶，喂完奶再接着去谈。就这样，他们慢慢地把生意做起来了。

2000年，项乐宏与妻子前往德国法兰克福参加灯光音响展。他们带去的展品是一些舞台灯光三脚架。不时有买家走到他们的展柜前，向他们了解产品。忽然，有一个合作客户冲至跟前，对着项乐宏生气地说："你们上次发过来的产品质量不行。"

那时的外贸公司做的产品很多，基本是找人代加工。作为一家成立未满2年的外贸企业，丽晶电子的产品也都是向工厂买的。项乐宏到客户仓库查验那些产品,质量确实不过关。那天晚上,他躺在宾馆的床上,翻来覆去睡不着。他同妻子讲,回去就开工厂。

其实,项乐宏早就萌生过这个念头。

那时项乐宏从宁波出发去往成都读书,会经过"中国人的骄傲之路"——宝成铁路。宝成铁路秦岭段坡度很陡,每次火车上秦岭,都需要双机车牵引,一个火车头在前面拉,一个火车头在后面推。这一幕给项乐宏留下深刻印象。

企业经营与火车爬坡有许多的相似之处。一家企业,包括外贸公司,要办下去、办得好,也应该办工厂,做到工贸一体。工在后面推,贸在前面拉,这样前进的动力才能更大。这次在法兰克福遇到的口碑危机,促使他下定决心要把这一想法落地。

2000年,项乐宏在鄞县五乡镇的渔业村办起了工厂。办工厂,意味着除了租地,还要购买设备、原材料,要招聘生产人员、管理人员。这些事情都需要现金流来支撑。于是,随着企业的资产越来越重,公司账户上的钱变得越来越少。之后,发生了业务员跳槽和飞单事件,倒逼着项乐宏把线缆也纳入了生产范畴。丽晶电子旗下的产品越来越多,有电视支架、音箱、功放器……产品的品类越是丰富,企业在对外贸易中的自主性也就越强。

2001年,被很多人认为是神奇的一年,北京获得奥运会主办权,极大地释放了中国人的民族自豪感,全国沉浸在欣欣向荣的氛围中。这一年的12月11日,中国加入了世界贸易组织(WTO)。多哈的"一锤定音",对中国进一步扩大对外开放,融入全球产业链,深度参与多边贸易体制,有着积极的意义,乐歌发展也搭上了顺风车。

中国加入世贸组织,不仅对经济界有影响,也对文化界有影响,甚至更为深远。知名小说家毕飞宇谈到中国加入世贸组织,他为此而感到振奋。他认为,这是中国融入世界的一个标志性事件,将对中国社会产生深刻的影响。他曾写过急就章《地球上的王家庄》,有感而发地描述闭塞的世界,以"以轻写重"的美学特点和类似鲁迅的反讽手法,进行"坐井观天"的寓言新写:《世界地图》修正了关于世界的一个错误看法。王家庄的人们一直认为,世界是一个正方形的平面,以王家庄作为中心,朝着东南西北四个方向纵情延伸。现在看起来不对。世界的开阔程度远超我们的预知,也不呈正方,而是椭圆形的。加入世贸组织可以视为一次认知上的修正。毕飞宇当年写的王家庄,是封闭的以自我为中心的王家庄。改革开放四十多年,加入世贸组织二十多年,我们现在写的是地球上的乐歌。文学为经济发展提供了可供对比与省视的样本。

加入世贸组织是我国改革开放的一个重要里程碑,不仅让我国的国际地位得到提升,经贸有了更大的舞台,也让人们的文化视野得到了拓展。10年后,中国成为世界第二大经济体;20年后,中国既是多边贸易体制的最大受益方之一,也是其最大的贡献者。20年,整整一代人长大了,这一代人的生活中无处不是改变的痕迹。快递员送来你在电商平台购买的来自海外的产品;马路上越来越多的进口车,而价格在下降。我们不再是地球上的"王家庄人",越来越多的"乐歌",正在地球上生长。

四

2004年发生了一件事情,项乐宏与妻子去美国拉斯维加斯参加国际消费类电子产品展览会的间隙,在逛商场时发现了一款叫plasma TV brackets（等离子电视挂架）的产品。那个时候,国内的电视机多为拖着大屁股、又宽又重的CRT电视,平板电视风潮虽然开始涌现,却以立式居多,故而夫妻二人虽然英语都很好,依然不理解什么是plasma,询问商场的工作人员,才知道等离子电视在美国已经很风靡,它是挂在墙上的。项乐宏从中嗅到了商机,他第一时间买了数控冲床和数控折弯机,依照客户的需求,悄悄地投入了这款挂架的生产。结果,这款挂架当年的销售额就达到2800万,之后更是逐年递增,到2007年时已经突破亿元。

2008年全球金融危机爆发,乐歌的订单量下滑,这给了项乐宏深深的危机感。2009年,他全年出差20余次,每次出差10多天,基本上大半的时间都在国外跑客户。项乐宏开始寻觅新的发展之道。当时互联网已经逐渐流行,他从电视机联想到计算机,经过搜索,发现美国有一家叫Ergotron（爱格升）的公司,是20世纪80年代随着计算机的发展而成立的计算机周边产品的制造公司,主要提供电脑架、升降台等人体工学产品。

这是项乐宏人生第一次了解ergonomic。这个源自希腊语的单词,翻译过来就是人体工学,解决的是人与机器的协同问题,广义范畴则包括办公桌、电脑架、人体工学鼠标、键盘、椅子、床等贴合人们的生理曲线,用起来舒服、方便的符合人体工学的产品。蕴含其中的四个关键词"健康""舒适""安全""高效"触发了项乐宏的灵感,随着人们生活水平和健康理念不断提高,健康办公、智能升降家居驱动产品必定会迎来春天。

2009年,乐歌注册商标,推出自主品牌。同年,继姜山工厂之后,乐歌的第二个制造基地在鄞州滨海经济开发区落成。2010年，乐歌开创自主品牌的M2C直营销售模式。企业壮大后，项乐宏带领乐歌递交上市申请，却因为产品技术门槛过低和企业的外贸属性，在2011年遭遇一记重创——上市失败。

创业的艰苦与辛酸，只有他自己以及陪伴他一起走过艰难岁月的妻子和伙伴才知道：第一次IPO失败，原本准备的庆功宴变成了安慰局，得知消息的他，边喝酒边流泪，这时的项乐宏不是张扬的，不是狡猾的，吃进肚里的7瓶啤酒、半个鸡爪记录了他的沮丧；同是在这一年，乐歌通过在第三方平台售卖自己的产品，正式进入跨境电商领域，结果4年时间亏损了4000万元。

中国跨境电商起步较早，标志性事件是1999年阿里巴巴的成立，以中国最大的外贸信息行业平台的形象为全球客户所熟知。全球市场的魔法之门打开，通过整合线下交易支付和物流等环节，初步实现电子化。敦煌网是我国第一个允许中小企业参加国际贸易的平台。之后10余年，跨境电商作为外贸新业态崛起。

2013年8月，国务院办公厅发布《关于实施支持跨境电子商务零售出口有关政策的意见》，并在已开通跨境贸易电子商务通关服务试点的上海、重庆、杭州、宁波、郑州这5座城市实施，这是官方首次正式明确对跨境电子商务给予政策支持。国家搭台，大幕拉开，有志者纷纷登场。12月28日，全国首个跨境贸易电子商务试点平台"跨境通"在上海自贸区启动，原本处于"半地下"状态的"海淘"从此走向阳光化和正规化，全球商家也有了"直邮中国"、面向中国广大消费者开展个性化服务的便利渠道。紧跟着，大批创业者涌入，跨境电商市场风潮涌动。这一年被很多人称为"跨境电商元年"。

项乐宏做了布局调整,将乐歌切换到线性驱动领域,推出海外独立品牌Flexispot,加快全球化生产和运营的布局,在广西北海、越南胡志明市增设两个制造基地。千万美金级的广告投入全美五大机场安检口,整齐的安检篮,每一个都有乐歌Flexispot的广告。

2017年12月1日,是项乐宏46岁的生日,也是深交所成立27周年的日子,项乐宏敲响了大钟,乐歌上市成功,开大健康人体工学行业先河,成为通过IPO形式上市的跨境电商第一股。不知是否巧合,乐歌上市的日子充满了"70后"追求的仪式感。在乐歌接待室的橱窗里,摆放着一个牛头,上面刻有"创业牛"字样。

多年深耕,时至今日,在国内国际双循环背景下,乐歌循着内外贸一体化道路稳步向前,产品在海外市场的占有率排到全球第二位,在各个面向消费者的线上平台与国内市场的占有率均为第一。业内有一个说法,每卖出3张升降桌,就有2张来自乐歌。

五

10年前,出于进一步开拓海外市场、掌握销售渠道的考量,除了主营业务逐步转变为人体工学产品及线性驱动部件的研发、生产及销售,乐歌开始完善自有仓储体系——在美国硅谷成立子公司,推出首个海外仓,到2018年增至3个。为了实现1~2天的发货速度,项乐宏渴望提升海外仓的密度,但以乐歌当时的体量,并不需要那么多仓库;与此同时,经过调研发现,在跨境贸易中,"最后一公里"的物流成本占据了整个跨境电商产品成本的15%~25%,许多中小企业因为没有海外仓,无力承担高昂的尾程费用,导致商品走不出去。项乐宏便想到了从自用到为他人服务，向中小企业开放这些仓库。乐歌公共仓由此迈出全球布局步伐。

讲到此处，项乐宏的手一划拉，大屏幕上迅速出现一幅世界地图，随即又切到美国地图，他指着地图告诉我们乐歌为什么要布局海外仓："第一，世界最大的制造基地在中国的华东，世界最大的消费地在美国，从经济体量来讲，美国是世界第一，中国是世界第二。这是经济学的基本逻辑——马太效应，强者恒强。第二，我国跨境电商整体趋势在向上，做跨境电商需要仓库，但美国西海岸和东海岸都是山脉，土地有限，寸土寸金，比如美西旧金山附近有个硅谷，谷是什么？是峡谷，是两座山当中的一块小平地，土地资源是很匮乏的。第三，从交互和经济摩擦来讲，太平洋的两岸运输可以用 2.4 万 TEU 超大型集装箱船，这样可以降低运输成本。国际贸易地理的研究表明，海外仓大有可为。"

2020 年，项乐宏顶住压力，斥资 1 亿多美元，通过逐步或直接买断方式自持仓库，部分合作仓采用租赁形式，并在美国、英国和德国共设立 10 个全资子公司负责仓储物流服务，推进跨境电商公共海外仓创新服务综合体项目。乐歌将海外仓的 30% 留作自用，其余 70% 以中大件产品为合作介质，向宁波、浙江、华东乃至全国的中小外贸跨境电商企业推广一件代发、FBA 转运、仓储配送、售后托管、增值服务等全流程一站式跨境物流创新服务。"一个人好不算好，大家好才是真的好。"项乐宏的话听着有些熟悉。一起出海，在大丰听到过；人才共享，在公牛听到过。越来越多的宁波企业家拥有更大的胸怀和双赢的格局。

著名社会学家费孝通先生在自己 80 岁寿辰聚会上，说过一句经典的话:"各美其美,美人之美,美美与共,天下大同。"这十六字箴言项乐宏奉为圭臬。乐歌海外仓的"共享"模式让国内不少中小企业受益。乐歌也在"抱团取暖"中积累了良好的信誉。

2020年,在第127届广交会"云开幕"仪式上,时任国务院总理李克强与项乐宏亲切连线,询问乐歌的外贸业务情况、需要国家在政策层面上给予哪些支持,并鼓励乐歌通过海外仓的模式推动跨境电商的发展。第二年,李克强总理更是亲临乐歌考察,肯定乐歌在新动能、新业态上取得的成绩。

而今,乐歌已在全球布局13个海外仓,遍及全美9个核心港口和路基港口枢纽城市,覆盖美西、美中、美南、美东,服务超过500家中小外贸企业。

在人类历史上,有一场史无前例的航海运动,它以探索未知世界、寻找新的财富为导向,整整横跨5个世纪,即"大航海时代"。意大利探险家哥伦布4次远航,发现美洲新大陆,孕育了全球化的雏形。彼时的中国,尽管有过规模盛大的"郑和七下西洋"的壮举,但掣肘于时代和统治者,终究错过了人类社会史上这个伟大的转折。

改革开放以来,中国积极融入世界经济格局,无数中国企业争相"出海"。随着国家综合实力的增强,企业自身实力、能力、韧性的提高,全球舞台涌现越来越多中国品牌的身影。2023年更被普遍认为是"新大航海时代"中国企业的"出海元年"。

凭借智能升降家居和公共海外仓两大成熟产业,乐歌揽获国家制造业单项冠军示范企业、国家服务型制造示范企业、国家绿色工厂等荣誉,并且参与全国首个跨境电商海外仓标准《跨境电子商务海外仓运营与服务管理规范》的制定。在第五届中国(宁波)跨境电子商务发展大会暨"跨境电商+产业带"案例峰会上，乐歌连续第三年获得浙江省省级海外仓荣誉。11月14日，在每日经济新闻主办的"迎潮而立"出海沙龙上，项乐宏做《大航海时代，跨境电商的征途与展望》主旨演讲。这一年，乐歌首艘1800TEU集装箱船舶顺利交付，在外贸星链上标记了"跨境电商+跨国海运+海外仓"的宁波首创。

夕阳下的金门大桥，被余晖染红的波涛，奥克兰港口林立的桅杆倒映在蓝色的海水中。无人机从乐歌仓储总部和物流中心上空飞过，镜头带着我们逐步向前。方正简洁的仓库，白色的立面，背后是深远的天空。室内，摆放整齐的货箱，有乐歌的产品，也有抱团出海的其他企业的产品。

是汗水血水泪水，是蜜汁苦水。项乐宏和乐歌人已奋斗了20多年。

"不能一个人吃饭，不能一个人睡觉，不能一个人洗脚，不能一个人上厕所，不能一个人走路，不能进电梯——怕没氧气。很多次看到孩子看到员工会流下眼泪，哀叹自己没用。上海、宁波两地多位心血管专家、心理医生……每天吃一堆药，身上随时备着药。"

2018年，也许是20年白手起家的辛劳堆积，也许是公司上市后责任和压力更大了，项乐宏突发冠脉痉挛并发焦虑症和抑郁症，2次入院急救，此后整整一年多的时间，陷在灰暗里难以自拔，个人状态跌至谷底，又如何能经营企业？随之又因为声带白斑，二次住院手术切除。2020年，项乐宏决定全力推进海外仓，但海外资产不可知的风险使他的决定遭到内部高管团队质疑，就连他的财务总监——高中同学兼30多年老友朱伟也不同意"冒险"，面对项乐宏的一意孤行，朱伟一度表示要"挂冠而去"……

多少个深夜与顾客洽谈,多少次仓库校验拣货,多少次出征布展参展,多少次追赶着时间飞行于不同国家之间。一个人躺在机场的空椅子上,头枕着公文包,个人与空旷的机场构成反差,就像歌词中的孤独和掌声构成反差。有一张图片,是一个背影,许是同事随拍的。一米八的大个子弯着背,蜷缩在升降台产品下狭小的空间里,头顶上悬着长长短短的连接线。这个背影,是多少身在异乡创业者的缩影。

六

"从1995年大学毕业进入中国电子进出口宁波公司,1998年下海创业算起,我见证中国外贸行业28年,下海做外贸25年,这期间经历了2008年全球金融危机、2010年欧债危机……我最想说的是,在任何时候,不要放弃,要相信自己。"企业的发展总会被时代打下深深烙印。挑战,机遇,皆然。

从乐歌19楼往下看,可以看到宽阔整齐的街道,环绕而过的河流,河边有个寺院黄墙黑瓦。项乐宏指着寺院边上正在施工的高楼说,那是建设中的乐歌。再远处,是宁波南部充满竞争的热土。

对脚下的这片热土,项乐宏心怀感恩。乐歌的成长得益于这个时代,也得益于这片土地,宁波是个非常适合创业创新和国际化发展的城市,若非如此,像自己这样草根出身的人不可能白手起家,也不会有今日之乐歌。他做抖音,也是想拿亲身经历现身说法:"在当今社会,读书虽然不一定能成功,但是不读书更难成功。"项乐宏又说,宁波又是个"鬼"地方,人人都想当老板,个个都想跳槽。"你们慈溪人，动不动在上衣口袋别一包中华烟，搞两台机床……"他说这句话时，我猛然想到雅戈尔的老照片，李如成插在中山装口袋里的是钢笔。时代飞速发展，价值观也在不断更替。昨日的叛逆和冒犯，会演变成今日的正统，或许还会成为明日的经典。正如鲁迅先生所说，"世上本没有路，走的人多了，也便成了路"。

改革开放45年，激荡恢宏的当代史，有多少人的追梦之路，多少人的豪情万丈，多少人的悔恨终身，多少人的机遇和成就。从全球范围看，中国企业家成为最引人瞩目的一个新兴群体。一代中国企业家以及新生代企业家深度参与了中国改革开放的全部历程，他们在改变自己命运的同时，也见证了这个国家的经济崛起，它壮观、曲折、疼痛、荣耀，也充满了种种争议。

项乐宏比较欣赏《博弈论》。博弈论能让人从理想主义、本本主义转到理论的现实性，包括帮助人理解和认识人性的自私、理性，事物的本质及社会的现实。我们开始这个写企业和企业家的项目时，一位老作家给我留言，激愤地说："每个企业的第一桶金都带着肮脏。"又有人说："所有的财富故事都暧昧不明。"改革开放45年，几乎每一家企业的发展都曾有所争议。我们的写作，并非单纯的赞美或诋毁，而是为了记录与反省。

百度上有一个问答，问题是"乐歌是一家好企业吗"，回答各式各样。好与不好，站在不同的立场，不同的人有不同的回答。而至于那些答案，项乐宏并未在意。

2022年的时候，一则题为"这家上市公司半年挣1.3亿，却敢花6000万在员工伙食上！"的新闻火爆朋友圈，内容大意是乐歌将每年支出6000万元为员工提供免费的健康三餐和下午茶。

乐歌的食堂，也突破常规。自助餐，一个一个盘子摆开，员工任意盛取。菜品也不错，有鲳鳊鱼、大虾、花菜等二十几种。餐厅氛围感十足，桌子是好看的木质小方桌，椅子多种款式高低错落，更具咖吧的温馨感。除却就餐区，还有一个开放的舞台，音响、话筒、灯光、点歌台和电子乐器，一应俱全，员工可以听歌，也可以演唱。就像乐歌给人的感觉一样，时尚，开放。音乐流淌，窗外的冬阳温暖。无论这一天的工作多么紧张或疲惫，此刻，是自由的。网上曾爆出一个金句："通过一日三餐的饮食，将利益和员工们共享，这未尝不是一种共同富裕。"

我们遇见的乐歌员工大部分是大学生，年轻，有朝气，并没有人抢着和董事长打招呼。他们三五成群，微笑，聊天，我看到女孩子好看的侧脸。

2022年，项乐宏在接受 *Marketing Global* 杂志采访时讲到过一个事例："乐歌一直在改革和突破。过去七八年，每年春节我都要求所有员工写一篇文章，题目是'乐歌会怎么死？'。"

文学作品里常有许多开放式结尾。沈从文的《边城》以"这个人也许永远不会回来了，也许明天回来"结束，金庸《雪山飞狐》的结尾则是"胡斐到底能不能平安归来和她相会，他这一刀到底劈下去还是不劈？"企业的未来充满太多未知，站在今天看明天，答案也是开放式的。

后　记

　　写一个成功的企业家群体，有着迎风写作的难度。经济下行造成的压力，使大部分企业家谨慎而低调。难约，难写。据宁波市工商联的工作人员说，近几年约采访的难度比较大，之前央媒、宁波主流媒体想采访，很多企业家都不愿意，市工商联的一些宣传也是领导亲自多次联系的。但要感谢那位姑娘提供了可供参考的名单和素材。感谢中国作协、省作协、宁波市委宣传部、宁波市文联，尤其感谢《甬商》杂志和宁波市商务局给予了大力支持。经过广泛的意见征求，我们在综合考量和企业家自己的意愿下有了更大的选择余地。

　　写企业和企业家的难度，还在于容易被人认为是对财富的诏媚。中国文人自古以傲骨自诩，在物质文明欲望强烈的今日，很多人处在对财富的内心羡慕与观念上排挤的矛盾下，如何保持不媚不俗、不偏不斜，是对写作者的一种考验。

　　在相关部门约不到访谈的情况下，我们只能剑走偏锋，通过企业家的朋友进行联系。企业家对于同为知青的老相识或者少时同学朋友的重视,胜于对部门领导。这是令我欣慰而起敬的。

在我们用重文轻商的传统情绪去看待一个关于企业家的写作项目时,我却深切地发现,不少企业家身上的风骨犹胜于我。这些年沉浮于行政工作之中,有多少言不由衷,有多少黑白难分,又有多少有口难辩?人生在世,我们更多是遵守规则而服从,却不如他们的不迎合与距离感。

写作中遇到的另一个问题是,写人和写企业之间的平衡及叙事的完整性。企业的成长离不开人,但不少企业家更希望记录的是企业的发展历程,而非对个人的宣传。在走访企业和接触企业家的过程中,我们看到了企业家光鲜的荣誉背后不为人知的奋斗历程;他们在改革开放的倾心投入之中,有迷惘,有怀疑,有痛苦;他们的热泪和企盼,他们的坚毅和冷漠,他们的自卑、自我身份的确认以及不安全感,他们的荣耀、尊严和艰难。就像李如成提到一桩谈判案例,形容"非常惨烈",但他不想公开;就像罗立国提到初创期的借贷曲折,却也不愿指名道姓。我想,他们是希望保留一部分的秘密给予更多的体面。在稿子反馈过程中,部分企业和出版社均做了删补和调整。所以我们无法写出另一面。即使我们尽力叙写真实的状况,但结果依然是不完整的,而且无法动用想象像小说一样进行立体的呈现。为此,我们深怀歉意和遗憾。

相比于我多年来所书写的散文和诗歌,这项写作更为困难而令我不甚满意。我使劲补充关于经济方面的知识,阅读吴敬琏、吴晓波、科斯等诸多中外经济学家和财经作家的书籍,在不眠之夜查找每个企业不同维度的资料,玉毅也被拖入其中。

白日的烦琐,各种事务性和无谓的内卷占据了工作日所有的精力，有时验收或大活动搞起来，还得加班，半个多月没有休息日。玉毅的情况也差不多，他们部门人少事多，每天忙于各种材料和宣传报道，还要应付上级公司压下来的"摊派任务"，不管愿不愿意，隔三岔五加班是常态，可以自由调度的业余时间少得可怜。

这几年最为痛苦的是，我们没有充足的时间去从事我们所热爱和擅长的创作，泛写作方式和高大上假大空的语言，消磨了我们对于文字的审美敏感。

在统稿的日子里，我几乎天天靠咖啡熬着。对于一个胃并不适应咖啡的人，我却几乎尝遍了慈溪所有品牌的咖啡。冬季，空调停下，抱着热水袋改稿，电脑桌没有乐歌那种先进的升降功能，长达数小时的逐句校对，使我的脖子至今还常常发硬。很多个深夜，待我们收拾好残稿，已是凌晨。玉毅是骑电瓶车来的，下雨的日子双手会冻僵。有时我的车子停在档案馆，而晚上档案馆是没有门卫值夜的，车子便被锁在里面，我只能深夜打车回家。有一天凌晨，大雾，我和玉毅不约而同发了一张迷雾中的照片，在那种乳白色的黑夜中，看不到远方。而第二天，又是烦琐的工作。有几次怕迟到，我就睡在办公室。亚运会全天候值班时，某次我把值班被子晒在车前的挡风玻璃上，做好熬夜的准备，等忙好已是凌晨，发觉被子还晒着，已经沾上露水寒霜。想起戴锦华说的："很少看到大家这么困顿，整体这么迷惘，看不见自己的后天，大致试图展望明天，而明天被各种各样的阻隔和债务所缠绕。"

但这些又算什么呢？当我自怜的时候，我会想起写的这些企业家。谁没有过痛哭失声？吴友旺的两次痛哭，项乐宏的抑郁折磨，储吉旺的几次哽咽，茅理翔正当最好年华时因膝盖病痛不治只能卧床。那些日日夜夜，他们怎么走过？人与人之间能有多少共情、理解和体恤？我们尝试发掘人性的完整。创业时，坚韧和理性是优点，软弱和善良也是。

在雅戈尔，李如成说到2025年，雅戈尔会有一个阶段性回顾，若我有兴趣可以参与。然后他说远景要到2050年。2050年，我佩服李总的乐观，他们身上有着百折不挠的生命力。我苦笑着告诉他，也许我活不到那一年。近两年我一直依靠中药续命，我的心脏动能不足，血液养分抵达不到神经末梢，左脚的两个趾甲已经坏死，趾甲整片脱落。其实我的叙述是很矫情的，相对于李如成的跌宕人生，我这一代几乎不算经过苦难。李总有些吃惊地说，这么年轻怎能如此悲观？然后他问及我的父母和祖辈，他的询问带着一种不易察觉的试图宽慰我的善意。

近几年遭遇的不平之事尤为甚之，为冤屈而哭，为不平而哭，为心痛而哭，竟哭过数次。常觉得活在某种屈辱中。知识分子在此精神沦落、泥沙俱下的时代究竟何为？你我变革精神现状的决心又在何处？看他们痛哭之后，依然保持乐观和坚韧，我颇感惭愧。

序言中提到《繁花》，这几日小说《繁花》改编的同名电视剧热播，引起全社会的关注。金宇澄的表述是："萎残的花瓣散落着余馨，与腐土发出郁热的气息。"其意似取自陆游的"零落成泥碾作尘，只有香如故"。

我们无法写出的另一面，期待会有其他艺术形式展现。无论是花瓣，还是泥，都曾散发出郁热的气息。

张巧慧
2023年12月

图书在版编目（CIP）数据

走远路的人 / 张巧慧，潘玉毅著 . -- 宁波 : 宁波出版社，2024.3

ISBN 978-7-5526-5348-9

Ⅰ . ①走 … Ⅱ . ①张 … ②潘 … Ⅲ . ①纪实文学—作品集—中国—当代 Ⅳ . ① I25

中国国家版本馆 CIP 数据核字（2024）第 068947 号

走远路的人
ZOU YUANLU DE REN

张巧慧　潘玉毅　著

出版发行	宁波出版社
地　　址	宁波市甬江大道 1 号宁波书城 8 号楼 6~7 楼
邮　　编	315040
联系电话	0574-87341015（编辑部）　87286804（发行部）
责任编辑	陈姣姣　朱璐艳
责任校对	虞姬颖
排　　版	金字斋
封面设计	王秀静
印　　刷	宁波白云印刷有限公司
开　　本	710mm×1000mm　1/16
印　　张	18
字　　数	220 千
版　　次	2024 年 3 月第 1 版
印　　次	2024 年 3 月第 1 次印刷
标准书号	ISBN 978-7-5526-5348-9
定　　价	68.00 元

如发现缺页或倒装，影响阅读，请与出版社联系调换　电话：0574-88395156